合羞

浮光锦 著

青岛出版社
QINGDAO PUBLISHING HOUSE

图书在版编目（CIP）数据

含羞 / 浮光锦著. —青岛：青岛出版社，2020.5

ISBN 978-7-5552-8676-9

Ⅰ. ①含… Ⅱ. ①浮… Ⅲ. ①长篇小说－中国－当代 Ⅳ. ①I247.5

中国版本图书馆CIP数据核字(2019)第256656号

书　　名 含　羞
著　　者 浮光锦
出版发行 青岛出版社
社　　址 青岛市海尔路182号（266061）
本社网址 http://www.qdpub.com
邮购电话 010-85787680-8015　13335059110
0532-85814750（传真）　0532-68068026
责任编辑 李文峰
特约编辑 龚雅琴
校　　对 张会卜
装帧设计 千　千
照　　排 梁　霞
印　　刷 三河市良远印务有限公司
出版日期 2020年5月第1版　2020年5月第1次印刷
开　　本 32开（880mm×1230mm）
印　　张 8
字　　数 180千
书　　号 ISBN 978-7-5552-8676-9
定　　价 39.80元

编校印装质量、盗版监督服务电话　4006532017　0532-68068638

建议陈列类别：畅销·青春文学

目录

目录

第一章　大神

“这天气热死了！”

一行四人出了单元楼的大门，苏洋率先低声咒骂了一声。

跟在苏洋身后的苏茉轻抿唇角，默默地承受着扑面而来的滚滚热浪。

七月初的安城，气温已经飙到了三十多摄氏度。中午，人走在阳光下，皮肤被晒得火辣辣的，好像随时会被烤焦了一样。

正当苏茉出神时，边上的张雨薇已经撑开了蕾丝镶边的浅紫色太阳伞，手一抬，将最后出门的许少辉拢了进去。

许少辉与苏洋同龄，都是二十三岁，是乡镇初中的同学。初中毕业那一年，两人都没有上高中，一起念了一所中专院校。他们十八岁毕业后，又一起打了两年工。而后，两人合资在住宅小区负一层租了一个房间，做起了收发快递的小生意。也是赶上了好时候，三年下来，两人都攒了些钱，还买了车。

苏洋交了百分之五十的首付，买了一辆银白色的别克凯越；许少辉则交了百分之三十的首付，顺着女朋友张雨薇的心意，买了一辆大红色的昂克赛拉。

张雨薇比许少辉小一岁，邻市人，大专毕业后靠着家里的关系找了一份港资银行柜员的工作，月收入六千多元。张雨薇喜欢逛街、旅游、美食，对各大品牌化妆品和包包如数家珍。苏茉在前十八年的人生里，还从未接触过这种生活骄纵又精致的姑娘。

苏茉身上的白色衬衫裙，便是张雨薇买了没怎么穿就淘汰了的衣服。裙子足有九成新，因为比较肥大，越发显得苏茉细瘦纤弱。她往炎热的太阳底下一站，小小的一只，惹人疼惜。

苏茉很白，有一头柔软的长发，眉眼细长又干净，瞳仁漆黑，人前腼腆安静，是和张雨薇截然不同的那一类女生。

许少辉无声地收回目光，抬起下巴朝苏洋笑道："我和雨薇先去店面那儿，一会儿你要是闲了就过来。"

许少辉说的店面是准备开的砂锅店，就在小区不远处。两人最初合伙做快递生意，时间一长，难免有各种各样的摩擦，可近十年的兄弟交情在那儿撑着，他们倒并未吵架翻脸。眼下几经商议，苏洋给许少辉赔偿了些许钱，将快递生意独自揽下了。

许少辉早就不想管快递那档子事了，工作室的面积就二十多平方米，还在地下室，女朋友张雨薇很是嫌弃。眼下许少辉从亲戚那儿拿了一个砂锅配方，投资十万元，租了一间店面。他预备等过两年凑够首付后，就买房结婚。因为这未来指日可待，张雨薇这几日的心情分外愉悦，以至于同意了许少辉为了省钱，而继续和苏洋合租的决定。

苏洋和许少辉毕业后便一直合租，起先租的是城中村里的民房，做起快递生意后，便在小区里租了一个两居室，共同分担每月一千多元的房租。张雨薇和许少辉交往后，一直想搬出去，哪承想，这两年房价飞涨，他们原先住的两居室，房租都涨到每个月两千多元了。几人和房东交涉无果，在半个月前就打算重新找房子了。

之后没多久，苏洋回家见到了苏茉。

苏茉是他们邻家的小姑娘，比他小五岁。小时候，苏洋是村里的娃娃头，经常领着苏茉一起玩儿。苏茉的身世比较复杂。她外婆是洛城人，当年跟母亲逃荒到了他们村，被苏茉外公的父母所救，便有了苏茉外公外婆的这一桩婚事。苏茉的外公是个老实巴交的贫农，苏茉的外婆生得好，肤色白皙，长了一双“狐狸眼”。当年，村子里有不少男人被她迷得神魂颠倒。

大家私下都传苏茉的妈妈并非她外公的亲生女儿。

不过，这件事的真相如何，苏洋也不得而知。他知道的是：苏茉的外公外婆育有一儿一女。女儿，也就是苏茉的妈妈，当年未婚先孕生了苏茉，生下来不久，苏茉的妈妈便喝老鼠药自杀了。苏茉从小被舅舅和舅妈养大，寄人篱下十几年，所以性子腼腆乖巧。

苏茉的舅舅、舅妈原本对她也还行，供她吃穿，供她念书。可就在今年初春，一场冰雹将北方大部分地区的农作物砸了，农村闹了饥荒，怨声载道。

苏洋回到家那天，正好听见隔壁闹出动静。隔着一堵院墙，苏茉的舅舅和舅妈正为苏茉的婚事吵架。

苏茉的舅妈觉得自己身为一个外姓人，含辛茹苦地将外甥女养到成年，已是仁至义尽。在农村，女孩子无父无母，就算学习成绩不错，将来能找个月薪三四千元的工作也就顶天了。可眼下别人给说的这一门亲事，男方家里在县城全款买了房，彩礼能给八万元。人家看上苏茉是苏茉的福气，过了这个村，就没这个店了。

苏茉的舅舅虽然不同意，但因为媳妇照顾外甥女多年，自觉对媳妇有所亏欠，所以只是一个劲儿地低声说着“反正不能嫁”之类的话。

吃晚饭时，苏洋从他爸妈那儿得知了缘由。

要娶苏茉的那个男人已经三十二岁了，原本在油田工作，因为个子太矮，工作又不着家，耽搁多年没娶到媳妇。去年他因意外摔了腰，眼下半年多过去了，人还在床上躺着呢。

反观苏茉，十八岁，高考成绩刚出来，能读个二本院校，性子乖巧懂事，人也长得如花似玉。这无论搁哪个父母跟前，都舍不得将自己的亲骨肉往火坑里送。可问题是，苏茉上大学每年的学费加上生活费，预计得上万。苏茉的舅舅家还有一儿一女在上学，再负担她的花销，肯定吃不消。这时候让苏茉嫁出去，无疑是她舅妈的上上之选。哪怕苏茉现在还未到法定婚龄，舅妈也想先将这桩婚事定下来。

苏洋念书不成器，但运气好，年纪轻轻就有了自己的小生意，还买了价值十万元的车，家里日子过得滋润。他妈心宽体胖，性子也好，说完这件事，就一直为苏茉可惜。

那一晚，苏洋去门外抽烟，看到了隔壁水泥筑就的台阶上，缩着身子坐在那儿的苏茉。她正仰着脸看星星。

两人以前还算熟稔，苏洋就和她聊天，说着说着，就说到自己很快要一个人干快递生意了，有些忙不过来。苏洋想请苏茉帮两个月的忙，包吃包住，一个月工资两千三百元。等到暑假过完，苏茉能攒够学费。至于生活费，苏茉念了大学后可以勤工俭学。

这件事，最终在苏茉舅舅的首肯下得以实现。

苏洋和许少辉通过电话，商定租一个三室两厅两卫的房子。许少辉和张雨薇住带卫生间的主卧，分担一千元的月租，剩余的一千七百元全部由苏洋承担。他和苏茉一人住一间，他住大次卧，苏茉住小次卧。

可以说，苏茉的人生因为他的帮助而得以改变。这是她长这么大第一次来安城，第一次坐带空调的大巴车，第一次逛琳琅满目的大商场，第一次住这种足有三十四层高的大楼。

他们租的房子在三十三层，从窗户往下看，车辆和行人都变得很渺小。白云和天空都很近，哪怕吹进来的风是热的，苏茉也喜欢。毕竟那般通透放松的感觉，是地下室里不可能有的。

苏洋租的这个地下室里的小房间，面积只有二十多平方米，没有窗户，只有一扇小小的门。门边是一张从旧货市场淘来的木桌，桌上放着一台台式电脑，另外还有一把七成新的黑色办公椅。房间内贴着三面墙摆了三排高高的铁架子，分门别类、密密麻麻地放着待领的快递。水泥地面的一角，则摆放着几个准备发出去的快递。

地下室内非常闷热。苏洋给苏茉示范怎么代发快递之后，便留下工作用的手机，去找许少辉了。

发快递其实不麻烦，包好快递，填好快递单，之后将快递单截图，用微信发给寄快递的人就行了。

不过苏茉刚开始工作，谨小慎微。待苏洋走后，她便蹲在地上，认认真真地看着微信里的截图地址，低着头，趴在纸箱上填写快递单。因为热，她身上闷出了一层薄汗。

“取快递。”

突然，一道男声传来。

这道声音非常好听，低沉、清脆，落在耳边时干脆又简洁，还很客气，让人觉得很有礼貌。

“好的。”苏茉应了一声，就抬头看去。

映入她眼帘的那个青年，气质干净，身材挺拔。

他穿着白衬衣和一条浅卡其色的长裤。因为热，他衬衣最上面的两粒扣子也被解开了，锁骨和颈项线条从敞开的小V形领口显出，精致又流畅。他的两只袖子都挽到了手肘下方，暴露在空气里的小臂修长而匀称，一双手随意地垂着，骨节分明，比一般男人白。

来省城好几天了，苏茉也没见过这样好看的年轻人，怔了几秒，觉得脸颊都热起来了。

“手、手机号后四位。”苏茉站起身，一开口就结巴了一下。

“三六六九。”男人站在门边淡淡地答。

“稍等一下。”

苏茉很快找到了快递，细心地对手机尾号和单号，最后将目光扫向收件人，发现那是个女生的名字。迟疑了两三秒，她抿唇想了想，抬眸看过去，尾音稍扬，先问了一句：“收件人？”

“楚溪。”

“给您。”

她将快递递了过去，男人伸手接过来。

长方形的纸箱，一半映在亮光下，另一半被快递室昏暗的光线笼罩，分割成亮度深浅不一的两半，截然分明，就好像他们俩：一个在昏暗中，一个在光明里。

楚河拿着快递进了电梯，按了楼层“三十三”后，抬腕看了一眼手表，发现时至四点十五分，心里便有那么一点儿躁，好看的剑眉微微地蹙了一下。

安城是典型的北方内陆城市，冬季寒冷干燥，夏季炎热少雨。春秋温度比较适宜，却很短，一晃即逝。眼下七月初而已，气温已经升至三十多摄氏度，出一趟门都特别考验人。

丁零！电梯抵达三十三层，他收回思绪，走出电梯。

两梯四户，他租住在电梯右边尽头的那一间，三三〇三室，是南北通透、将近一百六十平方米的大四居，两厅两卫。楚河当初看上并决定一个人租住这一套房子的原因很简单：精装修，空房，高。

写作这件事，需要足够安静的环境。

楚河随手将快递放在门后的嵌入式鞋柜上，低头换了鞋，又在卫生间里简单地洗了把脸，进了书房。他开了空调，又开了电脑，准备开始今天的写作。

嗡嗡嗡——

他刚刚打开WPS，裤兜里的手机不断振动起来。

来电显示：妈。

楚河默默地叹口气，抬手掐了掐眉心，一边一目十行地扫视回顾着昨天更新的作品内容，一边接通电话，唤了一声："妈。"

"干吗呢？"

郭静然女士五十岁，就职于县城民政局，天生一副热心肠，说话办事儿均有些风风火火，偏偏生了一个过分内秀的儿子。楚河从小到大都是人们口中的"别人家的孩子"。他出身不错、相貌俊秀、脾气和顺、成绩优异，四个优点集于一身。在他的学习生涯中，他永远都是班干部、优等生，起着各种模范带头的作用，也让身为干部的父母省心、骄傲。

可谁承想，高考的时候，这个一向恭谨孝顺的乖孩子突然违背父母心愿，一意孤行，报考了算不上热门的古代史专业。哪怕这个专业是省会城市一本院校的王牌专业，家里人也极不赞同，甚至大怒。

可惜，晚了。

十八岁的楚河，拖着一个黑色拉杆箱来到安城师范大学，读了古代史专业的隋唐史方向。四年后顺利毕业，他又一次违抗了父亲让他考公务员的要求，当了一名网络作家。

他是那种特别低调、冷静的人，凡事不喜声张。因而四年过去，家里人眼见他未曾开口向家人要过一分钱。还在省会城市生活得很好，推测出他应该是赚了一些钱。可谁也不知道，他实际上已经全款买了房，钥匙到手后买了家具就能入住，在安城扎了根。

时间能消弭不愉快和愤怒，却无法改变某些根深蒂固的观念。楚家乃书香世家，祖上出过一个榜眼老爷，中华人民共和国成立后，一门子里的大多数人从了政。很多人骨子里带着清高和傲气，觉得后辈都该继续吃这碗饭，光耀门楣。

楚河的父亲楚育贤五十岁出头，眼下坐到了县级市一把手的位子，满心希望儿子能走他的路。他这次来安城开会，临走前（也就是今天中午）和儿子吃了个饭，话里话外恩威并重，催楚河考公务员。但楚河无动于衷。父子俩不欢而散。

身在老家的郭静然女士，在被丈夫指责了一番后，便拨了这通电话。

楚河接完电话，已经临近五点了。

楚河将手机搁到桌上，只觉得脑仁疼，耳边挥之不去的，是父母权衡利弊之后给出的人生建议。

楚河都二十六岁了，很喜欢眼下这种工作状态，暂时不想做出改变，更不想毫无主见地遵从父母的人生指导，去选一条他们认为“对”“应该”“顺畅”但他自己毫无兴趣的人生道路。

空调开了好一会儿，布置简洁的书房里早已凉爽起来，偏偏原本想要更新作品的楚河，却没了想写文的情绪。

“卡文”这件事在行业里简直太平常了，但对楚河来说，却算是比较罕见的。他写的是比较严谨的历史类小说，因为写起来难度大，所以开文前他都会做充足的准备，胸有成竹之后才开始写。他如果“卡文”了，一般也就眼下这种情况：知道应该写什么，却因为情绪不够而不想写，俗称“卡情绪”。

这真是一种极度糟糕的感觉。

楚河盯着空白的文档页面看了几分钟，仍觉得很难调整状态，便进入后台，在作品的简介上方挂了一行“断更”提示：“卡文，今天不更，不用等！抱歉。”

注册九江文学城写文好几年，楚河写的小说类型不杂，基本上都是正剧向古代言情小说，以架空历史的升级向爽文为主，偶尔涉及武侠和修仙。虽然题材偏小众，可因为他文笔精练稳健，文风大气，作品的品质还不错，再加上他又是难得一见的坚持更新的作者，几年累积下来，他已然拥有了颇为稳固的读者群体。值得一提的是，在这些读者里面，女性的比例也不在少数。

他这本《首辅》成绩斐然，上架不久便位列畅销金榜上，评论区每天都极为热闹。本来楚河今天请假“晚更”，眼下，这“断更”提示乍一出现，立马有读者开始留言。

“我去，今天不更？！”

“不要啊！昨天卡得要死要活，今天还由迟更变断更，作者的良心不会痛吗？！反对！”

“嘤嘤嘤，想寄刀片。”

“寄刀片+1。”

“楼上的各位怕是还不了解公子，说不更文就真的不可能再更了。追了三年文的老读者告诉你：公子这人真的特别绝情、高冷！”

楚河在楚家同辈里排行第三，起笔名的时候便随意用了“楚三”这两个字，又因为他文中的男主人公基本上都是性格内敛自持的公子，所以粉丝们便给他起了“公子”这个昵称。更有一些狂热的女粉丝，时常在他的几个读者群里卖萌打滚，就想一睹公子的真容。奈何楚三为人低调，也极少出席网站举办的活动，几乎没有读者见过他的长相。

有人在背后猜测说：“遮遮掩掩，连张照片都不敢放，本尊的长相怕是不敢恭维！”

也有人幸灾乐祸："指不定是个女人呢，哈哈，自称男的就为了骗骗女粉丝的打赏！"

不过平时这些言论刚出，就会被一众粉丝骂得体无完肤。得益于楚河的文风和写作题材，楚河的老读者都比较成熟，忠诚度也很高，追了他几年之后，对他极为维护。

可这一天，评论区因为他的一条"断更"提示，爆了。

起因是一条读者评论："饥饿营销？呵呵。"

《首辅》昨天更新的一章在关键处断了，读者翘首等待了一天，本就已经对"晚更"心生不满，又看到了这条带讽刺意味的评论，许多粉丝的情绪就直接被引爆了。

可惜，楚河发完公告便离开了书房，也并未在第一时间知晓评论区内的情况。他回到主卧，开着空调睡了一会儿，八点多才起来，之后又在大阳台的跑步机上跑了一会儿，最后去浴室洗澡了。

等他洗完澡，已经九点半了。

他开了排风扇走出洗手间时，听到门口传来了钥匙开锁的声音。

楚溪关上门一抬头，看见了自家堂哥。

她父亲那辈一共有六个兄弟姐妹，楚河是她二伯的独子。楚河因为个人条件好，从小便是楚家同辈中的佼佼者，也是她爸妈在批评她时，拿来做正面的范例。

当然，这一切主要发生在楚河上大学之前……

至于现在，别说楚溪的二伯和二伯母，亲戚邻里任何一个长辈提起这个堂哥，都是一副痛心疾首又无可奈何的模样。毕竟楚河有着已经成了县城一把手的父亲和在民政局领导职位上的母亲，人脉的广泛程度在他们周围一群年轻人之中算得上首屈一指。

放着铁饭碗不要，跑去写不入流的网文，这在好些正经的大家长眼中，就是不务正业。

眼下楚溪这位“不务正业”的堂哥大抵是刚洗了澡，身上就穿了一套白色镶蓝边的运动球衣。球衣宽松地罩在瘦削挺拔的楚河身上，将他的身材拉得越发修长，也让那双眉眼多了几分锐气。他很随意地抬头瞥她一眼，一双黑眸让人无端生出一股压力。

楚溪个性爽朗，很快将这股不自然的感觉归咎于两个人好几年不常见。低头换鞋时，楚溪笑着随意地问：“哥，我的快递你给我取了吗？”

“鞋柜上。”楚河答了一句，走到饮水机跟前，用玻璃杯接水喝。

楚溪是他小叔的闺女，明年高考，因为从小爱玩、爱闹，成绩不怎么好，被老师建议报考艺术类学校，走广播电视编导专业上本科。眼下暑假，楚溪和学校里的几个学生一起报了安城一个专业课培训机构的辅导班，过来学习。

楚河的小叔是生意人，从小将闺女宠得跟什么似的。楚溪不想住培训学校的集体宿舍，家里几个长辈合计之后，将她塞他这儿借住一个多月。楚溪才来了没几天，快递倒不少。

不过，身为大她八岁的兄长，楚河不至于因为帮她取快递这点儿小事而对她产生成见，也就在他喝水的时候，突然想到现在已经九点多了，便又顺嘴多问了一句：“不是五点半就放学吗？这么晚回来？”

“嘿嘿，跟几个同学去吃饭了。”楚溪笑嘻嘻地答完，拆了快递箱扔在门口。

她一边爱不释手地翻看着手里的一套小说，一边问：“对了，哥，隔壁住的谁啊，你认识吗？”

“十三号楼负一层快递店的。”楚河答道。

他写书几年，虽然为人低调，但相熟的作者、编辑、读者也有一些，因为分布在天南地北，偶尔会互送作品、礼物，甚至互相寄一些特产。这些事，他一般会就近去十三号楼下面的快递店办理。时间一长，楚河与那两个男生相熟了，自然晓得他们最近搬到了隔壁。不过，他们的关系也就相当于面熟的陌生人。

楚溪闻言愣了一下，随后就笑了："那这样以后取快递就很方便呀，让他们顺便给我们带上来就好了。你怎么不早说？！"

"跟人不熟。"楚河性子淡漠，不爱麻烦别人。

楚溪被噎了一下，又想起刚才电梯里那一幕，叹口气，变了话题："哥，你今年二十六岁了吧，怎么都没谈个女朋友？隔壁那个男生，长得还不如你。前天我在楼下看见他带着一个挺洋气的女孩儿，今天又换了。这个比那个还漂亮，感觉还没我大呢，白白净净的，跟一只小兔子似的。"

楚河放下水杯，似是被她的形容逗笑了，呵一声，再没接话。他走到餐厅，拉了一把椅子坐下。

楚溪从桌上的塑料袋里拿出一个苹果，不经意间看见他亮着的手机屏，开口说："我们又吃外卖？！"

楚溪来了没几天，可她在家的每一餐吃的都是外卖，他从来没开过灶。而此刻，楚溪震惊且不赞同的语气影响了楚河，他点在屏幕上的指尖顿了一顿，而后抬头询问了一句："你还吃吗？"

"可以啊！"楚溪点点头，后知后觉地问，"出去吃饭？"

"嗯，想吃什么？"

"我随意，反正已经吃过一顿了。"

兄妹俩换了鞋，一起出门，走出小区的时候，已经十点了。

他们居住的这个小区在二环外，附近遍布高耸的住宅楼，一到晚上，人流比白天时还要密集一些。

虽然有风，但不凉爽，吹到人脸上都自带热度。

时间有点儿晚，吃饭的店铺大多关了门，两个人沿街步行了五分钟，最终决定去吃烧烤。

烧烤店里，空调不知疲倦地输出凉气，墙上两列小电风扇发出嗡嗡转动的声响。楚河刚坐下接过菜单，便听到旁边传来了一阵略熟悉的男生的说笑声。

楚溪也发现了，眼睛瞪圆，忍着疑惑和堂哥一起点了餐，小声说："我好像弄错了，小兔子不是那个男生的新女友啊。"

和他们间隔一个位子，一起吃饭的四人正是苏茉、苏洋、张雨薇和许少辉。两两一排，许少辉的一条胳膊还圈在张雨薇腰上，关系昭然若揭。至于苏洋和苏茉，没什么亲密举动，可打眼一看，也是非常熟稔的关系。楚溪默默地看了一眼，嘀咕："不对啊。"

楚河也没听清，淡淡地瞥了她一眼。

楚溪前面已经弄错了一次，因而也不好意思告诉楚河，凭着她女生的直觉，遇见过两次的那个男生（许少辉）大抵是个渣男。她到家前，在电梯里遇见许少辉和苏茉，男生看苏茉的目光和他的站姿、说话的语气，明显透露出一副对女生感兴趣的意味。

不过，这种更深层次的八卦，说出来就成是非了。因而直到这顿饭结束，楚溪也没有再多讲什么。

苏茉一行四人比他们来得早，走得也早。路过他们位子的时候，苏洋朝楚河露出了一个客气的笑容，打招呼说："先走了。"

"嗯。"楚河也笑笑，点点头。

这一幕让苏茉有些意外，愣神后跟出门，她便听见许少辉打趣苏洋："人家进来都没问咱，你打什么招呼呢！"

苏洋扯唇一笑："好歹是邻居了，没必要搞得那么生分。"

"哈，人家寄个快递还专门跑去店里，也没有想要跟我们熟起来的意思啊。少辉说得对，这种人没必要往来。”张雨薇应和道。

“作家嘛，内敛、高冷一些挺正常的。”苏洋说道。

这一句话落在苏茉耳边，她愣了一下，没忍住小声问：“作家？”

这个词语代表的职业对苏茉来说，实在过于遥远和“高大上”，以至于她问话的语气中不自觉地带着几分尊崇。

边上，许少辉心里突然有点儿不是滋味了。

许少辉本来和楚河没什么矛盾，也就先前搬家时在楼道里碰见过，当时张雨薇还花痴般地夸人家帅，说楚河就跟偶像剧男主角似的，皮肤白、气质佳，一看便有着良好的出身和优越的生活条件，再加上楚河一个人住一套一百六十平方米的四居室，更让他平添了几分神秘气息。

三个人闲聊起楚河。苏洋根据种种蛛丝马迹推断，这人应该是个文字工作者，最可能是个全职作家，在家里办公。有力佐证之一便是：楚河曾经寄过好些本一模一样的书到不同的地方，而那些书的塑封都被拆了一半。苏洋好奇之余，掀开封面瞄过几眼，发现里面都签着“楚三”这个名字。

八卦是女人的天性……

张雨薇上网搜了楚三。

结果可想而知，他们三个都晓得了隔壁住了一个网文界大神（网络用语，在众多的网络小说作者中，比较著名的作者被称为“大神”）。当然，在那个行业里，楚河不算金字塔顶尖级别的作者，可对他们这种看见书本就头疼的学渣（网络用语，指学习不好的群体）来说，能写出几本畅销、有口碑的小说，那就非常厉害了！

自此，楚河成了张雨薇口中的“隔壁那个比自己男朋友大不了几岁却优秀了N倍，又高又帅的年轻男人”。

对一个好面子的男生来说，这种对比简直是一种致命的羞辱。哪怕张雨薇只是偶尔嘴上说说，许少辉也没办法淡然处之。

而眼下，苏茉听闻那人的职业后，又露出这般神情，这更让许少辉心中五味杂陈。

苏洋和许少辉认识多年，性子又比较热忱实在，因而苏茉家里的情况经他转述，许少辉和张雨薇基本上都知道了。

没见到苏茉的时候，许少辉以为她会是个土包子，一身村味儿，压根儿没往心里去。可谁知道，苏洋口中比他小五岁的邻家妹妹竟然长得这么白净，让许少辉眼前一亮的同时，心里总有点儿不得劲儿的感觉。

许少辉的女朋友张雨薇其实也算漂亮，工作好、会打扮，是那种带出去让男生挺有面子的女孩儿。可张雨薇眼下才二十二岁，却已经到了不化妆出不了门的境地。这倒不是因为她化妆前后判若两人，而是张雨薇习惯了自己更美的样子，没办法再接纳自己的素颜。

这件事对许少辉也有点儿影响……

彼此在一起一年多，许少辉和张雨薇该发生的都发生了。在早先的神秘感和新鲜感消失后，两人朝夕相处时，总会看到对方越来越多的缺点。张雨薇嫌弃许少辉不够高，家在农村，文凭低；而许少辉虽然嘴上不说，可心态上也有所转变，觉得张雨薇虚荣、势利、俗气。

但依着许少辉的条件，能找到张雨薇这样的已经算不错了，因而纵使二人间有一些磕绊，也开始谈婚论嫁了。

苏茉的出现，让许少辉的心里多了些突兀的、微妙的起伏。

许少辉觉得苏茉很纯真。

苏茉的皮肤非常白，她的五官单看并不惊艳，可那细细的眉眼、小小的鼻子、惯常微抿的粉唇组合在一起，就是能给人一种特别舒服的感觉。

怎么说呢？她的气质有点儿像小猫小狗，弱小又柔软，毫无攻击性，有时候呆呆的，让人特别想逗弄。

可蠢蠢欲动也好，心里不得劲儿也罢，许少辉眼下也就能自己想想。毕竟在他和张雨薇的关系里，女方更强势一些。至于其他人，自然也不晓得许少辉心里有这么多弯弯绕绕。

四个人一起回到家之后，便开始各干各的事情了。

张雨薇去主卧洗手间洗澡，许少辉在阳台上打电话。苏洋瘫在沙发上追一档综艺节目，眼瞅着苏茉进房间后又出来了，顺嘴问了一句："要不我下周去二手市场淘个空调给你装房间里？这天气简直太要命了！"

他们租住的这个三居室，主卧和大次卧内有挂式空调，小次卧没有。他们搬过来的时间本来就不长，外加事情也不少，苏洋就忘了给苏茉装空调。这几天分外热，苏茉只用了一台小电扇，那是原来的租客落在阳台上的。

闻言，苏茉意外地看了他一眼，连忙说："不用不用，别乱花钱了，我用风扇就挺好的。"

二手空调其实不贵，便宜点儿的几百元就能搞定，可无论如何，这都是一笔开支，听在苏茉耳中，就觉得太浪费了。晚上他们四人吃烧烤花了二百多元，也是苏洋掏的钱，苏茉都觉得很奢侈。

瞅见苏茉微微拧着眉的小模样，苏洋忍不住笑了笑，想了想才道："其实真正的高温还没来呢，那你先用风扇吧，等过几天升温后再说。"

"嗯。"苏茉抿抿唇，朝苏洋露出笑容。

苏茉笑起来时，细致的眉眼变得越发柔软，漆黑的眼睛里亮闪闪的，神情中带着几许感激。

许少辉打完电话进屋，看见的就是这样一个苏茉。

她身上还是那件白色衬衫裙，细胳膊细腿露在外面，白净匀称，偏瘦，身材也比较扁平。说实话，她不至于让人产生什么澎湃的欲望，但他就是心痒，好像有一根羽毛在那儿挠啊挠，很不安生。

苏茉和苏洋正说着话，倒也没发现许少辉的打量，几句话之后，苏茉返回房间，随后又抱着一个粉色的脸盆进了大洗手间，准备先洗澡再睡觉。

听着浴室传来的水声，许少辉从茶几上的烟盒里抽出一根烟，低头点燃后，靠在沙发上抽了起来。

“选好开业的日子了吗？”边上的苏洋问。

“没呢。”

许少辉吐一口烟圈，随意地笑着说：“刚才我妈给我打电话就在说这件事，说是找人帮我看了几个适合开张的日子，她比较中意八月八日，还想让我在早上八点开。”

“八八八，一路发，吉利！”

“哈哈，再看呗，总得先把店里收拾好。”

两个人有一搭没一搭地聊着，一边看电视，一边抽烟。没一会儿，大浴室里的水声停了，接着响起了吹风机的声音。很快，吹风机的声音也停了。

吧嗒一声，反锁的门被打开，苏茉端着她的粉色脸盆，披散着半干的长发，回了自己的房间。

洗澡后，她换上了睡衣，是一件白色的短袖睡裙，小圆领，直筒款式，长过膝盖，身前印着的黄色大嘴猴是唯一的亮点。

这条裙子，许少辉也知道……

苏茉过来的第一晚，几个人出去转，她用十九元钱在地摊上买了那条睡裙。睡裙挂在她消瘦的肩头，非常宽松，显得空荡荡的。

“那我睡了。”朝两个人说完，苏茉回了房间。

讲实在的，苏茉心里多少有些不自在。

苏茉和苏洋差五岁，在这之前也许久未见，要不是因为实在走投无路，苏茉肯定没办法鼓起勇气跟苏洋来安城，更别提要跟几个陌生男女一起合租了。可情况就是这样，别人不嫌弃她就已经够好了，由不得她再挑三拣四，发表意见。

苏茉住的小次卧十平方米，只够放一张一米二的小床，一个床头柜，另外配一个一米多长的双开门衣柜。对苏茉来说，这已经足够了。尤其让她惊喜的是，这个房间邻街的那面墙，是一整扇落地窗。

据苏洋说，这间小次卧是这个户型的房间中赠送的，不大，有的人会改作小卧室，也有人会用作书房或者花房。这些对苏茉来说，都很远。苏茉非常喜欢这扇窗户，透过它，她能看见这座城市璀璨的美景，这能让苏茉的思绪放飞，整个人会变得轻松。

苏茉报考的大学就在这座城市里，不出意外的话，她会被录取。

因为这突然浮现在脑海中的念头，苏茉的心情变得明朗起来。苏茉从衣柜里取出衣架，将洗好的内衣晾上去，又将衣架别在窗沿缝隙里。她用干毛巾擦了一会儿头发，上了床。

头发没全干，苏茉暂时没法睡。她无所事事，又开始摆弄苏洋让她临时用着的那部手机。手机是vivo（国产手机品牌）三年前出的款式，是苏洋淘汰了的，八成新。听说这台手机价值上千元，她特别珍视，生怕给弄坏了。

“九江文学城”这个图标映入眼帘的时候，苏茉微微地愣了一下。

手机上有苏洋先前下载好的一些东西，她大多没接触过，也没敢碰。她看见这几个字，后知后觉地想到，这好像就是今晚被说起的那个小说网站。隔壁那个大神，在这里写小说？

邻居是个作家，这种感觉对一个十八岁的文科女生来说，其实是件挺新奇且不可思议的事。

苏茉抿唇，趴在床上点开了九江文学城的手机App。映入眼帘的是首页畅销金榜，第三个简洁的封面上，有着极为漂亮的“首辅”两个字。那是书名，作者的名字也是两个字：楚三。

一半意外，一半好奇，苏茉点开了那本书。

第二章　纯真

过去十八年，苏茉从未接触过网络小说。

舅舅、舅妈本身就有两个孩子，这些年能将苏茉养大已经算得上仁至义尽了。家里的条件不太好，自然不可能给苏茉买手机这种奢侈品，因而，苏洋让苏茉暂时用着的这部旧手机，是苏茉人生中的第一部手机。

学习生涯里，苏茉倒是接触过几本小说。

他们镇上没有高中，高中是要坐车去县城里念的。自然地，班上有好些家境还算不错的同学有手机，也有其他的消遣方式。她们宿舍就有个女生，特别沉迷于小说、漫画。在那个女生的推荐之下，苏茉也看过几本小说，看入迷的那几天里，苏茉连老师上课时讲的是什么都没听清。

意识到小说对自己的影响后，苏茉很快就戒掉了小说。

可这一晚，苏茉一个人窝在安静的小床上，点开了《首辅》这本书。她心情轻松，没有了高考的压力，还憧憬了未来的人生。

不知不觉中，苏茉就看了进去。至于为什么能看进去，她其实也讲不出个所以然。

《首辅》是一部正剧风格的古代言情小说，男生视角，人物的事业线很明晰。从一开始，小说的节奏便既稳又快，苏茉看着看着，甚至还产生一种感觉：这本书里的主角，原型应该是明代万历朝内阁首辅张居正……

苏茉毕竟是文科生，又刚刚经历了高考，历史方面的知识大都还记着。也不知道怎么的，她产生了这种猜测之后，又油然而生出一股钦佩之情。这个作者怎么这么有才，能将一本架空的历史小说写得如此恰到好处。你能感觉到他在写谁，可真正要去深究，却发现这个人物比你想象中的更鲜活、更立体，甚至会让人产生一种疑惑：文中发生的这些事，会不会真的在这个古人身上发生过？

楚三写作的文风很沉稳，文笔算不上华丽，却极为舒服，有一种行云流水的韵味在里面，自然而然地引人入胜。

苏茉一边看，一边胡思乱想，连着打了好几个哈欠，又揉了揉眼睛，无意中发现：凌晨两点了！

苏茉不知不觉地看了两个多小时？

很少晚睡的苏茉蒙了好一会儿，下意识地退到小说详情页，再一次看见这本书的简介：“他是内阁首辅，一人之下，万万人之上。”一句话的介绍，简洁中透露出一丝难以形容的张扬狂傲，显示出扑面而来的大神风范。

大神，这是苏洋在饭后闲聊时，对那人的评价。

两个字回旋在齿间，苏茉忍不住暗暗地轻笑一声。怀着依依不舍的心情，她正打算退出App早点儿睡觉，谁承想，视线一下滑，乌烟瘴气的评论区吓了她一跳。

谩骂、嘲讽的言语充斥着整个评论区。苏茉看了好一会儿才恍悟：原来，“公子”是他的昵称。那些忠诚的读者，称呼他“楚公子”“三公子”“公子”，语调里有一股熟稔亲昵。至于那些火气十足的读者，大多称呼他“大神”。

大神？

难不成这是个反讽用词？

网文界中，作者一天不更新，就会造成这么严重的后果？

苏茉没追过文，眼下也没看到《首辅》的更新处，完全不能理解读者抱怨的“吃不下，睡不着”“要死不活”“销魂”等感觉。她默默地围观了一会儿，眼看时间又过去半小时，心情复杂地退出了App。因为她浏览了不少带负面情绪的评论，脑仁还有些涨疼。

这会儿，苏茉其实是有些睡不着的。

苏茉在床上闭着眼躺了一会儿，觉得有点儿闷。也许是楚三的描述太过生动鲜活，她看书的时候，主角江陵的一举一动都能牵动她的情绪。眼下她想睡觉，那人的影像反而越发清晰地浮现在脑海中了，被她自动代入的那张脸，正是今天见过两面的楚河。

楚河很高，至少也有一米八吧？可能因为常年宅在家里，肤色比一般男生白一些，身上还有一股特别沉静内敛的气质，很干净，分外出众。

啪！

意识到自己越想越偏，苏茉抬手往自己的脸上扇了一巴掌。力道没掌控好，她都把自己打疼了。

苏茉又龇牙，又揉脸，从床上起身，拿了床头柜上的水杯，想要出去接点儿热水兑了喝。大夏天，按理说她一个农村来的小姑娘没那么娇气，可是因为小时候喝凉水闹肚子的印象太深刻，她基本上很少喝凉水。

"嗯……嗯……"

站在饮水机边等水开的时候，她听见一阵又一阵、时轻时重的痛苦呻吟声，从主卧里传了出来。

雨薇?

苏茉面如火烧，手忙脚乱地关了饮水机，跑回房间。

苏茉接水的时候手抖了一下，虎口处被烫了一小块儿。不过，这与她受到的惊吓相比，完全不值一提。

和眼下精通电子产品的大多数年轻人不一样，苏茉接收信息的途径少得可怜。虽然她模样不错，可从小的生活环境使她养成了腼腆内敛还有点儿怯弱的性子。她和异性的接触，仅止于学校范围内的日常问候。比如，"该交作业了""老师让你去他办公室""不好意思，借过一下"。除此之外，她连电视都很少看，高考志愿还是和朋友一起去网吧填的。她上生物课学到动物交配都会脸红，男人和女人之间的那种事，当然更无从深知了。

许少辉觉得她纯，能不纯吗?

女孩子的纯洁美好，很大程度上来自懵懂童真。

苏茉灌了几口温水，钻回床上，仍旧能隐约听见主卧传来的声响，这声响完全驱走了她先前的一点儿睡意。等那声音总算彻底结束后，她大松一口气，才意识到下嘴唇都被自己咬得有点儿麻，手心里一层薄汗。

苏茉翻来覆去，实在睡不着，纠结之下，又点开了那本《首辅》。这次，她看了没一会儿，便收到系统提示：下一章要收费。

苏茉："……"

第一次接触电子书，苏茉自然没什么正版、盗版的概念，脑海里浮现的第一个念头甚至是，自己遇上了骗局。这几年苏茉常听人说起"网络诈骗"这个词，据说各种要求人充值、汇款的电话及短信都不能相信。

不过，这念头也就闪过一瞬，苏茉突然想到以前舍友追几个网络作者的文时，提到什么打赏之类的。那时她不太懂，也没细问，可这会儿状况一出来，她很快就想通了。

手机相当于一个载体，App相当于一个平台，里面所有的小说都相当于货品。前面的免费章节用来试读吸引人，后面的收费章节大抵是作者的收入来源了。机缘巧合之下碰到了一本让人入迷的书，若是她生活富裕，应该会购买这本书支持一下邻居，可事实上，苏茉身上总共就剩四百六十七元。

来安城之前，她舅舅当着舅妈的面给了她两百元钱，事后又悄悄地给她塞了三百元，总共五百元。从小到大十八年，苏茉身上第一次装这么多钱，以至于她来的当天，小心谨慎地摸了口袋无数次，就怕不小心将钱给弄丢了。钱当然没丢，除去她为了买睡裙和脸盆而花掉的三十多元，剩下的这些，就是她未来两个月所有的零花钱了。

她默默地叹了一口气，想要退出去，手指却不经意地戳到了“购买”的选项，接下来，屏幕显示购买成功，直接进入了新的章节。

苏洋是会员？

账号里还有钱？

一半茫然，一半意外，苏茉下意识地看完了这一章，心里却没有一点儿惊喜的感觉，反而惴惴不安。

苏茉没经过人家同意就动用了人家账号里的书币，哪怕是无意的，这种不问自取的行为也让她很不踏实。虽说是邻居，可人家又不欠她的，提供这个赚钱的机会已经是帮了她的大忙了，她不能得寸进尺。

苏茉胡思乱想着，心里产生了一种类似于焦虑的情绪。

她以前一直念书，舅舅家里情况一般，却从未亏待过她，苏茉面对的是贫寒却也不算残酷的命运。可这个暑假，当安稳的表象被撕掉，她不得不直面生活里各种各样的冲击。

苏茉想继续读书，不想被当成货物一般嫁出去。她要靠自己挣钱。

莫名其妙涌上来的情绪让苏茉无法安眠，她开始在床上翻来覆去，睡不着。她辗转反侧了好一会儿，又打开了手机，点开九江文学城。

苏茉还是想看小说……

许是因为从小的娱乐活动实在太少了，看小说对她来说都是一种愉快、忘我、奢侈的享受。可偏偏，当这喜爱涉及金钱的时候，她无法说服自己去花费。手指点来点去研究了好一会儿，也不晓得怎么回事，她突然点到了“我的书架”里，再一看，以往的阅读量还不小。

九江文学城里的女性读者多一些，可男性读者也占了一定比例。苏洋先前无聊的时候也追小说，基本上都是看男主视角的爽文，其中有玄幻修仙题材的，也有都市官场题材的，甚至还有一些小众的惊悚悬疑题材……

这可真是意外之喜了。

苏茉一本一本地浏览过去，意外地发现，其中有一本就是楚三写的，书名叫《武僧》，简介比他目前正在连载的《首辅》还简单，九个字而已：“升级流爽文，无感情线。”

噗——在床上看见这行字的苏茉，突然被逗笑了。

男主角是个和尚？

和尚自然不可能谈情说爱，他还特地标注出来？苏茉怎么看都觉得简介里透着一股子张扬狂傲的气息，但又不让人讨厌。这种感觉，有点儿像他那个人，看上去高冷、生人勿近，却自有一种矜持、自信的气场，让人觉得他就该是那样的，没必要去迎合、迁就谁，也不用费心思去攀附谁。

况且，楚河长得那么好看，现实里应该被很多女生喜欢、追求过，就和在小说世界里一样，众星捧月。

猛地想到这儿，苏茉觉得脸上微微一热。她下意识地抬手揉了揉脸，屏除杂念，开始看《武僧》。她也是不知不觉便看进去了，直到被外头有人关门的声音惊醒，才发现天已经亮了！已经早上六点多了，刚才那声音，是张雨薇要去上班弄出的。

她竟然一晚没睡？

意识到这个问题，苏茉整个人都有些不好了，不敢再看手机，翻个身，强迫自己赶紧睡觉。

快递店一般早上九点开门，不过也没有强制时间。可在苏洋的认知里，苏茉实在不是一个喜欢睡懒觉的女生。早上八点多，他发现苏茉还没起，着实意外了好一会儿，眼看着时至八点半，他叫的外卖都到了，便抬手敲响了苏茉的房间门。

砰砰砰——

苏茉被叫醒，懊恼地去卫生间飞快洗漱完，顶着一个浅浅的黑眼圈，坐到了餐桌边。

苏洋盯着她看了几秒，迟疑地笑起来：“昨晚做贼去了？”

“啊？”

苏茉咬了一口包子，腮帮子鼓鼓地抬眸看他，半晌才意识到自己被打趣了，想了想，有些羞愧地说：“没。”

“那你这是？”

苏洋的目光，从苏茉脸上扫过。

她一晚上没睡，不仅有黑眼圈，眼睛里都有红血丝了。因为太困，照过镜子后，苏茉只得低声老实交代：“意外发现你给的手机里有一个看书软件，我……看小说了。”

“什么小说啊，这么吸引人？”房间门吱呀一声响，许少辉穿着一条大短裤出来对苏茉说。许少辉的嗓音懒散中带着一点儿沙哑，语调里还有两分戏谑。

听起来，许少辉的心情很好。

下意识地想到昨晚的插曲，苏茉臊得不行，也没看他，吞吞吐吐地回了一句：“没、没什么，乱看的。”

“我的那个账号里好像还有不少币，你要看的话就直接用。你用完给我说，我再帮你充。”苏洋大苏茉五岁，眼下没女朋友，手头还宽裕，基本也就将她当成妹妹在照顾，大方得很。

苏茉含糊地应了一声，快速地吃了两个包子，没有多逗留。她低头拿了钥匙就往外走，说先去店里面了。

丁零！电梯到了。

吃完早点的楚河刚抬步走出去，冷不防便将撞到怀里的小小身躯抱了个满怀。待他回过神，放下落在女生胳膊上的那只手，低头去看，发现小姑娘已经受惊般地退了一步。此刻，她正红着一张脸连连道歉：“对不起，对不起，我不是故意的。”

她满脸通红，明显受惊不小。

楚河回过神来，心里倒没什么不悦的情绪，只淡淡地点点头，开口说了一句：“没事。”

话音刚落，楚河便迈开长腿，往自己家走去。

苏茉脸上的烫意未消，抬头看了楚河两秒，眼见楚河进门，心里那股惊慌失措的感觉才淡了些，连忙低头进了电梯。

楚河转身关门的时候，正巧看见女生单薄的侧影。

昨晚吃了烧烤回来，楚溪那丫头又八卦地说起了隔壁几个人。她言之凿凿：“哥，我以看了十年小说的书龄起誓，个子高点儿的那个绝对吃着碗里的、看着锅里的。你是没看见，他下午在电梯里和人家说话那架势……”

听楚溪在边上嗡嗡嗡地说着，楚河只抬头反问了一句：“你从八岁就开始看小说了？”

“夸张一下不行啊！”

二人短暂的谈话以楚溪气急败坏的控诉告终。

这点儿小事，楚河本没有放在心上。他昨天晚上十一点多才到家，因为没什么睡意，便去了书房。

直到这时，他才知道了评论区内的动静。

同时，楚河处于隐身状态的QQ收到了无数条消息，来自其他作者、读者和编辑，让他应接不暇。他索性一个也没理，先打开了WPS，接着写文。

九江文学城兼收并蓄、百花齐放，各种风格的作者创作出了各种题材、类别的小说，因为受众广、名气大，网站的流量一直处在业界前列。与此同时，网站对作者的更新量没什么硬性规定，“日更”“隔日更”“周更”“月更”甚至“缘更”（不定时更新，随缘）的作者都有，让读者在抓狂、无奈的同时，越发珍视和偏爱那些能保质保量更新的作者。很幸运地，楚河便是其中之一。

楚河的家庭条件比较好，他写小说并非为了赚钱。可当他开始靠写小说赚钱后，他便下意识地保持着定时、定量的更新习惯。

楚河从小就是一个低调、有主见且自律的人。这一晚，他没有花时间去回复评论区内的留言，也没有去QQ书友群做出解释，而是彻夜未眠，花了六个小时写了一万三千字，修改后传上了后台。

苏茉上午不算忙。

十一点，苏茉坐在椅子上休息的时候，又一次点开了九江文学城App。

《首辅》挂在主页的畅销金榜前三，苏茉一进去便看到了。她下意识地又点开了这本她昨天看到一半的小说。苏洋早上的话让她知道，这里面的书币并不被他放在心上，以后都不一定会用了。

苏茉在纠结要不要用苏洋账户里的书币时，目光扫见了评论区。因为她对昨天乌烟瘴气的评论区印象太深，以至于她在目光呆住两秒后，轻轻地啊了一声。

“兄弟今天太‘给力’了！”

“继续，不要停！”

“我去，更新五章？”

“大清早起来简直要幸福到飞起！”

“公子棒呆了！”

“这波操作很666（形容某人或某物很厉害）了。”

一大片溢美之词占满了评论区，读者评论后面带着的感叹号昭示着他们的激动和兴奋，一顺溜的打赏、留言则让人瞠目结舌，仿佛昨天在这个地方气急败坏、发火抱怨的人，和他们一点儿关系都没有。

苏茉在评论区里知道了他连更五章的事情，心里非常好奇，在前面还有许多章没看的情况上，点开了最新的一章。新章的末尾处，在“作者有话说”里列了两行字：“昨天的确有点儿事，没考虑到大家的阅读感受，抱歉。今天我更一万三，补上昨天的。”

就是这简单的两行字，不仅让许多读者郁闷、抱怨的情绪一扫而光，还让原本就十分喜欢他的一众老读者欣喜若狂。很多人在评论区内留言后，还“二刷”评论，再次示爱。

“让我如何不爱你！”

“哈哈哈，就知道公子不会让我们失望的！”

“业界良心！”

“公子实力宠粉！”

“最爱你一言不合就加更的样子！”

“劳模你好，劳模最棒！”

更新还没看完，苏茉又一次被评论区里的诸多留言吸引住视线。许久，终于看完了这一天的评论后，她心里充盈着一种饱胀、复杂、微妙甚至有些难以形容的情绪。

楚三！她真的很佩服他，甚至还有些崇拜他。

苏茉从评论区里的几篇长篇评论中得知：楚三写文好几年了，连载期间基本上都是每日更新六千字，很少间断。楚河最长的一篇文，字数上百万，他连载了二百多天，连载期间从未请过一天假。

楚河这一天更了一万三千字，不但补了昨天没写的，甚至附送了一千字。可想而知，他定然是熬夜了。

追文的读者满足且感动，苏茉也有点儿被触动：别人条件那么好，住着四室两厅的大房子，这么有才华了，偏偏还那么努力。那样的人都那么努力，像她这种情况的人，怎么能有丝毫懈怠？

从小的经历使然，苏茉是一个特别会自我安慰、自我调解并且自我激励的人……

一天忙碌且琐碎的工作下来，苏茉身体疲乏，心情却满足而轻松。临关门前，她又检查了一下各处，正要关灯，听见一道稍微有些熟悉的女声说：“嗨，拿个快递。”

“哦——”应声间，苏茉笑着抬头。

视线里出现了一个见过几面的女孩儿，容貌娇俏，笑容爽朗。要是苏茉没猜错，这个应该是楚溪本人了。

“手机号后四位？”

“三六六九。”

简短的对话后，苏茉转身去找快递。

苏茉记性好，做事又非常利落、有条理，因而这个快递很快便被找到了。她客客气气地将快递递给楚溪。楚溪低头确认信息的时候，听见了略显清脆的一声啪，回过神便笑着问："下班了呀？"

"嗯，都九点多了。"

苏茉笑笑，关好门，同她一起往外走。

路过超市柜台的时候，楚溪突然停下步子，说："你等我一下，咱们一起回。"

女孩子大多喜欢结伴……

苏茉闻言也没拒绝，站在一边看着她挑冷饮。

夏天里，大多数女孩子喜欢吃冰激凌，男生却不尽然。楚溪想到家里冰箱内空空的冷冻层，索性拿了一个塑料袋开始挑，也不问价钱，只是一股脑儿地往袋子里面放冷饮。

"一百零三元。"收银员拿着扫码枪一件件扫完，困倦地说了句。

"支付宝。"

"扫吧。"

楚溪拿着手机，很快结了账。

"嗯，还挺沉……"结完账，楚溪拎起袋子就走，下意识地蹙了一下眉。

见状，边上的苏茉便笑着伸手去接，顺带说："我帮你提吧，你拿着快递就好了。"

楚溪有点儿不好意思，可眼见苏茉虽然人小，力气倒好像不小，而且自己的确拿了个快递，便也没过多推辞。她们一起出地下室的时候，楚溪还打趣了一句："你劲儿还挺大啊。"

苏茉笑了笑："嗯。"

苏茉跟楚溪不熟，也不是话多的人，没有跟楚溪继续聊下去，只是下意识地低头盯着塑料袋看了一眼。二十来个冰激凌其实没多重，她在家里帮舅妈干活的时候，能很轻松地将十多斤的箱子搬来搬去。

苏茉的劲儿是从小到大锻炼出来的，自然不是楚溪这种养尊处优的娇小姐能比的。

羡慕吗?

她其实挺羡慕的。

明明是同龄人，人家买的冰激凌，一支要花七八元，而她从小到大都很少吃这种在现在看来很平常的零食。可是羡慕也没什么用，这世上唯有出身是不能选择的。父母长辈只给了她这样的经济条件，她再觉得委屈也没用，唯有努力，才可能靠着自己改变命运。

苏茉胡思乱想着，思绪下意识地就飘远了。

楚溪是个好动的人，感觉到边上的姑娘实在安静得过分，便侧头打量了一眼。

苏茉的个子和她差不多，一米六出头，人却比她瘦，穿的还是她昨天见过的那条白色衬衫裙。版型宽松的裙子越发显得她身形纤细。苏茉的脸小小的，就巴掌大，在七月夜晚的景色中，显得白净而柔和。

苏茉似乎很腼腆，话特别少，出了地下室后就一直抿着唇角想着什么。松松的马尾坠在脑后，晚风吹拂起她颊边的几缕碎发，让她在疑惑间看过来的那双眼眸，多了一种水盈盈的灵动感。

“怎么了？”被盯着的时间长了，苏茉自然有所察觉。

“嘿嘿，就觉得你挺漂亮的，看呆了。”

苏茉：“……”

苏茉的老家地处平原，距离省城也挺近，其实远远算不上闭塞落后。只是她这个人从小就腼腆内秀，一门心思扑在学习上，相熟的几个朋友也是成绩很好的那种，彼此间从来不会用这种语气说话。当然，更没有人会如此直白地夸赞她的相貌。

有那么一段时间，苏茉听到有人说起她的相貌时，还非常反感，因为那些话大多不带什么善意。

“都一个村的，她怎么就那么白，皮肤还这么好啊？”

“估计是像她妈吧！我妈说了，她妈就很白，跟她外婆一样，长得跟狐狸精似的。”

“难怪能迷惑男人呢。”

从小到大，伴随着她成长的关于她妈妈的讨论和闲言碎语，几乎就没有停歇过。

楚溪发现自己的夸赞非但没让边上的人笑逐颜开或者不好意思，反而让她神游得更厉害，忍不住好奇地问：“想什么呢？”

“没。”苏茉回神，话还是少得可怜。

楚溪默默地叹口气，只能没话找话：“你和快递站的老板是亲戚吗？”

楚溪指的是苏洋，苏茉第一时间也想到苏洋。

她老实地回答说：“是邻居。他找我过来帮忙的。”

“打工？”

“嗯。”苏茉笑了笑。

楚溪哦了一声，不再多问，话锋一转：“最近太热了，在地下室待着多不好受啊。你这么漂亮，可以试试去直播唱歌啊，很容易火的。要不然兼职做模特儿什么的也行啊，听说一小时就能赚好几百元呢！”

直播唱歌？

模特儿？

楚溪描述的职业，是苏茉想都不敢想的。

苏茉也敏感地察觉到：虽然她们看上去差不多大，可事实上，完全是两个频道甚至是两个世界的人。两人说话时都有距离感，格格不入的那一种。

因为这样的认知，回家途中，苏茉的话更少了。

楚溪却没太大的感悟，还挺开心的，出电梯的时候，随手掏出几个冰激凌塞给苏茉，而后一边倒退，一边摆手向苏茉道别，然后敲响了三三〇三的门。

楚溪烂漫爽朗的模样惹得苏茉笑了笑，她心情略微轻松了一些，也敲门进屋了。

家里，苏洋、许少辉和张雨薇都在。张雨薇给她开的门，看见她手里的冰激凌便笑起来："你买的呀？"

苏茉一愣，这才发现怀里的冰激凌恰好是四个，连忙解释说："不是。隔壁那个女生送的，就是昨天吃饭时遇到的那个。"

"……"

张雨薇有点儿意外，愣了一下。

苏茉又解释："她来取快递，我们就一起回来了。路上她买了一袋子冰激凌，分了我几个。"

"哦哦。"

张雨薇笑笑，很自然地从苏茉手中接过冰激凌。

张雨薇给苏洋和许少辉一人扔了一个，自己吃了一个，将给苏茉留着的那个放在餐桌上。苏茉洗了脸出来，意外地发现，张雨薇给她留下的冰激凌是最贵的那一个。冰蓝色的外包装纸上印着一朵绽开的花，上面有五个很漂亮的花体字"雀巢花心筒"。

这便是那个让苏茉咋舌的八元钱一支的冰激凌。

香草味的冰凉甜香顺着喉咙滑入，苏茉坐在茶几一侧的单人沙发上，迟疑片刻，趁着电视里播广告的间隙问苏洋："洋洋哥，夜市上摆地摊的那些东西，批发起来贵不贵？"

"怎么问这个？"微微愣了一下，苏洋不答反问。

苏茉小口地舔着冰激凌，凉而香甜的滋味从喉间抵达了心尖，实在让她分心。停顿了一两秒，她才偏头解释说："快递店那边每天晚上九点就能关门了。我想利用下班后的这些时间再干点儿其他事，比如在夜市上摆个地摊，这样能多攒一些钱。"

闻言，苏洋还没答话，张雨薇先不可思议地道："你这也太拼了吧？！从早到晚一天在地下室里闷十二个小时，都不累吗？还要摆地摊？！"

苏洋也不赞同地道："你一个女孩子，晚上摆地摊也太危险了。我可是答应了你舅舅要保证你安全的。"

苏洋这话说完，客厅里的四个人都陷入了短暂的沉默。

苏洋和张雨薇不赞同，许少辉倒没发表什么意见。他看向苏茉的目光有些晦暗，无意间就被她吃冰激凌的样子吸引了。

也许是因为很少吃冰激凌，女孩子的脸上带着一股让人怜惜的小心翼翼。苏茉吃得很慢，小口小口地舔，不时还伸出粉嫩的舌尖轻轻地勾一口。她完全无意识的动作，却带着一丝青涩的诱惑，撩得人心痒痒的。

就这样胡乱地想着，他甚至有些口干舌燥起来……

"喀！"张雨薇的一道干咳声，打乱了他的思绪。

因为做贼心虚，许少辉瞬间朝张雨薇看了过去。他发现后者正面色难看地盯着他。而后，张雨薇突然起身，往主卧走去。

心中暗道不好，许少辉也佯装无事地起身往主卧里去了。刚进房门，他便听见张雨薇压低了声音质问他："你刚才在看什么？！"

"什么看什么？"

"少给我装蒜！"

张雨薇的脸色越发难看，她狐疑的语气里夹杂着一丝复杂的情绪："我昨天就觉得你看人家的眼神不对劲儿，今天又看！你看什么呢？！觉得她长得比我好看是不是？！我说你都不知道撒泡尿照照自己吗？就你这样的，还吃着碗里、看着锅里，很有能耐啊！”

“你在胡说些什么？！”许少辉气呼呼地回了一句。

瞧着她瞪眼的样子，他突然轻笑一声，道：“好了好了，不就多看她两眼吗——”

许少辉拖长了调子去哄张雨薇，一边将她扯进怀里，一边低下头小声说：“我就觉得她跟八辈子没吃过冰激凌一样，看着太小家子气了，所以才多看了几眼。她哪有你好啊，要胸没胸，要屁股没屁股，身材跟个扁豆似的。我是眼瞎了吗，会觉得她好看？”

许少辉毫不留情的贬低，让张雨薇的脸色稍稍有了好转。她心里的疑虑和恼怒也消除了些，抬眼盯了他一眼。

见女友愤怒的表情里掺杂了几分羞恼和笑意，许少辉心里一松，又趁机将她摁在墙壁上亲了几下，亲着亲着，双手也不规矩起来。

两人在主卧里擦枪走火，外面坐着的两人丝毫没有察觉。甚至因为他们俩回了房间，苏洋和苏茉说话更方便了一些。苏洋低头思量了一会儿，试探着问：“茉茉，你是不是觉得快递站的工资太低了？”

这两年电商行业飞速发展，连带着快递生意也非常红火。虽说这一行大多比较累人，可要论起收入，不比坐办公室的那些大学生低。他给苏茉一个月两千三百元的工资，其实并不高。试想一下，搁现在一般人，谁愿意每天在地下室里待十二个小时？何况还没提休息日。就算包吃包住，也极少有人能忍受这份枯燥和辛苦。

苏茉被他的问题吓了一跳，连连摆手：“怎么会？你能这么帮我，我真的非常感激了。我只是……想着能多攒一些是一些。”话到最后，她的声音都变小了。

苏洋稍微放心了一些，叹了口气，又道：“摆地摊没有你想的那么容易。我刚来安城的时候也摆过地摊，既费时间又挣不到几个钱。尤其你刚来这儿，年龄又小，那么晚出去摆地摊真的挺危险的，我觉得不合适。”

“哦。”

听出了苏洋话里反对的意思，苏茉也没再坚持。

冰激凌不知不觉便吃完了，苏茉微微低头，心里有点儿乱，用手捏着那张冰蓝色的包装纸。

看得出苏茉的情绪有些低落，苏洋忍不住叹了口气，宽慰说：“地下室那环境的确挺磨人的。这两天看你来了，我就偷了个懒，基本上都让你过去。这样吧，以后我有时间就尽量下去，咱们换着来。如果我周五、周六没事的话，你就在这两天休息，去周围转转也行，就当提前熟悉城市环境了。”

“洋洋哥，我不是这个意思。”

“这工作干着挺辛苦的，排一下休息时间也是应该的。”

苏洋笑了笑，见她神情中似乎有几分尴尬和自责，想了想又说：“咱们好歹是邻居，我小时候还带你玩过呢。请别人一时也请不到，请你过来帮忙，是的确有这么个需要。而且你也知道，我就念到中专，没什么文化。这人一没文化，就特别羡慕那些有文化的人。眼下这个社会，你去商场里卖个衣服都得大专呢。说到底还是要有文凭，有了文凭才有底气，以后找工作、结婚，才有更多选择，不然也就跟我似的。家里也帮不上我什么忙，出来闯荡全凭出力，累得要死……”

话说到一半，苏洋给自己点了一根烟，吞云吐雾间，剩下的话里都带着一股无奈和追悔：“你打小念书就好，我也就是因为在社会上混了这么几年，所以觉得你就这样不念了，太可惜了。既然能考上，大学无论如何都得念。你以后要真的念成了，有大出息了，我也能跟着你沾光不是？钱的事你不要担心，学费和生活费没攒够我可以借给你一些。而且现在不是也有什么贫困生助学贷款吗？实在不行你就申请一下。女孩子家家的，要爱惜自己，别太累了。”

苏洋的一番话让苏茉十分动容。她平复了一下心情，点点头说：“真的谢谢你。”

苏洋笑着弹了弹烟灰：“好了，甭跟我客气。”

第三章　情侣

两人谈完话，苏茉收了摆地摊的心思。

张雨薇和许少辉进了主卧，一时半会儿没出来，苏洋便瘫在沙发上追网剧。眼见时间不早了，苏茉便先去洗澡了。

等苏茉洗完澡再出来，临近十一点了。

苏洋抬眼看见她洗了衬衫裙晾到了阳台上，将电视暂停，招呼了一声："茉茉。"

"洋洋哥。"苏茉从小这么叫他，闻言便应了一声。

苏洋抬下巴指了指她的房间，道："手机拿出来。我给你申请个微信，你加一下咱们小区的便民群。"

"哦。"苏茉很快将手机拿了出来。

苏洋拿着她的手机摆弄了一小会儿，给她申请了一个微信号，而后又简单地讲了讲日常操作的方式，最后将她邀请进了小区的便民群，并且耐心地解释道："这个群是十三号楼下面的超市服务群。群里人蛮多的，有商家，也有业主，你看看群名片应该能区分出来。我给你把群名片备注成‘十三号楼快递’了，要是有人私聊你问快递的事儿，最好及时回复一下。”

“哦。”低头看着他演示，苏茉连连点头。

苏洋又将微信中的门道详细地向她讲了一些，眼看着过了十一点，便止了话茬儿。

苏茉捧着手机，晕乎乎地回了房间。

不过，手机这东西，接触几天后一般人就会用了，压根儿不用教。微信也是一样的。苏茉虽然从小眼界窄了些，可脑子并不笨，她回房间研究了几分钟，突然接触新事物的晕乎感便退去了。

苏洋他们租住的这个小区规模很大，三十多层的高楼足足有几十栋。每栋楼都有两个单元，每个单元都是两梯四户的设计，算下来，业主人数非常多。

十三号楼负一层并不是小区里唯一的超市，可相对来说，是小区里规模最大的一个超市，日常用品应有尽有，还每日供应新鲜的水果蔬菜、牛奶面包、面条熟食。除此之外，下面更有快递店、打印复印店、孕婴店、药店、裁缝店、干洗店、纯净水供应点。

苏洋拖她进去的这个超市服务群，成员将近五百人，她一路浏览下来，发现诸如“灯具”“五号楼美甲”“九号楼理发”“幼儿专业教育”“二十一号楼阳光托管”“通马桶换锁”“游泳培训包教会”等，五花八门的群名片都有，均言简意赅。

因为这些群名片，苏茉先前沉寂下去的心思，又活络了起来。可一时之间她又实在没主意。自己能做什么呢?

怀着这个无奈的心事，苏茉叹着气睡了过去。接下来，苏茉过了几天平淡而忙碌的日子，直到星期五早上，因为苏洋兑现了让她一周休两天的许诺，她多了两天的休息时间。

可天气实在太热了，早上六点多，尽管她的房间隔了窗帘，还是洒满了阳光。苏茉本来也不是爱睡懒觉的人，便早早地起了床。

时间尚早，两个男生还没醒。她关了厨房门，轻手轻脚地准备好了早餐：红枣大米稀饭、几个肉夹馍和一盘西红柿炒土豆丝。

正应了“穷人的孩子早当家”这句话，她小学还没毕业就成了做家务的一把好手。一个普通的家庭妇女能做的事，她基本上都会，而且能做得非常好。某种程度上来说，舅妈之所以能一直容忍舅舅养着她，也有这个原因在内。

不过，她起得实在是太早了，等她吃完自己的那份饭，也才临近八点而已。苏洋和许少辉都尚未醒来。

麻利地收拾完厨房，她回到房间，发现微信群里有个业主问了一句：“哪位邻居有家政的电话？”

这个由超市牵头组建的微信群内，成员之间的关系错综复杂。问话的业主刚说完，便有熟人问他：“出差回来了？”

“可不，半个月没在，家里各处都是灰。”

“家政电话我这儿没有，不过我对门前不久请过，要不我待会儿帮你问问？按小时收费的那种，对吧？”

“我这里有电话，一小时四十元，最少四小时，要吗？”两个人正说话的时候，另一个业主插话问了一句。

这句话，让苏茉眼前一亮。

一小时四十元？也许是因为小时工的价位之高让她瞠目结舌，很快，她做出了一个自己都觉得大胆又冒失的举动。

申请加那位业主为好友的时候，她直接备注了一句：“家政。”

那位业主昨天才出完差回来，还刚好取过快递，眼见她申请加自己为好友，很快给通过了，还主动问了一句：“你是十三号楼快递店新来的那个姑娘？”

对方比她先开口，语气还算温和，很大程度上打消了苏茉发送申请后的顾虑。她定定神，赶紧回了一句："是的。我打扫卫生不成问题，保证麻利干净。如果您愿意的话，一小时三十元就可以了。"

"哈哈。"对方回了这么两个字。

苏茉咬咬唇，陷入短暂的纠结中。

她不明白这个业主发了个"哈哈"是什么意思。不过因为本身在业主群里，所以她也没什么安全方面的顾虑，又苦恼地想了一下，继续争取道："我是趁暑假打工赚学费的，今天正好休息，所以想做点儿兼职。您是担心我不够专业吗？"

今年春天，一场冰雹砸了老家一多半的果园，村上许多人都进城打工了，最常做的就是家政这类工作。说白了，不就是搞卫生吗？苏茉觉得这个真的没什么技术含量，她完全可以胜任。

"你几点能过来？"就在她胡思乱想的时候，那个业主问道。

"随时。"苏茉几乎是秒回，自己都觉得太过迫切。

苏茉深吸了一口气，补充道："周五和周六我休息，随时有时间。"

"那你现在过来吧！我下午要出去，不太方便。"

简单的一句话，让待在房间里的苏茉振奋起来。她笑了笑，很快回复道："好的。"

刚回复好微信，她便拿起钥匙出门了。

那个业主在微信里说了她家的地址，在小区六号楼二单元一八〇三室。苏茉到门口要敲门的时候，才后知后觉地想：这一切会不会太过顺利了？

不过，稍加思考后，她还是抬手敲响了房门。

敲门前，她给苏洋发了一条微信："我刚刚在微信群里接了一个干家政的私活，上午会在六号楼二单元一八〇三干活。两人份的早餐放在厨房里，你起床后和少辉哥一起吃吧。”

“进来吧。”房门打开了，一道慵懒的女声从门内传出。

苏茉一抬头，就看见一个脸上敷着黑色面膜的女人。她目光微微顿了一秒，才从那种突然被惊吓到的感觉里回过神来。她一手微微地按着胸口步入室内，站在门口的鞋柜边，迟疑了一秒，开口问了一句：“需要换鞋吗？”

“不用了。”

女人转过脸，目光落在她空空如也的手上，停顿了一两秒，才抬起修长的手指按住脸上黑而光亮的面膜，意外地道：“没带工具啊？”

苏茉：打扫卫生，需要自己带工具？

她站在原地，神色微微错愕，很快，脸颊上以肉眼可见的速度爬上红晕。她窘迫地说：“对、对不起，我第一次，没想到……”

贴着面膜，女人说话本就不太方便，闻言倒也没刁难，随意地吩咐说：“家里主要是落灰了，角角落落擦干净就行。你没带工具就算了，厨房和卫生间里都有。我十一点半出门，你争取在那之前干完。”

算下来，差不多两个半小时……

“行吗？”眼见苏茉沉默，女人又问，语调有些不耐烦了。

“可以的。”苏茉连忙答了一句，便去洗手间找抹布了。

女人跟进去，给她拿了三条白毛巾，而后又在厨房里拿了塑胶手套、洗洁精、清洁球，外加一个苏茉没见过的“油污克星”。

“谢谢。”苏茉抿唇道了一声谢。

女人轻轻点了下头，而后便出了洗手间。

苏茉在洗手间里接到了苏洋的电话。他听说业主是个女人并且她已经开始干活了，这才松了一口气，叮嘱她如果有什么事，要第一时间给他打电话。

苏茉应了，挂了电话，便专注地干活。

这间房子是南北通透的大三室户型，面积少说也有一百二十平方米。房子收拾得很整洁，家里只有这个业主一个人，没有老人和小孩儿生活过的痕迹。主卧里放了一张两米的大床，床上只有一个枕头，她似乎是一个人住在这儿。

苏茉打扫卫生的过程中，发现了很多细节。比如，女人过得远比张雨薇精致。三个房间中，最大的那一间用来睡觉休息；带落地窗的那一间是书房，有散发着木材清香的书架和书桌；稍小的那间也不像一般家庭那样布置成客房，而是摆着一台跑步机和几盆绿萝，看着就充满生机。

临近十一点半，苏茉的工作进入尾声。

与此同时，女人也完成了她的大变身，以至于苏茉看见她的时候，神情都微微呆滞了。

女人挎着包，里里外外转了一圈，高跟鞋在地面上发出嗒嗒嗒的清脆声响。她显然极满意自己所看见的一切，赞了一句“不错，很干净”。

她发现苏茉还在看她，又笑着问了一句：“怎么还发起呆了？”

“您好漂亮。”倏然回神，苏茉红着脸说了一句。

张雨薇也化妆，可不晓得是不是因为年龄太小了，二十二岁的她完全没有给苏茉这种堪称震撼的感觉。和这个女人的气场比起来，张雨薇那种还算漂亮的妆容，甚至会让人觉得刻板且生硬。

这个女人早上起来化妆，用了两个小时。

她那一头凌乱的长发不见了，被松松地固定在脑后，绾成一个髻，有些慵懒，却显得人极为优雅；她脸上的黑面膜被撕掉，露出那张白皙又细腻的脸，虽然化了妆，却一点儿也没有浓妆艳抹的感觉，反而让人觉得清新舒服；她卷翘、纤长的睫毛和浅杏色的眼影相得益彰；她饱满的红唇长久地吸引着人的视线……

女人穿了一件露肩束腰的白色雪纺衫，下面配着九分的黑色阔腿裤和高跟鞋，挎着包，身子微侧着站在那儿，给人一种郑重又赏心悦目的感觉。苏茉猜测，她应该要赴一场约会。

扑哧——显然没想到苏茉会直愣愣地说出这样一句话，女人忍不住笑出了声。

之后，女人给了苏茉一张红色钞票。

一百元，两个半小时……

女人给了她二十五元的小费。

苏茉攥着钱下楼，目送女人高瘦而优雅的身影消失在小区的林间小路上，收回视线时，还有些怅然若失。

来安城时间不长，这是苏茉遇到的另一类人。

她优秀、矜持、独立、气场强大，高傲中有一丝风趣。这丝风趣能让人忽略她语气里偶尔的颐指气使。她打扮后强大且无懈可击的气场让人下意识想去追随和崇拜，打扮前慵懒却舒适的生活状态却让人想要放松，沉浸在她小女人的娇气里。

什么是温柔乡？

什么是女强人？

苏茉这一早上，隐约明白了。

原来，这两个看上去好像截然相反的词，能如此恰当地用来形容同一个人。新时代的女性，就应当是这样的吧？

怀着复杂的心情，苏茉回到了房间。

中午十二点，家里没人。

苏茉心中似乎有一团说不清道不明的火在烧，以至于她连吃饭都顾不上，就先去了一趟超市。她采购了一堆做清洁的工具，第一时间将自己在微信群的备注名改成了“家政清洁，时薪三十”。

苏茉想要挣很多很多的钱，好好念书，将来找一份好工作，成为那种独立、强大、优秀的女人。怀着这个念头，她在小区门口吃完一碗面后，接到了这一天里的第二份家政私活。

雇主便是他们的邻居，楚大神。

楚河会在群里，纯粹是一个意外。

他在这个小区住了将近两年，因为一直在家工作，而且本身就比较宅，下楼后最常去的地方便是十三号楼负一层。有一次，他打电话叫人送水的时候，电话怎么都打不进去。后来送水点的客服就说了，让楚河加一下便民微信群，以后要水的话就在微信群里说一声，很方便。

事实证明，的确很方便……

群里一堆超市的工作人员，不仅送水方便，送水果、饮料什么的也很方便。只要买东西超过三十元，小区内就给送货上门。

渐渐地，他养成了日常琐事都通过这个群解决的习惯。晚起后，他本来是要叫家政过来打扫卫生的。偏偏，那张平时就在抽屉里放着的家政的名片不见了。他也懒得翻找通话记录，便进了微信群，正好瞧见了“家政清洁，时薪三十”这个人。

先前他请过的家政，时薪四十元起，四小时以上接活儿。这个略显便宜的价位让他稍稍愣了一瞬，不过他也没多想，直接加上好友并约定了时间。之后，楚河叫了一个外卖，而后去洗澡。

砰砰砰——

几道敲门声传来时，楚河刚踏出洗手间。

他一边往门口走，一边拿起先前顺手扔在沙发上的手机看了一眼，发现已经两点了。

砰砰砰！

敲门声又大了一些。

第一感觉，应该是外卖。

因为相比于做家政的中年女人，送外卖的年轻人因为赶时间，敲门的动静会相对大一些。

这念头刚落，楚河便开了房门，和门外的人目光相撞。

两秒钟的沉默之后，他按在门把手上的动作往外扩了一些，脸上流露出一个尚算温和的浅笑，他微微扬了声音问：“什么事？”

不是外卖，也不是家政，门外仰着脸看他的，是隔壁新来的小姑娘。此刻，她一只胳膊挎着一个双肩包，神色经历了从错愕到尴尬的过程。她白嫩的小脸变得红扑扑的，忙不迭地说：“楚老师，我过来搞卫生。”

楚河：楚老师？这是什么称呼？

好在他听清了后面那句话，微微错愕后，便调整好表情，整个人下意识地往边上退了一步。

苏茉从他身侧经过，闻到了一股清爽洁净的味道，是男性洗发水、沐浴露的味道。想到他开门时那样一副明显刚洗过澡的模样，不晓得为何，她心里竟然微微地有些紧张。

苏茉紧张到冒傻气，竟然称呼人家楚老师。

不过，他们这个圈子，彼此之间应该就是如此称呼的吧？总不可能见面彼此称呼大神或者是先生吧。前者太过随意、浮夸，后者又毫无行业辨识度，相比之下，“老师”这称呼反倒还好……

胡乱地想了一下，苏茉很快收敛心神，仰起脸对他说：“您在微信里联系的就是我，约好了两点见的。”

楚河点了点头：“哦。”

诡异地，气氛又有些尴尬了。

他一个二十六岁的大龄青年，大夏天睡到日上三竿才起床，在微信群里叫了一个家政，结果找上门的是一个顶多刚成年、个头才到他胸膛位置的白净小姑娘。

怎么看，这件事情都有些无厘头，带着那么一点儿生活喜剧的味道。

可是这人都已经来了，他总不能出尔反尔。因而，楚河在心里默默地叹了一口气，说道："家里落灰比较重，麻烦了。"

"您别这么客气。"小姑娘朝他笑笑，麻利地蹲到一边，将自己准备的抹布和清洁剂之类的东西往外掏。

她今天没穿那件白色的衬衫裙，而是穿了一件再普通不过、前面带图案的白色圆领短袖，下面配了一条卡其色的七分布裤。苏茉突然蹲下去找东西的时候，整个上身微微弓出一个弧度，内衣扣被勒得分外明显不说，后腰也裸了一大片，露出一片凝脂般白嫩的肌肤。

"咯——"下意识地轻咳了一嗓子，楚河转开了视线。

苏茉已经拿了抹布站起身，迟疑着问了他一句："那个……有什么需要注意的吗？"

"外卖！"门口传来的喊声，突兀地打断了两人的交谈。

楚河走到门口，拿了外卖放在餐桌上的时候，很随意地回了一句："没什么要特别注意的，你注意安全就行。"

话音一落，他又微微拧眉，来了一句："窗户就不用擦了。"

闻言，苏茉也没多说什么，点点头道了一声好，随后拿着自己的抹布和清洁剂往洗手间方向走去。

她刚踏进洗手间，里面浓郁的湿气让她眼前蒙了一下。她将窗户推开透气，再回头走到盥洗台边。目光瞥见一个脸盆的时候，她的小脸上又无法自控地爬满了红晕。

那个脸盆放在浴室柜边的一个矮凳上，应该是作为脏衣篓使用的。此刻，里面就扔了一条男士的四角内裤……

与此同时，打开外卖盒的楚河也突然想到了自己换下的内裤就扔在卫生间里，不过已经来不及了。他握着筷子的修长手指紧了紧。半晌，他觉得冒冒失失走过去拿开内裤的举动更奇怪，只能淡定地开始吃饭。

窗户打开后，洗手间里的水雾渐渐散去。

眼前的镜子也变得越发清明、干净了。苏茉将抹布弄湿又拧干，抬起头的时候，便看见了自己的脸。

她性子内敛，从小到大很少和男性接触，不过，也不是那种动不动就会脸红的女生。

归根结底，苏茉内心中对楚河有一些崇拜……

她从未遇到过看起来这般优秀清俊的年轻人，用一句曾经从舍友口中听到的话来形容楚河：他有一张言情小说男主角的脸。

舍友的这句话原本是形容他们高中挺有知名度的一个男生。可眼下突兀地回想起来，她却觉得，那个男生的长相远远不及楚河。

思绪突然飘远，苏茉再回过神的时候，有些懊恼，抬手在自己微热的脸颊上拧了一下，抬步进了主卧。

先前她听苏洋和许少辉说过，他们隔壁这间房是大四室户型。眼下她亲身进来，才有直观的感受：一百六十平方米的房子到底不一样。

主卧内有独立卫生间，面积很大，不难看出是男性独居；大次卧的面积也不小，床上放着一张被揉成一团的空调被，床脚还搭着一条女生的睡裙，很容易猜到，楚溪住在这里。

这两人，苏茉已经猜到是兄妹关系了。

至于为什么房子里只有兄妹俩在住，她就不明白了。等清理完大次卧，苏茉的目光扫过书房和客厅，她微微抿了一下唇，而后开口问了一句："楚老师，我现在打扫书房的话，会影响您吗？"

在她打扫那两个房间的时候，楚河已经吃完饭，开始写文了。楚河闻言，落在键盘上的手指顿了一下，他捏了捏眉心，抬头温声对她说："不用这么客气，你怎么方便怎么来吧。"

苏茉闻言，便进了书房。

书房的面积不算大，方方正正的，临街是一面落地窗，采光很好。楚河的大书桌被安置在一边，整排书架则被安置在另一边。苏茉用干净的软布擦拭着书架，为了防止惊扰到楚河，她的动静极小。在她从左往右、从高向低，一点点地擦拭着的时候，她的动作渐渐地慢了下来。

眼前的一排书，作者都是楚三。

楚河写文好几年，出版的书也有好几套。有的分上下两册，有的册数更多，规规矩矩地放在书架上，都还没拆封，估计连主人都没看过。纤细的手指轻抚过书脊，苏茉心中暗道：他也就比自己大了几岁而已，真是太有才了。书架上摆一排自己的书，应该很有成就感吧。

她鬼使神差地回头看了楚河一眼。

青年背对着她，端坐在椅子上。他刚洗完澡，头发短而干净，没染过色，颜色乌黑。天气热，书房里没开空调，可因为外面客厅的立式大空调开了好一会儿，书房内倒也舒适。苏茉知道他身上穿的那件宽松的黑色短T恤是V字领的，能凸显出他白皙肌肤上，线条深刻的锁骨……

距离不算远，楚河察觉到背后那道目光，停下手中动作的同时，端起了桌面一侧的水杯。

哪承想，意外就在这一瞬发生了。

见他突然停下敲键盘的动作，苏茉便意识到了自己的失礼之处。哪怕人家还没回头看自己，她心里也生出一种惭愧和自责，连忙转身继续擦书架。结果，由于苏茉心神不定，她右手摸上了就摆在书架上层的仙人掌盆栽。

“啊！”隐忍的痛呼声响起。

楚河回头看过去时，书架上的仙人掌已经砰的一声落地了。小瓷盆登时炸开，泥土摔出，弄得满地都是。

“对不起，对不起！”意外陡然发生，苏茉吓得脸蛋都白了，说话间连忙蹲下去拾捡地上的仙人掌。回过神来的楚河想要阻止，话却僵在唇角。

这姑娘是傻吗?

他错愕又无奈地想了一下，瞧见苏茉又被仙人掌扎了一下。苏茉猛地缩了缩手，有些怔忪地看着被她打碎的盆栽。

楚河其实没什么养绿植、盆栽的癖好，是楚溪瞧见他屋子里空空的，觉得不太好，便自告奋勇地跑去附近的花卉市场，帮他买了几盆绿萝和仙人掌回来，说是净化空气、防辐射。这植物的摆放，也都是由着她的心情的。

思绪发散，他一时神游，便没有说话。

苏茉蹲在他一步开外的地面上，顾不上手疼，只觉得紧张、窘迫、自责多种情绪涌上心头，让她万分难堪。这难堪因为楚河的沉默被放大。她抬眸看过去的时候，眼眶都有些红，只说：“对不起，我真的不是故意的。我马上把这里打扫干净，花盆也会赔偿的。”

话音一落，她起身就往外走，要去拿笤帚。

“哎——”楚河上前一步，抬手挡了她。

掌心扣住她肩头的时候，他微微愣了一下，只觉得这姑娘的身子实在单薄，与此同时，一丝怜惜又无奈的情绪就这么涌了上来。

眼前这姑娘和楚溪一样大，却过着与楚溪截然不同的生活。楚溪从小锦衣玉食、养尊处优，说话时有一股孩子气；苏茉却不得不出来讨生活，在负一层收发快递，上门做家政。苏茉打碎一盆仙人掌都惊慌失措，着急到拿手去捡。

楚河脑海里突然浮现出第一次见她的那个场景：蹲在地上的小姑娘抬头看他，漆黑的眼，白嫩的脸，哪怕刘海儿因为闷热黏了几缕在额前，笑起来仍旧是干净纯粹的模样，带着几分稚气的可爱。

“是不是扎到手了？”收回思绪，他默默地叹口气，开口问。

微微低沉的男声，暗含几许无奈和关切，倒丝毫没有责备和生气的意思。楚河的问话让苏茉僵硬的身子莫名地松弛了一些。

“不要紧。”轻轻咬唇，她低声道。

话音一落，她又要抬步往洗手间方向走。

楚河没料到这人执拗得很，猝不及防，苏茉已经挣脱了他落在自己肩头的那只手，进了洗手间。

楚河下意识跟过去，便瞧见她立在盥洗台前吮吸指尖。

无可奈何，他又走了过去，再次开口道：“是不是被刺扎到手了？”

他那盆仙人掌上带了不少刺，碰一下都会扎到人，更何况她前后弄出那么大动静，想也知道她手上扎了刺。这小刺扎进肉里的感觉可想而知，非得尽快挑出来不可。

边上，苏茉听见他又问，下意识地蜷了蜷手指，没再逞强。苏茉在思考自己是先回家处理一下伤口，还是先处理书房那摊子事，思绪飞转着，便沉默了下来。

见她沉默着，楚河反倒松了一口气，又温声说：“手伸出来我看看。”

苏茉没伸手，眼眸先抬了起来。

她天生皮肤白，眼睛生得也好看，不算大却有着细长优美的弧度，眼尾微微上挑，偏头看人的时候有一种天生的风流感，又俏又媚，还带着一丝疏冷的戒备，像狐狸。不过，许是苏茉的气质太过纯良无害，她的这番神情不会让人退却、反感，反而让人有些哭笑不得，只觉得小姑娘冷萌冷萌的。

两个人的距离本来就挺近，这一个对视后，苏茉又觉得不自在了。她收回目光小声回道："不要紧。"

"我看看。"楚河说话的语气很温和，却给人一种不容置喙的感觉。

他比苏茉大了足足八岁，近来又见了好几面，本身已经算不上陌生了，又有读者和作者这样一层关系在。总归，苏茉微微心乱之后，没再抗拒，将手伸了出去。

食指指尖被她吮吸过，明显泛红。中指指腹的地方还被划破了一道小口，流了几滴血，血迹因为她蜷手指的动作沾染开来……

楚河只扫了一眼，便道："稍等，我去拿医药箱来给你处理一下。"

话说完，他便去了客厅。见他蹲到电视柜旁拉开抽屉找东西，苏茉又忍不住咬紧了下唇。

苏茉觉得过来给人家打扫卫生却弄碎了花盆，本身已经让她无地自容了，眼下倒好，还给人家添了这样的麻烦。也就他脾气好吧，不仅没生气，还给她处理这么一点儿小伤口……

苏茉心中五味杂陈，正乱想着，楚河便到了眼前。

他从医药箱中拿出一包棉签、一瓶碘酒和一个创可贴。楚河走到跟前，见她还在发愣，便直接开口吩咐说："到餐厅吧，我帮你处理一下。"

话音一落，楚河又率先抬步走向餐厅。

苏茉只得跟过去，坐到了一把椅子上。

楚河坐在她身侧的另一把椅子上，将手上的东西放下，微抬下巴，示意她将手放到桌上。

正值下午，阳光从阳台上的落地窗中投射进来，让这一方空间显得分外敞亮。苏茉将右手放在桌上后，楚河便低头凑了过去，仔细端详着她的指尖，试图看清被小刺扎到的地方。

两个人的距离极近，苏茉在他凑过来的时候便有些不自在了。可人家心无旁骛，一派正人君子的模样，她如果忸怩，反而显得矫情、多心了。因而她只能尽量忽视那一丝不适的感觉，规矩地端坐着。

“用指甲刀夹出来吧。”端详完，楚河叹着气说。随后，楚河转头从身后的内嵌式置物架上取了一个小巧的指甲刀，再次低下头去。

仙人掌的小刺本来就不好挑，他专职写文，还有一些近视，拿指甲刀将小刺往外夹的这个过程也并不简单。楚河索性直接上手，用两根手指捏紧了苏茉的指尖，才将几根刺慢慢地拔了出来。

小刺拔出，他松了一口气，又用棉签蘸了碘酒在伤口上抹了抹，而后，在她被划伤的指腹处贴上创可贴。

“谢谢。”苏茉细若蚊鸣的声音落在他的耳边。

楚河笑了笑：“不用。”

楚河抬头的一瞬，脸颊处有柔软的东西一扫而过。等他回过神来，才发现那应该是女孩子的头发。

刚才，两个人之间的距离太近了。

收拢思绪，他下意识地瞧了苏茉一眼，发现女孩儿的目光正落在自己的指尖上。她微微蜷了蜷被他贴了创可贴的那根手指，不经意的小动作，带着一点童真的孩子气。而她近在咫尺的那张脸，白嫩中透出一片绯红，像是抹了一层极淡的胭脂一般……

他看得有些出神，他专注的目光便显得过于直接。以至于，就在他看的这个过程中，苏茉的脸颊更红了。

“咯——”察觉到这一点，楚河猛地收了目光，干咳一嗓子后便快速起身说，“手伤了就算了，回去好好休息吧。”

算了？这句话让苏茉整个人都呆了一下。

算了是什么意思？怎么能算了？这是不用她再打扫卫生，要赶她走的意思吗？肯定不行！

收拢思绪，她连忙起身道：“没事的，我能干活。”

抬步欲走的楚河：“……”

他还没想到合适的说辞来劝人，苏茉已经快步走到了餐厅外的阳台上，将笤帚拿了进来。

紧接着，她便在楚河的注视中回了书房。

听见房间里传来扫地的声响，楚河心里那股无奈的情绪又一次涌了上来，他想告诉苏茉，让她别逞强。但楚河转念一想：她这样做是为了每小时三十元的收入，要是自己不让她打扫，自然没办法给她付这些钱。

最终，他没有再劝……

苏茉扫完地后，便戴着薄款的塑胶手套，继续打扫卫生。在她打扫书房的时候，楚河拿了一本书去阳台上看。等她打扫完书房，他隔了一会儿才进去，继续噼里啪啦地码字。

后面的两个小时，苏茉是在他敲键盘的声响中度过的。楚河用的是机械键盘，打字的声音清脆连贯，停顿的时候很少，让人忍不住想知道：他的脑瓜是怎么长的，写文怎么那么顺？

“楚老师……”

在他又一次停下来喝水的间隙，苏茉开口唤道。

下意识地，楚河看了一眼电脑右下角处显示的时间，站起身问她：“完了？”

“嗯，你看看，觉得哪里不干净，我再弄弄。”

“……”

还弄?

这念头一晃而过，楚河甚至滋生出一种负罪感。他觉得这三个小时挺漫长的，小姑娘勤快得令他有些汗颜。他抬步在几个卧室里随便转了转，走出来的时候，随意地笑了笑，道：“挺好，三个多小时对吧？”

“三个小时。”苏茉摇头否认，而后又提醒道，“我打碎仙人掌后耽误了不少时间。我打扫的时间没那么久的，而且……”

她看了一眼躺在半片瓷盆上的仙人掌，抿抿唇，又道：“这个花盆多少钱？你从我的工资里扣掉吧。真的很对不起。”

“没有现金，给你发微信红包，行吗？”楚河无视了她提及仙人掌的话。

苏茉便当他默认了自己的说法，连忙答：“可以的。”

见楚河正拿着手机摆弄，她便收拾好自己的东西，松口气的同时，被送出了家门。

兼职家政的第一天，虽说出了点儿小差错，可一想到自己多赚了一百多元，苏茉又很快振奋起来。城市里的钱真是太好赚了，打扫卫生都能赚钱，这让她感觉有点儿梦幻。

笑着用钥匙开了门，她看见客厅里坐着玩手机的许少辉，心情很好地唤了一声：“少辉哥。”

许少辉一盘游戏刚“跪”，本来心里挺窝火的，听到这一声问候，忍不住笑着问：“捡钱了？心情不错的样子。”

“对呀。”打扫两次卫生赚了一百多元，可不就等于捡钱了吗？苏茉点点头，翘着唇角进了房间。

许少辉见状更乐了，将手机放到一边，打趣道：“真的假的啊，捡了多少？多的话可要请吃饭。”

“怎么可能是真的！”

苏茉将手上的东西放回房间，走出来的时候还在笑，笑容却比刚才收敛一些，很正经地解释说：“我在小区里做家政，今天是第一天，赚了一百多元，感觉还挺好的。”

“哟，这都发展第二职业了。”

“嗯。”

低头想了想，她再看过去的时候，语气变得认真了一些：“不过现在才刚开始呢，赚得也不多，请你们吃一顿这一天就白干了。等我走的时候，再请你们吃饭吧！”

“噗——”许少辉乐了，抬手揉了揉她的头发，“我就开个玩笑，你还当真呀！挣个钱也不容易。”

突如其来的亲昵，让苏茉怔了一下。

不过，没等她反应过来，许少辉已经走远一步，去边上的冰箱里拿出一瓶冰镇雪碧，打开仰头喝了起来。

见他神色自然，苏茉便摇了摇头，将那一丝不适的感觉抛诸脑后，坐在沙发上看起了手机。

苏茉打开她与楚三的微信聊天页面，她和楚三的对话框里躺着一个红包。

她抬手点了红包，金额显示：120元。

苏茉有些意外，连忙在微信上回复：楚老师，你发错金额了，三小时是九十元。而且，你还要扣掉花盆的钱。

很快，那边回了一句：这边的家政，时薪是四十元起。

苏茉犯了难。

她知道家政的时薪是四十元起，可她想多接点儿生意，所以故意将价格定得这么便宜。这人倒好，不但多给了，还没计较花盆的事。

仔细论起来，上一个业主也多给了钱，可当时人家摆出的就是一副“心情很好，给你小费，不用找了”的神情，让她都不觉得有什么。到了楚河这儿，许是因为自己出了差错，又或者是因为二人本来就是邻居，抬头不见低头见的，她不好意思占这个便宜。纠结之余，她发了一个四十六元的红包过去，并且打了一行字：事先说好的时薪三十元，而且我还打碎了你一个花盆。

楚河：那个盆不值钱。

楚河又发了一条消息过来，并且，依旧没有收红包。

苏茉不好意思再提醒人家收红包，握着手机坐在沙发上，细细的眉毛都拧了起来。

喝完半罐雪碧，许少辉将她的模样收入眼中，好奇地问了一句：“怎么了这是？古里古怪的。”

“这附近是不是有个花卉市场？”苏茉不答反问。

她先前听张雨薇说起过。张雨薇说这附近有个花卉市场，明天她要陪许少辉过去买几盆绿萝，摆放在新开的店面里。眼下闲来无事，楚河又不扣那个钱，她可以过去买个盆赔给人家，不然，那仙人掌也没地方搁不是？

这样想着时，她听到许少辉问：“怎么，你要买花？”

“嗯，想买盆仙人掌。”略微想了一下，苏茉回答道。

她没说自己打碎了楚河花盆的事。毕竟，先前许少辉提起那人时的语气实在算不上好。她觉得没必要多说，免得他不高兴。

她不说，许少辉自然也不会想到，很快笑着道：“正好我现在没事，开车带你过去得了。店里也要买几盆绿萝，顺便的事情。”

一拍即合，两个人很快便出了门。

哪承想，他们刚进电梯，后面跟着进来了两个人。楚溪一抬眼便笑了，问苏茉：“你们也出去呀？”

“哦。”苏茉点点头，“少辉哥要去买几盆绿萝，我跟去转转。”

她想得挺好，自己说了要去花卉市场，到时候给楚河还花盆的话便不会太奇怪，就说是顺带买来赔给他的。哪承想，她这话刚出口，楚溪便笑了一下，紧接着说道：“太巧了吧！我们也去花卉市场。”

苏茉：“……”

她下意识地抬眸，看了眼未发一言的楚河。

楚河神色淡淡，一派自然。楚溪继续说：“今天来的那个家政阿姨太毛躁了，把我给我哥买的仙人掌的花盆打碎了。还好周五我放学早，想赶在花卉市场下班之前，买个盆再把仙人掌给栽上。”

家政阿姨?

听楚溪说完后，苏茉只捕捉到这么一个关键词，也第一时间意识到：楚河没告诉楚溪，做家政的人就是她。

莫名地，苏茉的心里有些波动……

不过，不等她想出什么名堂，边上的楚溪又来了一句：“话说，你们怎么去呀？反正顺路，咱们要不一起过去？”

这个邀请发出去后，她回头看了一眼自己的堂哥，发现楚河的脸上并没有什么不赞同或者反对的神情，便又放心了一些，继续笑着说：“我哥的车就停在负一层，带你们一道？”

“……”

苏茉迟疑了一下，看向许少辉。

许少辉很自然地笑着说：“本来我们也打算开车过去的。不过你这么一说，一起过去也行。”

他没有租车位，车子停得比较远，还是露天停着的。这个天气下，刚坐进去那会儿就跟蒸桑拿似的。况且，能搭上顺风车也是极好的。

说完后，许少辉便看了楚河一眼。

后者不聋不傻，自然将几个人的话尽收耳中，便点点头说："那就一起过去吧。"

他说话时的神情一贯那样，冷冷淡淡的，没什么热乎劲儿。他天生与人有一种距离感，气质高华在云端，是那种大部分异性都心向往之、而大部分同性却很难跟他打成一片的人。

电梯停在负一层。眼见楚河率先走出电梯去寻车，许少辉笑着低声问楚溪："你哥这人挺冷的啊。"

"他从小就这样。"

楚溪主要是对苏茉有好感，想着四个人一起去也热闹。不过她这人忘性大，还心软，一听见许少辉客客气气地问话，便将先前八卦人家风流花心的事情抛诸脑后了。楚溪吐吐舌头，有些调皮地辩解说："不过他心肠还是很好的。接触久了，你们肯定就发现了。"

"哈哈，的确跟他不太熟。"许少辉自顾自地笑了笑，再没说什么。

苏茉走在两人边上，极为安静。上车坐到后排的时候，她一抬眼，正好看见了楚河的侧脸。

他下午换了一套衣服，上身是一件很寻常的白色圆领短T恤，可耐不住人帅，将衣服衬得极为好看，肩线挺括，脊背笔直。他白皙而清冷的侧脸，有着利落而流畅的弧度。

其实楚河只比许少辉、苏洋大了三岁而已，但他身上却没有半点浮躁和锐气，显得沉着而内敛，特别容易让人产生好感。

意识到自己又在乱想，苏茉连忙收回视线，偏头看向窗外。

花卉市场距离小区并不远，开车过去十分钟左右就到了。楚河和苏茉都是话少的人，一路上也就听楚溪和许少辉说话。

许少辉其实比苏洋更招女孩儿喜欢，本身长得不错，人也挺幽默，会来事儿，还会说话，在他心情好并且有兴致的时候，总能很轻易地将小女生哄开心。楚河开车去花卉市场这一路，楚溪便被许少辉逗乐了好几次，显得开心得很。

楚河锁了车，抬眸便瞧见那两人一起笑着进了市场里，苏茉微微落后了一步，正在左右张望着。

“第一次来这里？”楚河走到苏茉跟前，淡笑着问了一句。

“嗯。”苏茉点点头，有些不好意思，正要抬手掀眼前的帘子，另一只修长的手已经代劳。

“进吧。”楚河看着她，抬下巴示意。

苏茉已经闻到了馥郁而浓烈的花香，没在门口多做停留，低头走了进去，跟上前面有说有笑的两人。

楚溪先前来过，熟门熟路地走到了一个摊位前，跟摊主聊了几句后，买了一个空盆和两盆多肉。旁边，许少辉也很快挑了几盆绿萝，付完账过来，便瞧见苏茉定定地站在那儿，有些纳闷地问了一句：“发什么呆呢！你不是说想买盆仙人掌吗？”

“哦。”边上立着楚河，苏茉只觉得尴尬，却也没办法，应了一声，走过去问摊主一盆仙人掌的价格。

她将花了十五元买的那盆仙人掌端在手中，瞧见楚河去了旁边卖木本植物的摊位前，指点着也选了两盆绿萝。

其他三个人都买完了，跟着楚河一起来到了那个摊位前。

摊主帮楚河拿了一盆绿萝，一抬眼便瞧见了苏茉，又笑着向苏茉介绍说：“这个是茉莉，正当花季，香得很！喜欢的话带一盆吧。”

“多少钱啊？”女孩儿的声音细而轻柔，很好听。

摊主是个中年男人，闻言笑道：“二十五元，你要的话给二十元就行了，这一批都是昨天刚到的。”说话间，他便将绿萝放在地上，弯腰端出一盆茉莉，举到了苏茉跟前。

苏茉抿唇看了花一眼，面露犹豫。

她已经买了仙人掌，不想再花钱买花。她叹了口气，正准备拒绝，却听见摊主乐呵呵地对楚河说：“我看你女朋友也是真的喜欢这个，给你们算一起得了！我再给你便宜两元，行吗？”

空气突然安静下来。

边上的楚溪第一个回过神来，哈哈笑了两声，不但没帮着否认，还用看热闹不嫌事大的目光看了自家堂哥一眼。

也就在这时，她才发现，苏茉今天穿了白色圆领短T恤和卡其色七分裤，自家堂哥穿的也差不多，白色圆领短T恤搭了一条卡其色休闲长裤。两个人都穿着白色的鞋子，乍一看，确实像是一对穿着情侣装的小情侣，不能更登对了。

“我们不是——”

“一起算吧，多少钱？”

一道女声刚响起，便被一道淡定的男声截断了。

“噗——”楚溪直接笑喷了。

她是抱着瞧热闹的心态，所以没帮两个人解释。哪承想，她这个一向不声不响的堂哥这样上道？！

没否认就罢了，还帮人家买花？

是因为这个姑娘长得好看？

傻乎乎地胡思乱想着，楚溪下意识地又去瞧苏茉，意外地发现，这个看上去比她内敛安静许多的小姑娘，此时此刻，一张粉白的小脸就跟十月的苹果一样，红彤彤的。

“好的，三十八元。”摊主没管那么多，听见楚河答话，极其麻利地报上价格。临近下班了，能卖一盆是一盆，能赚一元是一元。

楚河点点头：“微信支付。”

楚河走到摊主垂挂在一侧架子上的塑封的二维码牌跟前，微微俯身，用手机扫了微信。

他个子高，先前苏茉觉得他的身高最少有一米八，可今天他和许少辉站一起时，苏茉估计他应该有一米八五。楚河高而瘦削，扫码的时候俯下身，动作都显得让人委屈了。可不能否认的是，这样别扭的姿势都未能减弱他身上的出众气质，怎么看，他都是极其出类拔萃的一个人。

因为这个插曲，几个人一路回去时，苏茉都觉得窘迫。

这种窘迫，因为楚河的不言语又多了几分含糊的暧昧气氛，让她手足无措的同时，还有一些沉闷。

第四章　茉莉

六点半，四个人抵达小区。

他们乘电梯到了三十三楼，先后往外走。

“苏茉。”眼见小姑娘出了电梯并未停步，楚河主动开口唤了一声。楚河从塑料袋中取出了那盆茉莉花，朝她递过去。

小小的一盆花，盛开在他的手心里，花朵是粉白而洁净的，看起来既稚嫩又脆弱，经不起任何风吹雨打。它很香，幽幽的香气蹿入苏茉的鼻尖，让她怔了一瞬，莫名地感动了一下。

无论如何，这是第一次有人给她送花呀，还是这样美丽而纯净的花，让她说不出任何拒绝的话来。

“谢谢。”舔了舔有些干涩的唇，她抬起眼眸，轻声地说。

楚河淡笑：“不客气。”

“嗯。”

不知道该说什么，苏茉只好点了点头。楚河就站在她眼前，垂下眸去，便能瞧见她染上粉晕的脸颊，以及那轻轻咬着的贝齿。

她伸出双手，从他掌中接过用白瓷盆装着的小花。她手指纤细，骨肉清瘦，动作小心翼翼，乖得不得了。

楚河又笑了，叮嘱她说：“晚上要浇点儿水。”

“知道啦。”接过花，她似乎松了一口气。苏茉抬起头看他，细而修长的眉毛弯弯的，眼睛也弯着，微微上挑的眼睛里似乎蕴了一泓浅淡的温柔和笑意，白净稚嫩的脸庞让她整个人看起来特别纯善无害，像小兔子。

收拢思绪，楚河提着手里的塑料袋，抬步往家门口走去。

楚溪亦步亦趋地跟着他进去，眼见他到家便将那两盆绿萝摆到书房里，开了空调后，又见他颇有兴致地将家里的那棵仙人掌移栽到新买的花盆里去。楚溪瞪大的眼睛里写满了不可思议，一个劲儿地盯着他瞧。

楚河长身玉立，站在书架边，一边侍弄仙人掌，一边不急不缓地开口问了一句：“看什么？”

“你中邪啦？”

可不就中邪了吗？

自己这堂哥，怎么说也算“官二代”。他们楚家从古至今就是偏安一隅的大户，书香世家，家风清正。二伯人到中年就坐到了县级市一把手的位置上，虽然比不得那些省城的大官，那手下也掌管着六十多万人的经济民生。自己这堂哥呢，从小便是同辈孩子里的佼佼者，以她看，心肠的确不算坏，对她也很好，可他对那些追求他的莺莺燕燕而言，就是一朵清冷入骨的高岭之花。

给女生买花，于他而言简直是崩人设的操作！

“晚上想吃什么？”没理会她的大惊小怪，楚河移栽好仙人掌后问她。

楚溪嘴角抽搐："你不会是因为人家姑娘长得好看，春心萌动，想谈恋爱了吧？"

楚河："小孩子不要这么八卦。"

"呃！"楚溪最讨厌别人用这样一副语气和她说话，闻言就跳了起来，气呼呼地说，"谁是小孩子啊，我成年了好吗？再说了，苏茉跟我同岁行吗？你说我小孩子，那她是什么？"

她言之凿凿的样子，让楚河一时语塞。

懒得和她说，他拿起桌上的玻璃杯，去外面的饮水机前接水喝。这般作态落入楚溪眼中，就等于他默认了。她愣了一秒又追过去，义正词严地说："你不会真看上她了吧？别了吧！你可是个二十六岁的人了，伯母上次来我们家，都提起要给你介绍女朋友的事情了。人家姑娘才十八岁，大学还没念呢，你们俩要是在一起了，这不等于老牛吃嫩草吗？"

"咳——咳咳——"楚河刚喝了一口水，被呛得不轻，接连咳了好几声。

没等楚河说话，楚溪面露难色，皱着眉头继续说："而且我觉得那姑娘挺纯真的，如果她喜欢上一个人，肯定会特别认真的。你们之间有两个半代沟，还有家庭方面的差距，谈起来也没什么好结局，还是算了。真的，哥，你不能祸害人家小姑娘。"

端着半杯水的楚河："……"

"你想多了。"许久，楚河面无表情地说了一句后，端着水杯进了书房。

他每天上午更新两章内容，六千字，基本上都会提前写好，将发布时间固定在早上九点钟。因而，今天写的就是明天要更新的内容。相比"随写随更"的更文模式，楚河的更文模式更为灵活和轻松。

楚河坐在电脑跟前写了一会儿。停下来的间隙中，他拿出手机看了一眼微信。

署名为“家政清洁，时薪三十”的那个对话框里，并无新的信息。这让他稍微有些意外。

要买仙人掌盆还给他的事情，苏茉虽然从头至尾没说过，可他心思灵透，早都看明白了：苏茉说要买仙人掌，其实是想买花盆还给他。可是因为四个人一起去了，她不好意思多买一个空盆，只能作罢。

这样一来，她不仅没办法将盆还给他，还白得了他一盆茉莉花。楚河怎么想都觉得，她会通过微信向他解释或者感谢一二。

可半个小时过去了，这个解释还没来。

楚河盯着手机看了好一会儿，指尖轻触上去，将她的备注名改成了“苏茉”。

备注改好之后就觉得顺眼多了，他又点开两人的对话框瞄了几眼，后知后觉地自问：我这是在干吗？

想到这个，他顿了一下，而后退出了微信。

楚溪的话他没往心里去，毕竟，他觉得自己是不可能喜欢上一个刚要上大学的小姑娘的。最终，他将自己这莫名其妙的走神和行为解释成：就是觉得有些意外，所以想多了而已。

事实上，他还真的没想多……

苏茉回到家，刚把茉莉花和仙人掌放好，就想要给他发微信。可就在她考虑发什么话的时候，许少辉过来问她晚上要吃什么。

在苏茉来之前，他们基本上都是早上、中午叫外卖，晚上出去吃。时间一长，早就厌烦外面的饭了，点什么外卖都吃不下。可吃不下有什么办法？两个男生加上张雨薇，三个人都不会做饭，总不能饿死吧？

眼下好了，苏茉会做饭。在她露了一手之后，他和苏洋都感动得谢天谢地，终于不用再天天吃外卖了。

听见许少辉的问题后，苏茉便放下手机，走出了房间。

厨房里有先前买好的菜，她翻看了一下，又征询了一下许少辉的意见，决定晚上煮粥，顺带做两个小菜，就着馒头吃。因为时间尚早，张雨薇下班后也要回来吃饭，而她又喜欢喝刚熬好的粥，所以苏茉打算晚些再煮粥。在许少辉的拜托下，苏茉决定先炒肉。

肉夹馍算是安城特别有名的小吃之一，备受吃货的青睐。苏茉做的肉夹馍和外面卖的不一样，相较而言，配料没那么复杂。可因为是在家里做的，干净、卫生，所以大家吃起来也觉得有滋有味的。

炒肉的过程，当然是非常麻烦的。需要先洗干净肉块，而后剔掉肉皮，再将整块肉切成薄片，用开水汆一遍之后，备好辣椒、姜片等配料，辅以调料，下锅翻炒。从准备到出锅，整个过程需要将近一个小时。

厨房里没空调，许少辉开了客厅的空调，可因为炒肉的时候得关上厨房门，以至于哪怕开了抽油烟机，苏茉都被闷出了一头汗，刘海儿都湿了，黏在一处，痒痒的，很难受。

她一手扶着炒锅的把手，一手拿着锅铲，掀开锅盖翻炒了两下，觉得差不多了，终于松一口气，正抬起手肘擦汗呢，许少辉进来了。

“熟了吧？”

厨房的推拉门不隔音，也不太隔味，他坐在客厅沙发上就闻着味儿了，早就受不了了，只觉得饿。眼下进了厨房，他更觉得饥肠辘辘，馋虫都被勾起来了，二话没说，直接上手捏了一块肉片往嘴里送。

男生都没那么讲究，苏茉在家里炒肉的时候，表弟也做过这个举动。因而她只是愣了一下，很快便回过神笑着说：“是不是饿了？肉已经好了，要不你先来个馍垫一下？”

两个人去市场买花回来时已经快七点了，眼下都八点了，早该饿了。别说许少辉了，她闻着肉味儿都饿，因而说着就忍不住笑了。

厨房里光线不好，亮着灯，许少辉一回头，便瞧见她眼眸弯弯、翘着唇角说话的样子，心口突然被什么东西给挠了一下，有几秒钟的失神。

他来安城好几年了，一直忙着打工、做生意，又忙又累，早已习惯了这种一直打拼、一直挣扎的感觉。家里的经济状况确实不好，也没办法怨谁！想要留在省城就得靠自己努力。所幸他运气比较好，赚了点儿钱，买了车，还谈了女朋友，眼下又预备开店。平时几个发小见面，大家都会开玩笑地叫他“许总”，日积月累，自己的心大了，也比较好面子，觉得为了这一切，再苦再累都值了。

女朋友爱打扮、爱购物，她自己的工资都不够花，时常要他资助。他认，觉得时代变了，女生就得花枝招展、养尊处优。男人得有本事，才能让女人这样享福。人家不享福，凭什么跟你在一起，将来还为你生孩子？

可这一刻，厨房里暖黄的灯光下，切得薄薄的肉片儿在红油中沸腾，脸上能沾染那种热气，鼻子能闻到那种香气，他一回头瞧见这样一个姑娘：她不施粉黛，没有描眉化妆，没有涂抹艳丽的口红，额头上还冒着亮晶晶的汗水，汗水浸湿了她的刘海儿，眼睫毛也被打湿了点儿。她笑起来的时候，弯弯的眼眸里好像盛了一汪温柔的水，让他想要沉进去，被那种踏实妥帖的柔情包裹。

娶媳妇，就该娶这样的吧？

许少辉恍了神，思绪游离，魂都不晓得跑到哪里去了，也没听到外面传来的轻微声响。

苏茉被他盯得古怪，正想说点什么打破这种突然变得尴尬的气氛，猛地听见一道不悦的女声：“你们在干什么？”

张雨薇立在厨房门口，脸色难看极了。

在银行工作的她压力非常大，今天又因为临时开会加了一会儿班，原本心情就挺烦躁的，但想到回家就有现成的可口饭菜吃，脾气才稍稍压了下去。哪承想，她一进门，就瞧见这样一幅画面。

讲实在的，许少辉长得还不错，身高接近一米八，人也清瘦、有型，长着一双桃花眼，温柔笑着的时候有一股风流感，虽然看着稍微有些轻佻，却很容易让女生脸红心跳。

她的条件不差，看上他的很大一个原因，便是他长得还行。他虽说比不上什么明星、男模，和邻居楚大神那样的男人也差了一大截，可放在现实生活里，足够用了。带他出去，朋友们也很爱往他跟前凑。她先前还因为他和闺密开玩笑而吃过醋、闹过脾气，可饶是那会儿，也没有现在这般愤怒的感觉。

一来，她觉得许少辉不至于那么没品，对她的闺密有不一样的想法；二来，当时许少辉绝对没露出过现在这样的眼神。

刚才那一瞬，他看苏茉的时候，眼神专注到让她心慌。再联想到先前自己捕捉到的瞬间，张雨薇整个人都不好了，眼神凌厉到可怕。

许少辉知道她的性子，也担心她口无遮拦地说出什么不好听的话，回过神便笑着将她往外揽，哄道："不就做饭吗？苏茉炒的肉太香了，我就没忍住，先进来尝了一口！就等你和苏洋呢。"

"少给我灌迷魂汤！"张雨薇一把推开他，用一股并未刻意压低的不耐烦的语气道，"我看你是时间长了，皮痒痒了是吧？山珍海味吃惯了，就想尝尝清粥小菜的滋味？你怎么不撒泡尿照照自己？真以为自己是什么'富二代'呢！我可跟你说了，就你们家这种条件，我爸妈现在还不乐意我跟你一起呢！"

许少辉老家在农村，张雨薇老家在安城边上的市区里，加上她又有着稳定工作和中上的身材、相貌，父母一直想让她找一个安城本地的公务员，家里有房有车的那种。奈何媒人介绍的几个男生不是胖就是矮，张雨薇不乐意，便看上了许少辉。她父母见这个男生的确有几分能力，买了车，又准备开店，未来要买房也不难，这才勉强同意两人谈恋爱。

这些事，张雨薇念叨过不止一次，许少辉自然也心存芥蒂。眼下，张雨薇当着苏茉的面再提这件事，许少辉难免尴尬。他沉了脸，冷声道："行了啊，能不能少说两句？我干什么了，让你平白无故发火，至于吗？！"

"呵呵——"张雨薇冷笑一声，"现在是不至于，等你们俩滚上床后就至于了是吗？还炒肉？炒个肉需要距离那么近？打工就打工，有必要那么献殷勤吗？天天又是打扫卫生，又是炒菜做饭的，怕谁不知道她能干还是怎么着啊？"

啪！苏茉手里的锅铲落到了地上。

她来安城以后，的确是觉得天天去外面吃饭太花钱了，所以就买了点菜回家做了两顿饭。谁承想，她手艺不错，做的家常菜和几样小吃，三个人都喜欢吃，还觉得干净、卫生、划算。

能被表扬两句，她觉得心里踏实，最起码自己在这段合租关系里有贡献、有用处，而不用每天回来等着别人花钱领她出去吃饭。她怎么也没想到，她在因勤快、能干，让苏洋和许少辉满口夸赞的同时，无形中让张雨薇心生不满。

家里就这两个女生，你一来，既打扫卫生又做饭，什么都主动干，什么都会干，手脚勤快，脾气又好。别人看见你的好了，乐得天天夸你上得厅堂、下得厨房，将来要是结婚了，指定是个贤妻良母。

哦，你是贤妻良母了，合着别人就都好吃懒做了吗？

人比人，气死人，这可是体现在方方面面的。男生觉得这些都是女生该做的，别人能做，为什么你就不能做呀？都是女生对不对？为什么人家女孩子那么好，你就一点儿也没有继承中国女人这种任劳任怨、勤俭持家的优秀传统品德呢？

张雨薇也觉得委屈……

她起早贪黑，辛辛苦苦上班，每个月挣几千元，那也是用无数个笑脸和时间换来的，她回家就想瘫着不动怎么了？凭什么收拾屋子打扫卫生这些活都该由女生来做？先前她不肯干，许少辉和苏洋也不敢指挥她，大家凑合过就行了。眼下倒好，来了个苏茉，这才几天，生生将她衬托得一无是处！

恋爱关系里的不满、工作里的委屈、合租中产生的摩擦，都因为这个导火索，一下子引爆了！

可爆炸是一瞬间的事，回神也是一瞬间的事，锅铲落地的声响吓了她一跳。张雨薇再回头去看，发现苏茉还没从厨房里出来。苏茉只是背对着她蹲下身，捡起锅铲，而后拿到水龙头下面去冲洗。

外面的动静，两个人的争执，苏茉自然是听见了。可听见了又能怎么样？连她都觉得，刚才许少辉离她太近了，有些尴尬，目睹这一幕的张雨薇是什么心情可想而知了。人家是正牌女友，发火生气不是挺正常的吗？

可不论苏茉如何自我安慰，她心里还是觉得难受、憋闷。自己天天做饭、打扫卫生，听到他们的一句表扬都非常开心。她是真心实意想为家里做贡献的，压根儿不是为了表现，更不是为了勾引许少辉！

脊背挺直地站在水池前，苏茉低着头，看着水流冲刷锅铲，拼命忍住了眼睛里的酸涩感。

在这人生地不熟的地方，苏茉不敢摔门而去，也没底气和张雨薇去掰扯谁对谁错。听见张雨薇阴阳怪气地说着嘲讽的话，苏茉甚至觉得恐惧，因为她根本就不会和人吵架。苏茉唯一能做的，就是沉默，尽量地降低自己的存在感，并且一遍遍地劝说自己：张雨薇只是误会了，所以才发火，不是在针对自己，等她气消了，这件事也就过去了。

“烦死了！”身后的客厅里，张雨薇气急败坏地说。随后，她跺了跺脚，砰一声关上了主卧的门，将自己关在房间里。

一瞬间，客厅里安静了下来。

这种安静让苏茉有一种窒息感，她觉得自己几乎无法喘气了。她站在水槽边，默默地冲洗完锅铲，之后折身回去，将炒好的肉片拨到碗里，接着按部就班地继续煮粥、择菜。

许少辉不知何时走到她边上，低声说：“别和她一般见识，她那人就那样，工作一不顺心就喜欢胡乱撒气。她不是在针对你。”

苏茉紧紧地抿着唇做饭，没吭声。

许少辉叹了口气，又道：“一起住了些日子，其实你应该能感觉到，雨薇真的是刀子嘴豆腐心。先前见你衣服少，她二话没说就给你拿了好几件对不对？别生她的气，哈——”

“没有。”苏茉正切葱，被呛得吸了吸鼻子，头也没抬地轻声说，“我没事，没什么好生气的，你去哄她吧。”

“你不生气就好了，至于她——”接下来的话，许少辉没说出口。他也挺心烦的，不知道该不该进去哄人。之前两个人吵架，低头的那个总是他。时间一长，张雨薇被惯出了一副臭脾气，心情不爽了，说话完全口无遮拦，句句往人心窝子上戳。他这次还就不哄了怎么着？她家人看不上他，他爸妈还看不上她呢！许少辉的父母觉得张雨薇眼高于顶，见到他们的时候不够有礼貌。

许少辉胡思乱想着，满脑子都是张雨薇刚才说的那些尖酸刻薄的话。再对比苏茉，更觉得受了委屈的苏茉实在是太可怜了。男人骨子里都这样，既厌烦在外面让他没面子的女人，又怜惜弱小无助还懂事体贴的女人。两相对比之下，他既郁闷又烦躁，索性去客厅里抽烟。

苏洋回来的时候，家里就是这样一幅场面。

张雨薇紧闭主卧门，待在房间里；许少辉没骨头似的倚在沙发上，双脚交叠，吞云吐雾；苏茉在厨房做饭，偶尔传来轻响……

这状态，看似寻常却又不寻常。等其他三人坐在饭桌前，而张雨薇还没出来的时候，苏洋便察觉到事情不对劲儿了。一问之下，他只能从许少辉的只言片语里知道，两个人吵架了。

可别人的女朋友，总没有苏洋去哄的道理。眼见许少辉不管，苏洋也没理会，说笑了两句便开始吃饭。

他累了一天，吃完饭便去玩手游，想放松一下。许少辉又开始抽烟，而苏茉在收拾完厨房后，便去卫生间洗澡了。

十点多，苏茉洗完澡，回了自己的房间。

这一天终于结束了……

经历了来安城后的第一次纷争，苏茉的心情糟糕到了极点，想睡也睡不着。再加上头发还有点儿潮，苏茉便穿着睡裙，坐到落地窗边上发呆。房间里铺的是浅黄褐色的木地板，她环抱膝盖，席地而坐，没一会儿，便闻到了一阵似有若无的、淡而清新的茉莉花香。

苏茉的房间里没有桌子，只有床头柜上可以放东西。因而下午将花带回来后，她便将那盆小仙人掌放在了床头。而茉莉花则被她放在了距离床头比较远的墙边。因为卖花的摊主说，鲜花的香味比较浓郁，放卧室的话，也最好不要离床头太近，否则会对睡眠有影响。而在花卉之中，白色的花的香气一般都比较重，颜色也被许多人认为是不吉利的，更不适宜在床头摆放。

苏茉侧身，偏头去瞧那盆茉莉花。

“一起算吧，多少钱？”

苏茉的耳畔，又响起那道清朗而低沉的声音。

他会那样说，应该是觉得没必要和陌生人过多解释，又为了避免更多的尴尬吧？可于情于理，苏茉觉得自己应该向他道一声谢。

深吸了一口气，苏茉拿出手机，编写了一条微信，发送给楚河。

“欠你一声‘谢谢’，也欠你一声‘对不起’。回来后一直在忙，没能及时说，很抱歉，请原谅。”

过分客气却符合本人性情的用词，让楚河在看到微信的时候，一时生出“终于发了”“果然”和“唉”这三种情绪。

他刚关了电脑，拿着手机走出书房的时候，低头给她回了消息：“不用这么客气。下午你也知道了，那盆的确不值钱，别放在心上。”

苏茉握着手机，没想到那人回复得这么快。

她失落的情绪因为楚河的回复而散去很多。她将下巴搁在并拢的膝盖上，抿着唇继续回复说：“嗯，我知道了。楚老师早点儿休息，我就不打扰你了。”

“啧——”突然出现的敬称，让楚河没忍住发出个感叹词。

这姑娘……楚老师……

他盯着手机，脑子里莫名地联想了一堆，到最后，唇角轻撇，笑了笑，无奈地回了一条微信：“好，你也早点儿睡。”

苏茉看着这条微信，知道这场对话已经结束了。

她其实睡不着。

这一晚，苏茉临近十二点才上了床，迷迷糊糊间做了好些个梦。一会儿梦见苏洋和张雨薇，一会儿又梦见舅舅和舅妈。睡梦里，舅妈指着她的鼻子骂，说果然什么样的妈生出什么样的种，她年纪轻轻就不安分，到城里打个工还勾引别人的男朋友，一看就是个狐狸精、下贱货。就在自己被骂下贱的时候，苏茉打了个激灵，从梦里醒了过来。

天色大亮。床头柜上，她的手机正在嗡嗡地振动个不停，手机屏幕上显示着“舅舅”这两个字。

她怔了好一会儿，没接听电话。恍惚地拿过手机看了一眼时间，苏茉才发现已经八点多了。

周六，她依旧休假。

整个人总算清醒了过来，她正想着将电话给舅舅拨过去，那头他的电话又先一步进来了。等她一接听，更蒙了。舅舅在电话里语气着急，说表弟昨天放暑假后，跑出去跟几个同学在网吧通宵上网，清晨骑摩托车回来的时候出了车祸，腿断了，眼下村里的几个人正开车将他送过来，要去安城这边最好的医院——四院，让她赶紧过去等着会合。

挂了电话，苏茉用最快的速度穿衣洗漱，而后便出了门。

来了安城后，苏茉没独自出过小区。可时常听苏洋介绍，她知道眼下最方便快捷的交通方式是地铁。出门问了两个人，她便步行前往距小区最近的地铁站。临近九点的时候，她紧赶慢赶，上了二号线。

第一次坐地铁，她连买票都不会，还是在地铁安检员的指点下买了一张一次性车票，才得以顺利进站。她过闸口的时候有一种局促感和紧张感，往下走的时候也不习惯乘电梯，走的楼梯。眼下，身处拥挤的人潮之中，她一只手紧攥着扶手，目光注视着地铁上电视屏幕里的时间，感觉到地铁飞驰时嗖嗖的风声，只觉得自己极为渺小。

置身于高楼林立、交通便捷的城市里，她好像蝼蚁，生存的空间那么小，也创造不出什么价值……

就这样胡思乱想着，苏茉的心情变得低落。不知道过了多久，她听到了字正腔圆的女声报站，急急忙忙地跟着人潮往下挤。

十点钟，她终于到了四院门口，和舅舅打过电话后便连忙前往急诊科。大厅里，她和正着急忙慌地往外走的一个人撞了满怀。

“舅。”眼见那人撞了她，看都没看又往外走，苏茉连忙唤了一声。

苏建民四十多岁，身材高大，面容方正。天气热，他大清早的就只穿了短袖和长裤，衣服沾了不少血迹，到医院了都没来得及擦。他回过身，吓了苏茉一跳也不自知，只道："来了啊……"

苏建民简单的三个字，一出口竟带了哽咽腔。

苏茉连忙走到他跟前，急声问："小亮呢，做手术了没？你这是要干什么去？"

苏建民一脸愁容："在检查呢，还没做手术。可这护士提前说了住院缴费的事情，哎呀，都别说住院了，光动手术就得一次性先交两万。你说这城里看病和吃人有什么两样？我们哪儿来那么多钱，我刚刚打电话找人借了半天，也才借到一万多……"

两万？这对苏茉来说，简直像一个天文数字。

她捏着衣兜里的几百元钱，半晌都没能拿出来。眼看苏建民急匆匆地走出去打电话，她也没能抬步先走，抿着唇跟着他走出去，听见他在急诊科外面打电话。

今年借钱尤其难。

在自然灾害面前，农民的力量实在太小了。村上大多数人跑去各地打工，就剩些老人和小孩儿留守着，谁家都不比谁家好多少，个顶个的穷。要不然她舅妈也不会冒着被人议论、戳脊梁骨的风险，一定要将她嫁出去了。

"说是让一次性交两万元……着急得很，你现在就转。"

"还差八千元。"

"下个月就还你，利息算上都行。"

"行吧，五千元也行，剩下三千元我再想办法。"

急吼吼地打完一个电话，苏建民低头又看手机，在通信录里翻了半天，眉头越锁越紧。

苏建民家里负担着三个学生，今年尤其困难，根本没钱。他刚才借了一圈，才借了一万多元，眼下又借了五千元，再想找人，突然发现没人能借了。焦急苦闷之际，苏茉忧愁的模样映入他眼中。

一只手握紧了手机，苏建民快步走近，又问苏茉："苏洋应该有钱吧，能不能借一下？"

"应该能。"思量了一下，苏茉道。

苏建民闻言，松了一口气，正准备要苏洋的电话，手机突然响了。他儿子那边出了状况，老婆哭喊着让他过去。

听完电话，苏建民乱了方寸，抬手重重地拍了苏茉一下，开口说："舅这里没有洋洋的电话，你打吧。找他借三千，就说小亮出车祸了急用，以后舅连本带利还给他。"

"嗯嗯。"苏茉连忙点头。

闻言，苏建民长吸一口气，又叮嘱："那我先进去看看，你打完电话就过来找我们。"

"好。"目送苏建民走开，苏茉低头就给苏洋打电话。

谁承想，苏洋的电话一直无法接通。等她反应过来，想起地下室里信号极差的时候，整个人都有点儿蒙了。

苏茉没想出别的办法，只能继续打……

手机贴在耳朵上，苏茉听着那边一直传来"无人接听"的提示音，着急得原地转圈，眼泪都掉了下来。

"苏茉？"苏茉边上不远处，突然响起一道熟悉的男声。

苏茉握着手机扭头，看见了楚河，连忙抬手抹了一把眼泪，哽咽着喊："楚老师。"

"怎么了这是？"

楚河大早上醒来，接到了自家老妈的电话，得知住在安城的二舅爷早上起床摔倒了，紧急入院。他母亲距离安城远，没办法第一时间赶到，只能打电话给他，让他先过来看看情况。他开车过来，找车位花了些时间，眼下总算将车子停好，便抄近路从急诊室这边穿过去，准备去门诊大厅后面的住院部。哪承想，半路竟然遇见苏茉。

苏茉本就又白又瘦，眼下这一哭，泪盈于睫、梨花带雨。她这副可怜无依的模样，怎么看都让人于心不忍。

楚河问了话，没忍住，抬手在她头发上摸了一把，宽慰道："遇上什么事了？慢慢说，看我能不能帮你想想办法。"

表弟急着交医疗费，苏洋的电话又打不进去，她着急得不行，听见楚河的话，便抽泣着说："我、我表弟出车祸了，我想找洋洋哥借点儿钱，但他电话打不通。楚、楚老师，您能帮帮我吗？我最多两个月就还给您。"

"要多少？"闻言，楚河直接问了一句。

苏茉的哽咽在听见他开口的瞬间就停顿了。她没想到，只不过有过几面之缘，楚河竟能这样爽快。

"三千元，行吗？"抿着唇迟疑了片刻，苏茉犹豫着说。

她的语调很轻，带着一点儿试探和怯弱的感觉。她脸上的泪水还没干，一双眸子水汪汪、雾蒙蒙的，眼周和鼻尖都有些红。许是觉得难堪，她的脸蛋憋得红扑扑的，和同样泛红的耳尖映在一起，令她整个人都显露出几分笨拙、局促，看上去怯生生的，像一只白而软的小兔子。

楚河定定地与她对视了一眼，点点头，微笑了一下："行。我正好带着卡，这就给你取。"

"谢谢您！"苏茉太激动了，说着话，突然弯腰对他鞠了一躬。

这行为来得猝不及防，楚河反应过来的时候，小姑娘已经直起身了。他生生地受了人家一个九十度的鞠躬，感觉有些啼笑皆非，没办法计较，只得开口道："走吧，去取钱。"

医院里就有ATM机（自动提款机），两个人一起走过去。很快，楚河取了一沓现金，侧身递给苏茉。

“谢谢您！”看着一沓救命钱，苏茉登时就松了口气笑了。话音刚落，她肩膀一低，又准备向楚河鞠躬。

“哎——”楚河伸手挡住她的肩，无奈地笑道，“行了啊，别再这么客气了，也不算什么大事。”

对有钱人来说，能用钱解决的事都不算事。可对没钱的人来说，需要用钱解决的事情那都是天大的事情。这种差别，苏茉自然懂。三千元在她眼中也许是一笔巨款，可对楚河来说，根本不值一提。

不过，她不能因为这些钱对别人来说不值一提便当真无所谓了，人家的举手之劳解决了她的燃眉之急，那就是大恩大德，需要铭记感恩。

她道谢的鞠躬动作被人拦了，时间紧迫，也没法再多做表示，只能顺势站直了身子，抬起头，一脸认真地说：“真的太谢谢您了。您放心，最多两个月我肯定能把这笔钱还上。”

楚河抿唇轻笑：“救人要紧。”

“对对对，那我先去了。”话音一落，她攥着一沓钱，急匆匆地跑开了。

楚河抬眸注视着她的背影，似乎能从她跑步的节奏里感受到她的如释重负。这好像是他第一次看见她跑步的样子。虽然是在医院这样的场合，可他依然能从这样的动作里，感觉到女孩儿独有的那种活力。

第五章　收留

晚上八点，苏茉从医院离开。

表弟下午便动了手术，过程很顺利，被安排进病房之后，所有人松了一口气。

村里跟来帮忙的两个人回去了，她舅舅和舅妈两个人留在医院里陪护，也用不上她。不过她还是多留了一会儿，帮两个人在外面买了一点儿日用品，又买了晚饭。等到天都黑了，她才离开。

夏天，城市里的夜晚，八点钟时外面还很热闹，交通也有点儿拥堵。她在医院门口的公交站牌上看了好一会儿，发现有一辆车的终点站距离小区不远，下车后步行十几分钟就能到家……

她短暂地思考了几秒，选择坐公交回去。一来，公交比地铁便宜；二来，她并不赶时间；三来，可以顺便看看城市夜景，吹吹夜风。

苏茉随着拥挤的人潮上了公交车。车内晃晃悠悠的，她勉强扯住拉环站稳的时候，闻到了充斥在狭窄车厢中各式各样的味道，听到了车内人们的抱怨。那些话语落到苏茉的耳边，被风一吹，又没那么真实了。

她站在一个座位边，位子上的女生将窗户开得很大。公交行驶中，呼呼的晚风不时灌进来，扑在她脸上的气息是温热的。可她不觉得烦闷，相反地，还有一种兴奋感。

真好啊，这充斥着鼎沸人声的热闹生活……

一路上，苏茉看了数不尽的闪烁霓虹，看了川流不息的宽阔大道，也看了这座城市的中心处古老而庄严的地标性建筑。不知道公交车走了多久，等到最终跳下车的时候，她有些惶恐。低头抿抿唇，她一边循着记忆走回小区，一边低头拿出手机，想看一下时间。

令苏茉郁闷的是，手机不知道什么时候没电了。

苏茉将手机装进口袋，加快了脚步，有些着急地往回走。她不知道的是，她的舅舅因为担心她，给苏洋打了两个电话。

“应该是手机没电了。”苏洋刚下班，一边往单元楼走，一边宽慰说，“唉，肯定没事的。我现在已经到楼下了，电梯里没信号，我上去看一下后就给你回电话。”

“那行。”苏建民在那边应了一声，突然又说，“对了，今天茉茉借了你三千元，等小亮一出院，叔就想办法去凑，争取尽早给你。”

“什么三千……”苏洋尚未问出口，手机那头便没了声音。

他觉得有些莫名其妙，盯着电梯内不断变换着的楼层数看。

很快，电梯到了三十三层。

他握着手机步出电梯，抬手敲了两下门。

张雨薇给他开的门。门一开，她扭头便进了屋，明显一副心情不好、烦闷生气的样子。

苏洋没空去管她的情绪，看着许少辉问：“苏茉呢，还没回来啊？”

“没呢。”许少辉摇摇头，又朝张雨薇道，“你再找找，指不定掉哪儿了！”

“我就在那儿放着，能掉哪儿去？！”张雨薇没好气地冲他吼了一句，拉下脸又道，“我们三个一起住了那么久，我可从来没丢过东西。这下倒好，她才来了没几天，我连金项链都丢了。那可是我花了半个月的工资买的，要好几千块呢！”

她话里有话，苏洋一下子就听明白了。他撇撇嘴笑了一下，反问：“你跟这儿说什么呢？什么意思？”

“我什么意思？”张雨薇冷笑，抬下巴问他，“苏茉人呢？”

“我这不正在找她吗？”苏洋没好气地说了一句，刚拿起手机准备给苏茉打电话，就想起来苏茉的电话一直处于关机状态。

她来安城的时间不长，基本上没有单独出去过。今天她这么晚了还没回来，苏洋开始担心起来了。

苏洋叹了口气，眉头紧皱。

“呵——”张雨薇冷笑一声，坐到了不远处的单人沙发上，语气不善地继续说，“这么晚还没回来，该不会是做贼心虚，不敢回来吧？老话说得好，知人知面不知心。你看她乖乖巧巧、文文静静的，指不定心里憋着什么坏心思呢。她刚住进来，我就丢了金项链，我不怀疑她怀疑谁去？”

“有你这么平白无故地就给人扣屎盆子的吗？”

“怎么就平白无故了？！”

张雨薇猛地站起身，盯紧着苏洋，气急败坏地道：“你没聋吧？我说我的项链丢了，你听不见啊！”

“你说丢了就丢了？你说是她就是她？”

“不是她，难不成是你吗？行啊，你把项链给我拿出来，这件事咱们就两清了。我可告诉你，我那条项链是花了四千块买的！”

“就你……”

“好了！”

听了半晌，许少辉只觉得头大，插话吼了一句便看向苏洋，劝道：“你和她争论这些干什么？她也没必要撒这种谎，没事找事。等苏茉回来先问问她不行吗？对了，都这么晚了，她不会出事吧？”

苏洋没好气：“应该不至于，可能是手机没电了。她表弟出了车祸，她今天一整天都在医院……”

话说到这儿，他突然想起了三千元钱的事，尾音戛然而止了。

今天张雨薇还要上班，很早就出门了。他和许少辉也都有事，八点之前就出了家门，而他们出去的时候，苏茉的房间里还没什么动静。搁平时，他肯定是相信她的，可他心里清楚，苏茉身上只有几百元。建民叔提到的三千元，只有可能是通过苏茉转交的……

难道因为事出紧急，所以她一念之差，拿了张雨薇的项链？

脑海里思绪飞转，苏洋沉默了起来。张雨薇冷哼：“表弟出了车祸？所以就一时着急，拿了我的项链去换钱？这和做贼也没什么区别了吧？我的东西以后还能放在家里吗？”

“等她回来后先问问吧。”许少辉瞧了她一眼，叹着气说。

吱呀——

没关的防盗门处传来一声响。苏茉刚走进来，便对上三双审视的眼睛。她愣了一下道：“怎么都站在这儿？”

“小亮没事儿吧？”抢在张雨薇开口之前，苏洋问了一句。

苏茉轻舒一口气：“动了手术，说是已经没什么危险了。我舅舅和舅妈在照顾呢。”

“那就好。”

苏洋点点头，还没考虑好后面该怎么说，便听见张雨薇语调冰冷地问：“回来得正好，我床头柜里的金项链是不是你拿了？”

“啥？”一头雾水，苏茉蹦出一个字。

“项链啊，装什么傻？”张雨薇不耐烦地解释，“就那个金鱼吊坠，用金链子穿着的。我一直放在床头柜里，前几天还看见过，今天就突然消失了。”

“……”

张雨薇说完，室内陷入了一阵令人窒息的沉默。苏茉想解释，话到嘴边，才后知后觉地发现：苏洋和许少辉都没说话。她一脸茫然地看了苏洋一眼，朝张雨薇直摇头：“我没拿，我都没进过你们的房间。”

“你表弟不是出事了吗？”许少辉尴尬地笑了一下，提醒说，“你仔细回忆一下，是不是你听了消息太着急，所以临时拿了她的项链去应急？这里也就我们四个人，拿了就拿了，后面想办法还回来，这事儿也就过去了。”

“我没拿！”苏茉脸色紧绷地看着他，猛地提高了声音。

许少辉被吓一跳，赶紧看向苏洋。

苏洋深吸了一口气，似乎有些犯难，半晌没说出一句话来。苏洋见苏茉正一脸震惊地盯着他看，只得挤出一个笑容，低声安抚道：“你要用钱直接跟我说就好了，是不是太着急了啊？”

他充满理解和哄劝的一句话，蓦地让苏茉红了眼眶。

她是缺钱，是着急，可这也不代表，东西不见了就是她偷的啊！她再穷，也是个有底线、有原则的人，不会去当贼的。可这三个人倒好，你一言我一语，软硬兼施，就给她定了性？

“没有。”苏茉深吸一口气，冲着苏洋一个劲儿地摇头，眼见他神情不忍，她又看向许少辉和张雨薇，一字一顿地说，“我无论遇到了什么事，也不可能去当贼，你们不要冤枉人！”

话音一落，她倏地抿紧唇，头一低，转身往门外走。

“苏茉！”室内三个人面面相觑，苏洋追了出去。

可电梯刚好就停在这一层，他追出去的时候，苏茉已经下去了。烦躁地一叹气，他连忙按亮了另一边的电梯。

丁零！电梯停在一楼。

苏茉有些难以控制自己的情绪，一边快步往外走，一边咬着唇将眼泪往回逼，可效果不明显。她走出单元楼，下了台阶，迎面而来的晚风往脸上一吹，她头一仰，泪水便落了下来。

苏茉虽然逞一时之勇跑了下去，但她能往哪里去呢？安城这么大，好像没有她的容身之处。

苏茉低下头，深深吸气，茫然地走了没两步，正前方的地面上出现了两道被路灯拉得长长的倒影。

“苏茉？”楚溪瞧见是她，意外地唤了一声。

苏茉再抬头，瞧见她背着个方形的链条小包蹦到了自己跟前。楚溪大大的眼睛里，喜悦尚未散去，又被意外笼罩。

“怎么了这是？”

瞧见她湿漉漉的眼睛，楚溪立马不淡定了，目光看向单元楼方向：“谁欺负你了？”

苏茉抿住嘴巴，低着头一边用手指擦眼泪，一边摇头。

她觉得很难堪……

不仅因为自己狼狈的模样被楚溪看到，还因为楚溪身后跟着的那个人。她对他有些崇拜之情，可这几天，她却接二连三地在他面前丢脸。

苏茉觉得自己羞愧得抬不起头了……

本来就不算熟，她也不是受了委屈逢人便诉苦的人。尤其是她被诬陷为小偷这种事，说出来都让人不齿。

“我没事，我就下来散散步。”话音一落，她抬步就要走。

“散什么步啊？！”楚溪是个大大咧咧又正义感爆棚的人，一把扯住她的手臂，毫不留情地戳破了她的谎言，“这都十点了，你还散步？眼泪都出来了，你还说没事？是不是许少辉欺负你了？”

“没有。”

“好了好了。”楚溪叹口气，弯下腰盯着她的眼睛，“别哭了，跟我们上去吧。你对这边不熟，还长得这么漂亮，一个人晚上在外面晃，多危险啊！”

“我就散散步……”

“听楚溪的吧。”一直站在边上当背景板的楚河突然出声。

他个子高、腿长，气质清冷沉郁，站在那儿即使不出声，存在感也挺强的了。眼下他一开口，自然无法再让人忽视他的存在，苏茉下意识地抬头看去，便对上他展露出的一个柔和的笑容。

苏茉本来就无处可去，再加上心里乱，又被楚溪说得有点怕了，没一会儿，便在楚溪的哄劝下，跟他们一起往回走了。

三个人走到单元楼外，正巧碰见风风火火下来的苏洋。

苏洋看见苏茉，松了一口气，三步并作两步上前，压低声音道：“吓死我了，这么晚了乱跑……”

“谁欺负她了呀？！”

夜里比较安静，苏洋纵然刻意压低声音说话，仍旧被其他两人听见了。楚溪的脸色一下子就不好了，为苏茉出头道：“人家姑娘都哭了，你这还跟这凶凶凶！她是我劝回来的，还不一定回你们那儿去呢！”

“……”

苏洋莫名其妙地看了她一眼，又看向苏茉，话锋一转，道：“建民叔给我打了好几个电话，他很担心你。”

“我知道了，我一会儿给他回电话。”

“不准备回去？”

苏茉沉默了一下，如实说：“我不想回去。”

事情没弄清楚前，她不想面对张雨薇和许少辉。苏茉突然被几个人联合起来这样对待，心里的憋屈感一时间无法消除。苏茉知道自己跟着楚溪回去有些不妥当，可是这一时半会儿的，也没有其他去处，只能硬着头皮叨扰人家一下，再想接下来该怎么办。

多年不见，仅凭着一点儿同情和幼时的交情，苏洋对她的了解也的确算不上深刻，自然也没有百分百地信任她。他只说了苏茉缺钱，却没当着张雨薇和许少辉的面说起那三千元钱的事情，眼下看见苏茉这种回避的态度，心里的狐疑反而加深了。

默默地叹了一口气，苏洋抬手便将苏茉拉扯到一边去，声音压到最低，问出一句：“你老实告诉哥，到底有没有拿人家项链？要是拿了……”

“我说了，我没有！”一句话出口，苏茉声音又变了。

苏茉脸色难看，要哭不哭的，吓了苏洋一大跳。

他不敢再问，觉得苏茉的自尊心强得有些过分了，又担心回去后张雨薇再闹起来，只能叹口气，走到楚河跟前说：“不好意思，家里晚上闹了点儿矛盾。你们要是方便的话，收留小茉一晚上。”

“我们都已经把人哄好了，好吗？要你多说！”自个儿脑补了一番剧情，楚溪越发为苏茉叫屈，不等苏洋再说话，便伸手将苏茉拉走了。

楚河跟在后面，朝苏洋微微颔首，抬步上了台阶。

目送三个人进了单元楼门，苏洋一个头两个大，烦得不得了，点了一根烟在楼下抽。

不用再对峙了，苏茉略微松了一口气。她站在电梯厢的时候有些心神不宁，苏茉觉得自己有些矫情，又有些厚脸皮。可事已至此，她一时间的确没什么主意，只能跟着楚家兄妹俩，一起出电梯，进了家门。

楚溪按亮走廊灯便弯腰换鞋，想起之前苏洋的话，没忍住抬起头，有些八卦地向苏茉打听："是不是许少辉欺负你了？我就知道他对你没安好心，吃着碗里的、看着锅里的！男人果真没一个好东西，人渣！"

"咯——"

客厅里，刚接好水喝了一口的楚河差点儿被呛到。

"口误。"抬眸瞧见他，楚溪的嘴巴张得老大，而后她绽开一个讨好的笑容，拍马屁道，"我说的'男人'里面肯定不包括你。要是这世上的男人都像你这么清心寡欲，那绝对天下太平了！"

男人里不包括他？

清心寡欲？

说了半天还是没有一句话中听，楚河似笑非笑地嗤了一声："我看你这语文是体育老师教的吧？"

"……"

被嫌弃了，楚溪十分无语，抬手在嘴边做了一个拉拉链的动作。

兄妹俩的互动让气氛轻松了一些。苏茉站在边上看着，后知后觉地想：许少辉对她有意思？

"喝口水。"

没等她想出个所以然，眼前出现了一杯水。

楚河个子高、腿长，手也分外修长，肤白如玉，骨节分明。在她抬眸看过去的时候，他将端着的一次性水杯又往前递了些许，下巴轻抬："嗯？"

苏茉接过水，坐到沙发上。

此刻，她的情绪已然渐渐地平复了下来，眼泪止住了，脸色看上去也好了许多。

楚溪歪头打量她一番，好奇地问："是不是许少辉欺负你了？"

"……"

苏茉看向她，陷入纠结。

她不是个会撒谎的人，面对楚溪接二连三的关心也没办法顾左右而言他，沉默片刻，轻声解释说："张雨薇丢了一条项链，觉得是我偷的，所以弄得不太高兴。"

"……"

"就是另外一个女生，你们见过的。"

"呵。"楚溪淡淡地笑了一下，"就是许少辉的女朋友嘛。"

"嗯。"点点头，苏茉稍稍收拢手指。

刚才被怀疑的时候，她并没有想太多。眼下经由楚溪提点，她下意识地就想到了先前的那些事，也才意识到，许少辉对她的态度的确有些古怪。比如，一般男生应该不会随意地伸手揉女生的头发，尤其在他俩还没认识多久的情况下。

如果这种假设成立的话，那张雨薇对她的针对便有了理由。苏茉觉得，自己一定不能再回去和他们一起住了……

想到这儿，她的心情蓦地沉闷了下来，这种沉闷甚至超越了刚才的争吵带给她的失落，让她一瞬间陷入茫然状态。舅舅和舅妈眼下无暇顾及她，小亮又出了车祸要花钱，她的学费只能靠自己来赚。如果不能继续和苏洋他们一起住，她该怎么办呢？

胡思乱想着，她有点儿坐立难安，下意识抿紧唇、皱紧眉，一脸苦大仇深地思考着接下来的出路。

边上，楚河和楚溪自然发现了苏茉在骤然沉默后脸色变得分外难看，下意识地对视一眼。楚溪一屁股坐到沙发上，侧着头说："现在这些人就是这样的，丢了东西不在自己身上找原因，先去怀疑别人。她说是你拿的就是你拿的啊，证据呢？让她把证据拿出来，否则她就是诬陷。"

苏茉苦笑一下：“她说项链一直在房间的柜子里放着呢。家里就我们四个人，许少辉和洋洋哥肯定不会拿她的项链，而且……”

事已至此，她也没什么可隐瞒的，抬头看了一眼楚河，继续道：“今天早上他们三个走得比较早，我是最晚走的。表弟出车祸要动手术，着急用钱，在他们看来，我有偷项链的动机。”

这句话之后，客厅里的人沉默了几秒。

苏茉紧握着水杯，喉咙口动了动，又补充了一句：“可是我真的没拿，我不会连这点儿品德都没有，更不会去当贼。”

“项链要是真的一直在柜子里放着，总不可能无缘无故地丢了。如果张雨薇说的是真话而家里又没有遭贼，那这件事就和你们三个人脱不开关系。从客观条件和感情亲疏上来讲，你的嫌疑的确最大。”楚河不紧不慢地开腔，说出的话却令两个女生瞪大了眼睛。

“哥，你怀疑苏茉？”楚溪是个没心眼的人，一脸震惊地问。

苏茉没说话，定定地看着楚河，心绪有一瞬间的烦乱，却又很快清晰起来，顺着他的话说：“可是我的确没有，而且许少辉和洋洋哥都不缺钱，没必要去拿她的项链。”

“如果你们三个的确没人拿，项链就不可能不翼而飞。她说项链一直在柜子里放着，应该是在撒谎，原因不外乎两点：第一点是她自己弄丢了项链，认为是你拿了；第二点是这件事本身就是个幌子，她这么做，就是单纯地想要针对你而已。”

话音一落，楚河稍稍停顿，看着她问：“能明白吗？”

苏茉心尖一颤，点了点头。

脑海里回想着刚才的一幕幕，张雨薇言之凿凿的话语和一脸厌弃的表情再次浮现在眼前。苏茉只是回忆，都能感觉到她那种针对。与其怀疑是许少辉或者苏洋拿了项链，她更倾向于楚河的后一种说法。

项链不可能不翼而飞，所以，张雨薇要么是借题发挥，要么是处心积虑。她的目的就是，将苏茉赶出去，不让苏茉和许少辉接触。

想通了这一点，苏茉觉得自己有点冤，却也越发明白，他们四个人的确是住不下去了。相比大张旗鼓地搬家，张雨薇肯定觉得，赶她离开才是最省事的解决方式。

这个认知让苏茉的心情越发沉重，好半晌，她也没想好接下来该怎么办，最终只得叹口气，挤出一丝笑容问楚溪："能不能把手机充电器借给我用一下，我的手机没电了。"

"哦哦。"闻言，楚溪连忙去给她拿充电器。

"有人的地方就有矛盾和是非，别想太多，事情总有水落石出的一天。没必要为此伤心难过，你自己问心无愧就行了。"楚溪一离开，楚河便温和地开解道。

苏茉微微讶异，抬头看向他，神色间有些不确定，还有些细微的、复杂的感谢。

她没问出那句话，楚河却主动说："我相信你没拿。"

抛开直观印象，在他的考虑里，苏茉其实没有这种动机。人家是过来打工赚钱的，是两个月的工资重要，还是一条项链重要？如果这条项链的确特别贵重，一般人丢了能不大动干戈？事情一闹大，苏茉这个打工的机会不保，还可能在自己的交际圈内臭了名声。

她既有打工赚钱的念头，又不怕苦、不怕累，想方设法去做家政，想做的还都是笨活。她这脑袋瓜，恐怕是连那些体面、高薪一些的兼职都不曾想到过，又如何能想到去偷人家的东西卖钱？

"嗯，谢谢您。"耳边，女孩子的道谢声细而轻柔。

"噗——"拿充电器过来的楚溪笑喷了，打趣道，"我说你也太客气了吧，还'您'？哈哈，乍一听，我哥直接和咱们差了辈分了！而且这个称呼也太生分了，一回生二回熟，大家也算朋友了嘛，和我一样叫他'哥'就行了。"说着话，楚溪将充电器递给苏茉。

听到楚溪让自己叫楚河哥哥，苏茉的脸蛋微微一热，她没有接话，只是用视线搜索着插座，而后走过去给手机充上电。

眼瞅着苏茉耳尖微红，楚河瞪了楚溪一眼，在后者一脸懵懂的表情中若无其事地收回了目光，开口朝苏茉说："靠门的这间次卧里面没有床，你今晚就和楚溪睡吧，我给你拿一条毛巾被。"

"我睡沙发就行了。"怕打扰到楚溪，苏茉连忙说道。

楚河一怔，而后微微笑了笑，提醒她说："我要在书房里写小说，很晚才睡，期间可能会出来接水，你睡在外面不太方便。"

苏茉："……"

边上的楚溪："……"

自己这堂哥笑起来，可真是个少女杀手啊！

拿着喝水的一次性纸杯，苏茉跟着楚溪去了楚溪睡觉的次卧。

这间卧室苏茉其实进来过，陈设很简单。正中央靠墙放了一张席梦思大床，左右各带一个床头柜。正对床的一角，靠墙放了一个双开门衣柜。衣柜边放了一个白漆的铁艺花架，架子上摆了一盆绿萝。

苏茉的目光在绿萝上停留了几秒，她想到了自己的那盆茉莉，心情放松之余，默默地叹了口气，心想：事已至此，与其在这里叹气，不如乐观地向前看……

她既已意识到许少辉的心思，合租的事情肯定不能继续下去了。无论如何，她不想莫名其妙地搅和到人家的感情生活里去。至于打工的事情，明天她再和苏洋商量吧。

"盖这个可以吗？"边上，楚溪的问话打断了她的思绪。

苏茉侧头一看，发现她捧着一床折叠成小方块的蓝灰色毛巾被，连忙点点头："可以的，谢谢。"

"客气什么呀。"楚溪一笑，将毛巾被放到床边。苏茉正瞅着这条男士风格的毛巾被出神，就听见卧室门口传来楚河的声音：“一次性牙刷给你放这儿了。”

“啊，谢谢。”苏茉连连道谢，又对上那一双清润的黑眸。

楚河相貌俊美英气，一双星眸因为面部轮廓深邃显得内敛深沉，可微笑起来的时候会溢出柔情，仿若里面藏了灿烂星河。

苏茉脸上一热，正想移开视线，听见他唤：“楚溪。”

楚溪应了一声，跟着他走了出去。

兄妹俩走到客厅外面的大阳台上说话。因为离他们有点儿远，苏茉一个字也听不见。不过，她也没有探听别人谈话的心思，本就有些累，便直接去刷牙洗脸了。收拾完后，苏茉很快便上了床。

给手机充了一会儿电后，苏茉开机，发现舅舅来了一条短信：“到家了吗？到家了记得给我说一声。”

今晚的事，苏洋没告诉她舅舅，苏茉也不打算在这种时候给舅舅添麻烦，很快回了短信报平安。而后，她思量了一下，又给苏洋发了一条微信：“洋洋哥，我真的没有拿她的项链。我是你领来安城的，大家住在一起，我不可能做出这种给你脸上抹黑的事情。”

很快，苏洋回了一条：“我也不想怀疑你。可你回来之前，你舅舅打电话说，你从我这儿借了三千元钱。”

彼此都冷静下来后，说出的话也分外平和。

苏茉一下子就明白了，觉得既好笑又无奈。她如释重负地道：“本来是想找你借钱的，可我打电话的时候，你那边一直无法接通。我正着急的时候，碰见楚老师了。他正好去医院看亲戚，借了钱给我。我舅不认识他，所以我也没多解释。”

“楚河？”

“嗯。”

苏洋发了一个小锤锤砸头的表情：“那你不早说？”

“你刚才也没说这个。”

看着信息，苏茉抿唇笑了笑，轻舒一口气，心情彻底平复了。她原本还想说一下不再和苏洋他们一起住的事情，又觉得在微信里说这件事太麻烦了，所以没提，预备等明天和苏洋见面时再说。

苏茉放下手机的时候，已经十一点多了。

苏茉取下皮筋，用手指将头发理顺，脱掉T恤里面的内衣和长裤，抖开毛巾被盖上，预备睡觉。

她侧身躺在床上，将毛巾拉到胸口以上位置。一低头，她就闻到了隐约而清爽的洗衣液香味。那香味淡淡的，很好闻。

这个房间里，床单、被罩和空调被均是粉色的，是属于楚溪的浪漫少女风格的。而苏茉盖着的这条毛巾被八成新的样子，是灰蓝色的。毛巾被的主人是谁，似乎也不言而喻。

莫名其妙地想到这一遭，苏茉生出了几分不自在的感觉，好像盖了人家的被子，便和人家有了过分亲密的接触了一样。

这么不真实，像梦……

她正恍惚，被楚溪推门的声音吓了一跳，扭头看过去，便瞧见楚溪笑嘻嘻地进来。楚溪关上门，上床，趴着开始玩手机。

和她相比，楚溪身上的少女感分外鲜明。

苏茉每每看见她都有几分羡慕，可各人各命，并不至于生出什么忌妒或不甘的情绪。苏茉淡淡地笑了一下，道：“今天真是给你们添麻烦了。”

“又不是什么大事，你别一直道谢呀，弄得我怪不好意思的。”

楚溪翻身，拿着手机侧身看她，试探地问：“那现在这个样子，你接下来打算怎么办呀？”

“还没想好。”苏茉说，“可能不和他们一起住了。”

“真的啊？那你住哪儿？”

“嗯。”苏茉肯定地点点头，抿唇考虑了一下，轻声说，“先前听洋洋哥说，城中村里的房子房租比较便宜，一个月只要几百。我打算明天去问问，不行的话，我就出去找个单间住，总会有办法的。”

“那也太危险了吧，那边特别乱。而且你要是住在那边的话，来回上班可就很不方便了。”

“我想换个工作。”苏茉说着话，声音更低了。

她先前没来过安城，也没去过市里，自然没想过什么兼职是适合自己的。可今天在医院，她出去买饭的时候却意外发现，外面快餐店里的那些店员都和她差不多大。她在那儿纠结的时候，隔着窗户看见了肯德基里面的招工广告，还正好看见一个学生模样的女生在那里填表，准备做兼职。

晚上坐公交回来，看着这个城市璀璨的夜景，她脑海中一直回放着那一幕。眼下，她突然有点儿明白自己再三回想那个画面的原因了。

她想拓宽一下眼界……

苏茉就像井底之蛙，突然从狭小逼仄的世界里跳出来，看见了广袤而丰富的天地，忍不住就想要去接触，了解更多。

苏洋的这个快递店，怎么着都需要再请一个人手。苏茉开学后，他还是要再请人的。既然如此，什么时候招工都没差别。可她呢，未来的人生还是未知的，想要历练和增加自己的生活经验的话，待在负一层收发快递两个月，能接触到的人有限，能学会的生存技能其实也很有限。

这些，都是她想明天和苏洋谈论的事情。

“不如住我家？”楚溪欢快的声音又一次将苏茉的思绪拉回。

苏茉一愣。

楚溪组织了一下语言，兴致勃勃地说：“你看啊，我们家这么大，现在除了我堂哥和我住的房间外，还有一个空房间呢。你就住那个小次卧好了，我也不收你房租，你觉得怎么样？”

“不太好吧？”苏茉被她突然的提议整得有些蒙，迟疑地说。

楚溪接着说：“怎么不太好了？它空着也是空着呀。这套房子本来就是我爸妈买来投资的，结果精装修后又不舍得出租，我和我堂哥就暂时过来住了。可我和他代沟挺大的，平时能聊的话题也很少，你就当给我做个伴，行吗？”

听完这番话，苏茉还是很迟疑。可不等她迟疑，楚溪便抱住了苏茉的胳膊，还撒娇般晃了晃苏茉的手臂，接着说：“你是觉得不好意思吗？哎呀，真的没事儿！要不然这样，你帮我补课抵房租，怎么样？”

“补课？”

“对啊，我成绩很差的，要不然也不会报考艺术类的大学。在我们那儿，请家教一小时得花一百元，你就给我讲题抵一下房租，你觉得怎么样？反正我们都学的文科，高考科目都一样。你成绩不是挺好的吗？你教教我吧！”

苏茉：“……”

从小到大，苏茉都没遇到过这么能撒娇的可爱女生。一会儿工夫，她便有些招架不住，答应楚溪如果自己找不到房子，就按楚溪说的做。

眼见事情基本谈妥了，楚溪顿时松了一口气，背过身，给自家堂哥发了一条微信：“必胜客，你说的！”

几秒后，对话框里出现了一个红包。

楚溪蒙了，点开一看，楚河给她发了两百元。正乐滋滋的楚溪同学顿时觉得很无语。

谁没见过钱啊？！她费心、费力，拐弯抹角，连哄带骗，是为了红包吗？她是想有人能陪吃、陪玩、陪逛街好不好？！

第六章　暧昧

一夜无梦。

翌日，早上六点多的时候，苏茉自然醒了。

楚溪过来进行专业课培训学习，星期天休息，现在还在睡。苏茉轻手轻脚地起床穿好衣服，将毛巾被叠好放在床头，理了一下衣服和头发后，出去洗漱。

主卧的门关着，楚河也没醒，宽敞的室内一片静谧。

苏茉去洗手间里刷牙洗漱。

她不会化妆，洗漱起来速度很快，几分钟便将一切收拾妥当了。

她看了一眼手机，时间尚早……

今天张雨薇不上班，许少辉和苏洋这会儿也基本不会起床。她没打算这么早过去，预备先下去散步、吃早餐，呼吸一下新鲜空气，顺带考虑自己接下来的住宿和打工的事情。

吱呀——主卧方向传来开门的声音。

她正愁怎么和楚河打招呼离开，听见声音，顿时松了一口气，走过去唤了一声："楚老师。"

起先觉得无奈，这会儿再听这个称呼，楚河都有些习惯了。他倚着门框嗯了一声，抬眸看她的时候，抬手覆住唇，懒散地打了一个哈欠。

晚上睡觉的时候，他只穿了一件宽松的运动短裤。他睡眠浅，听见外面有动静便出来了，临时套了一件白色的大T恤。T恤下摆有些皱，大领口歪斜地挂在锁骨处。他的头发乌黑且凌乱，睡眼惺忪、不甚清明，无端地给人一种慵懒却又迷人的感觉。

苏茉仰头和他说话，目光从他利落的下颌移到微微凸显的喉结上，一时竟有些失神。

男色误人……

不知道为何，有那么一瞬，苏茉的脑海里闪过以前舍友看着偶像海报时痛心疾首的感叹。她立马回过神来，有些抱歉地说："打扰您休息了。我已经洗漱过了，正准备走。"

"今天就搬过来？"他的嗓音懒懒的，感觉还没睡醒。

苏茉啊了一声，猜测昨晚楚溪和他提了想让自己住过来的事，很快回答说："我先找房子吧，住过来太打扰你们了。"

"没事儿。"楚河的声音清明了一些，却仍然很随意，"楚溪在这边也人生地不熟的，一放学就念叨着没人陪着一起吃饭、一起玩儿。我平时比较忙，你要是能住进来给她做伴儿，是好事。再有……

"你不是过来打工赚学费的吗？能省一点儿是一点儿。"

最后这句话，落到了苏茉的心坎上。

先前的五分犹豫又散去一些，她思考了几秒，语气有些复杂，笑着说："真的不知道该怎么感谢你们了。"

楚河也笑了："那就抽空给楚溪多讲几道题，她成绩差得很。"

“嗯嗯。”苏茉点点头。

“微信联系。”

目送她出门，楚河捂着嘴又打了一个哈欠。

次卧的门吱呀一声开了。楚溪穿着睡裙，探出头来看了看，而后身子一闪钻出来，仰着脸笑得一脸促狭：“哎哎哎，这什么情况啊？！楚大神起这么早，太罕见了吧？”

楚河：“你起这么早，也挺不常见的。”

“谁说不常见？！我天天都起这么早好不好。你起来的时候我早就走了，我就周末才睡个懒觉！”

“我上高中的时候，一直五点半起床。”

楚溪：“……”

楚溪目瞪口呆，唇角抽搐了两下。她郁闷地换了个话题，不依不饶地问：“拐弯抹角地做好事，还让我撒谎帮你做好事。老实讲，你是不是真的要对人家下手？”

楚河淡淡地瞥了她一眼，转身回主卧了。

“不能这么卸磨杀驴吧？！”楚溪的怒火值一下子冲顶，快步跟他进了主卧，眼见他拿起手机，歪过头就挤到人家跟前看。

楚河也懒得挥开她，点开微信，找了一个备注名是“家具”的人开始发消息，让人家上班后给他发几张单人床和衣柜的照片过来，他选一下款式。

“这是上次给我买衣柜的那一家？”看了半晌，楚溪又问。

“嗯。”淡淡地应了一声，楚河将手机放到边上，又躺上床了。

他一般都睡得挺晚的，还得补个觉。

“哥、哥、哥……”楚溪也是被吵醒的，二话没说也蹦上床，扒拉着他的胳膊问，“说真的，你是不是看上人家姑娘了啊？我可告诉你，要真是这样的话，我可不会让苏茉住过来的。苏茉还小呢，你也太那啥了。我要是帮了你，那就是助纣为虐，我的良心过意不去啊……”

侧身瞪了她一眼，楚河神情复杂地说道：“我说大小姐，你如果不会用成语的话，可以不用。你不说话没人把你当哑巴。”

“那你先告诉我，你到底是什么意思？”

“没意思。”

“没意思你这么……”

呼出一口气，楚河突然坐起来，看着她说：“我看她和你一样大，有点儿于心不忍，明白了吗？况且也就两个月，正好和你做个伴。这种玩笑说两次就行了，别天天念叨。”

他说得一本正经，反倒衬得楚溪太过八卦。

“是挺不容易的。”楚溪叹口气，也没有继续闹的心思了，话锋一转，“咱们早上吃什么？我都饿了。”

“那你去叫外卖，我再睡会儿。”话音一落，俊脸转了过去，楚河又开始睡了。

“喂！”

楚溪没办法，只能下了床，一边往外走，一边愤然地道：“某些人在电话里答应我爸妈会好好照顾我，就是这么照顾人的哦，天天吃外卖！送外卖的小哥都认识我了……”

耳听她絮絮叨叨地往外走，楚河的睡意都消散了。他无奈地躺了一会儿后，便提前起来。楚河洗漱完，正好跟楚溪一起吃上了外卖。

十一点多，送家具的工人到了，在小次卧组装单人床和衣柜。楚溪闲来无事，便拍了一张工人组装家具的照片，用微信发给了苏茉。

苏茉这天上午一直在外面。

她下楼后，在小区门口买了豆浆、油条，眼见时间差不多了，便发微信叫了苏洋。听说她不在家里住了，还想出去重新找工作，苏洋有些意外，劝了几句后，才发现她想得还挺清楚的。

老实讲，他也觉得在地下室做收发快递的工作挺枯燥的，斟酌了一会儿，也就同意了。苏洋让苏茉先去外面试一试，等她找到工作了，他再招个长期工。

于是，苏茉这一上午便奔波在找工作的路上。

她是用笨办法找的。

她以小区为中心，沿着街边商铺，一路往市内方向走，看到有招工广告牌或者可能需要兼职的店面便主动进去问。不过几个小时，她真的找到了好几个机会。对比了茶庄茶艺师、火锅店服务员、化妆品店面销售等好几种工作后，她最终决定去肯德基上班，并与经理约定明天入职。

按照店面要求，她还需要准备化妆用品、一条黑裤子和一双黑色矮跟皮鞋。

搁平时，她肯定不舍得花这个钱，可肯德基是三班倒，兼职员工一个月的工时不能超过200个小时。算下来，她每周最多上五天班，剩余时间她还可以打点儿零工。

想到这儿，她心里便安稳了许多。沿路返回小区的时候，苏茉正琢磨着该去哪里买便宜些的化妆品时，就收到了楚溪的微信。

微信里是一张工人背着身组装家具的照片。楚溪说："嘿嘿，床和衣柜都到了，你今天就可以搬来。"

苏茉看到消息后，吓了一跳。

虽说她已经确定不会再和苏洋他们一起住了，也已经在口头上答应了楚溪的请求，搬去和楚家兄妹同住。可事实上，她在找工作时一直在思考这件事，心里仍觉得有些别扭、古怪，担心自己会给人家添麻烦。

她甚至还想，等买好化妆品后再去看看房子，如果能找到合适的住处，就婉拒楚溪的好意。她连理由都想好了，就说自己住在外面的话，楚溪就不用买床了。可眼下，人家比她的动作还要快。

可见，楚溪是真心想交她这个朋友……

想到这儿，她忍不住羞愧起来，感觉和楚溪仗义直爽的性格相比，她实在是太过于谨慎多虑、小家子气了。

“对了，你是不是去找工作了？情况怎么样呀？”对话框里，楚溪又问了一句。

苏茉回：“找好了，明天开始在肯德基做兼职。上班前需要买化妆品和衣服，你知道这附近什么地方能买吗？便宜又好用的那种。”

“这附近还真没有，不过你可以坐地铁去东大街买，那边地下商场里的东西超便宜，选择还多。我下午没事，可以陪你去。”

苏茉在感激之余越发放松了，又和楚溪说了几句，约好先回去搬一下东西，吃完午饭后再一起去逛街。

“嗯嗯，你路上小心点儿。”

“知道啦。”

苏茉回复完楚溪的消息，发现小区的服务群里有人在找她。她点进去一看，是一个名为“阳光托管”的群友“@”了所有人。

“阳光托管”说：“辅导小学、初中生暑假作业，有意向的邻居可以私信详询。”

她往下浏览，发现有此意向的业主还不少。很多业主直接就在群里聊起了给孩子辅导作业的话题，你一句我一句，好不热闹。

看着看着，苏茉走路的速度都慢了下来。最终她找到了“阳光托管”，申请添加那个人为好友。

下午，一点半。

配送、安装家具的工人已经离开。

楚溪窝在沙发上打了一会儿手游，感觉饥肠辘辘，便扯着嗓子朝书房方向喊了一句："哥，我饿了。"

楚河远远听见后，敲键盘的动作一顿，瞥了一眼时间。

不知不觉间竟然下午一点多了？

他保存好文件，拿起手机点进微信里看了看，发现苏茉并没有发任何消息给他，蹙了下眉，起身往外走，边走边问："你想吃什么？"

"前胸贴后背，吃什么都行啊——"楚溪看着他，一脸委屈地控诉。

她放了暑假便过来培训，楚河身为兄长，除了提供住处外，对她的其他方面完全不管。他不管也就算了，还经常心安理得地享受来自妹妹的照顾。房间里的绿植是楚溪做主买的；清爽型的护肤品是楚溪给选的；牙刷、牙膏、抽纸、垃圾袋等一系列日常用品是楚溪给添的；甚至连吃饭，也是楚溪饿了叫外卖，他跟着吃一下……

眼下，瞧见妹妹一脸委屈的神情，楚大神好像终于意识到了自己平时有多么懒散、过分，大发慈悲地说："我下午没事，陪你出去吃饭，吃完饭去商场。你看家里需要添什么，列一张单子。"

"真的？"愣了一下，楚溪有些难以置信地问。

楚河呵了声，唇角一撇。她似乎还挺意外，自己对堂妹有这么过分吗？他带她出去逛街、吃饭，还要接受质疑？

他没吭声，楚溪啊一声叫了起来，一边跑去房间换衣服，一边念叨说："真是太阳打西边出来了，你还知道世界上有商场这种存在！不过说真的，哥你再这么宅下去，总有一天会发霉的！"

楚河："……"

他无语，走到了小次卧门口。

这个房间面积不算大，放了一张一米二的单人床、一个床头柜和一个衣柜，倒也不显得逼仄。窗户大开着，窗外的风透过纱窗吹进来，撩得浅紫色的窗帘微微晃动。

“奇了怪了，她一个小时前就说要回来，怎么这会儿还没到？”楚溪飞快地换好衣服，走到楚河身边感叹道。

楚河看过去：“那就打个电话问问。”

“嗯，不然她回来后，咱们不在就不好了。”

说话间，楚溪掏出手机给苏茉打电话。苏茉的声音从手机中传来：“我已经到楼下了。”

三两句后，楚溪挂了电话，开了门等着人上来。她看了眼楚河，突然发现了什么，顿时又不淡定了：“不是吧，你竟然比我还白！”

她不黑，年龄小、皮肤好、一脸胶原蛋白，平时都自诩小仙女。可眼下，赤裸裸的事实摆在眼前，让她觉得自己之前简直是眼瞎了。她竟然一直没发现，这个堂哥的皮肤比她还要白！

丁零——电梯门开了。

苏茉走出来，正巧看见这样一幅画面。

她右首边的防盗门大开着，楚河侧身靠在门内的一面墙上。楚溪整个人扑在他怀里，一条腿跷着，一条胳膊挂在他身前，手握成拳，紧紧地揪着他的衣领。

苏茉整个人都看蒙了。

“那啥，差点儿摔了，呵呵呵。”

对上她的目光，楚溪第一时间站好，一边干笑，一边解释：“这双凉鞋有点儿跟，我站得不太稳。”

说着话，楚溪气呼呼地瞪了楚河一眼。

搞什么啊！

她不就一时兴起，想要捏捏他的脸，感受一下好皮肤摸起来是什么手感吗？这人，当她是洪水猛兽吗？还往后退，退什么退？！哪里像个当哥的？！

接收到她的目光，楚河仍旧一副若无其事的样子。

苏茉很快调整好表情，有些抱歉地朝楚溪说道：“不好意思啊，我临时又看了一份工作，过来晚了点儿。”

“又看了一份工作？”楚溪的注意力一下子被吸引了，她震惊地问。

苏茉点点头，因为心情愉悦，不由自主地笑了起来：“嗯。刚走回来的时候，看见小区服务群里大家在说给学生辅导作业的事，我就试着问了一下那个托管辅导班的老师，还和开班的老师见了一面。她刚好还想找一个人帮忙，就同意我兼职了。”

“你不是应聘了肯德基的兼职吗？还找这个，忙得过来？”

楚溪瞪大眼睛看着她，只觉得不可思议。

这人看上去比她还瘦小一些，既干这、又干那的，说起来还一副开心的样子，未免太勤快了吧？！

“时间正好错开，”苏茉认真地对她解释，“肯德基那边是三班倒，早班四点结束，中班十二点才开始，晚班下午四点才开始呢。辅导班那边，我就每天上午或者下午过去三个小时就行，一天一百元。”

“一百元？！”楚溪更诧异了。

暑期，学生放假，作业多到成山，各类托管辅导班因此应运而生。家长周末还能带孩子玩一下，工作日大多要上班，所以选择将孩子送到小区的辅导班写作业的不在少数。问题是，据她所了解的，辅导作业三小时才一百元，未免有些低了。

楚溪察觉出她的意思，脸色微红，有些不好意思地说：“我才刚高中毕业，也没什么经验。别人愿意要我，就挺不容易了。”

“你呀……”长长地叹了一口气，楚溪都不晓得该说什么才好了。

她和苏茉的年龄差不多，可她从小养尊处优，连洗碗、扫地这些事都很少做，更别提打工、做兼职了。而苏茉呢？她面对两份兼职，不仅没表现出丝毫抱怨的情绪，反而一脸开心，眼睛都笑得眯了起来。

苏茉本就生了一双“狐狸眼”，眯眼而笑时，纯真的模样中带了几分妩媚多情的风流之态，有种让人难以形容的美丽。

“午饭吃了吗？”楚溪正出神，蓦地听见自家堂哥的声音。

刚才两个女孩儿说话的时候，楚河一直没有出声，耐心地等着。他的眼神很深邃，苏茉其实感觉得到自己说话时，这人礼貌而专注地看着她的目光。此刻听见问话，她的脸颊处有些发烫，抿了下唇才轻声回答：“哦，还没来得及。”

楚河略一沉吟：“那要不先吃饭？之后一起在外面转转，添置些日用品，回来后你再去对面将东西搬过来。”

“嗯。”

事已至此，苏茉自然不会再说不搬的话，只得顺从应允。苏茉的心里有些感动，以至于刚说完话，便抬起脸感激地看了他一眼。

女孩子脸上的笑颜还未完全收住，她眉眼舒展、明眸善睐，羞怯乖巧的样子像极了家养的小兔子。

蛮纯的……

不晓得为何，这三个字倏地划过楚河的脑海，让他微微愣了一下。楚河很快收敛了情绪，点点头，温声道：“那走吧。”

话音一落，他便往电梯间走去。

楚溪挽着苏茉的胳膊走在前面，楚河稍微落后。三个人刚步入电梯，就听见后面传来一声：“哎，等等！”

抢在关门前，许少辉扯着张雨薇挤进电梯。

许少辉正要向站在边上的楚河道谢，一抬眸，就看见了近在眼前的苏茉。

苏茉从昨晚到今天都没回家，从苏洋那里，他们也知道了苏茉被隔壁这对兄妹收留了的事。当然，他们也知道苏茉在医院里遇见了楚河，后者借给她三千元的事情。可以说，许少辉这一整天都在琢磨这件事。

许少辉有些郁闷，觉得张雨薇在没证据的情况下怀疑人，而这件事还被隔壁那两个人知道了，有些丢脸。张雨薇则愤愤不平，不明白隔壁这个大神为何突然抽风，如此乐于助人。

难不成，他也看上苏茉了？男人都喜欢这种调调？

老实讲，先前苏洋说起苏茉的时候，张雨薇也没想到这人会这么漂亮。而且苏茉还是这种看上去没有一点儿攻击性、柔弱纯净的人，就像言情小说里的“小白花”，楚楚动人。

见面后，张雨薇免不了有些忌妒，所以一次性送了苏茉好几件衣服。那些衣服都是从品牌店里买来的，她没穿过几次，只是后来不太喜欢了。被苏茉再三感谢，又见苏茉很快将那些衣服穿上了身，张雨薇觉得，自己心中的那些郁闷消减了许多。

漂亮又能怎么样？家里情况差成这样，还得穿自己的旧衣服呢！

可眼下看，女孩子漂亮些还真是了不得了。这才来了几天，竟然让隔壁这位一贯清冷冷的大神作家出手相助了。

心里这般想着，张雨薇的眼神也没收敛，用颇为意外的眼神在苏茉身上打量了好一会儿后，突然低下头去，扯着唇角笑了笑。张雨薇没说话，可她笑容里别样的意味，谁都能体会到。

苏茉的身子僵住了，她还没想到该不该说点儿什么，便听见许少辉笑着问她：“怎么没去快递店？”

苏洋还没将苏茉不再跟他们一起住，并且要换工作的事告诉二人。许少辉会这么问，完全是觉得他们昨晚的行为有点过分，毕竟张雨薇也没有拿出确切的证据证明人家拿了项链。许少辉不想大家的关系弄得太僵，毕竟之后还得一起住呢。

哪承想，苏茉还没回答，张雨薇便毫不客气地瞪了他一眼。

许少辉："……"

许少辉本身有点儿心虚，索性不再说话。他不吭声了，其他人更不会吭声了。

很快，电梯停到一楼，他和张雨薇先走出去，还没走多远，就听见身后传来随意而温和的男声："次卧的床是一米二的，你需不需要买床单？"

楚河的问话令苏茉猝不及防，她下意识地啊了一声，回他："不用，我从家里带了褥子和床单，能用。"

"……"

张雨薇和许少辉听了都愣住了，下意识地对视一眼，从对方的神情中明白自己没有听错。

什么意思？

苏茉要搬去隔壁住？

她是在开玩笑吧？

张雨薇一手攥着斜挎着的链条包，表情扭曲。

张雨薇这么做是想将苏茉赶出去，而苏茉被赶出去后的处境，不外乎两种：要么想方设法重新租个房子住，那她之后肯定没有现在过得这么舒适；要么打道回府，重新想办法挣学费。

论起来，张雨薇的行为的确有些过分了，可她和苏茉无亲无故，也就认识了几天而已。再加上她感觉到了许少辉的心猿意马，心中的怒气好久都平息不下去。

哪承想，苏茉竟然因此有了更好的去处？

这件事令张雨薇越想越气，以至于她连逛街的情绪都没了，吃饭的时候还朝许少辉发了一通脾气。没到八点，两个人便极其郁闷地回家了。

苏茉还没回来，苏洋也还在店里，这个点，家里没人。张雨薇坐在沙发上看了一会儿电视，问斜靠在另一边玩手机的许少辉："你说苏茉是怎么回事儿？真的要去隔壁住？"

"可能吧。"许少辉头都没抬，应了一声。

他本身就对楚河有些忌妒和看不惯，眼下又出了苏茉这件事，心情也不怎么爽快。可在张雨薇面前，他多说多错，所以他什么也不想表示，爱咋咋地呗。

见他这副模样，张雨薇更不高兴了："我就说她怎么一天一夜不回来呢？敢情是有了更好的去处。真看不出来，她不声不响地将楚大神都拿下了？挺有手段的嘛！"

许少辉："……"

他说什么都是错的，只能听着。

张雨薇见他不附和，正想发火，听见了门锁的响动声。

苏茉开门，走了进来。

她和楚河、楚溪在外面吃了饭，又买了点儿东西，因此回来得比较晚。楚溪听她说要搬的东西不多，就没过来帮忙。苏茉将门虚掩上，瞧见沙发上坐着的两个人都在看她，沉吟一下，上前唤道："雨薇姐。"

张雨薇盯着她，笑容有些嘲讽。

吵架这种事，实在挺微妙的。对关系好的人而言，很多事过去了就过去了，吵得再凶也没关系。为什么？有感情嘛。可对她们这种临时合租在一起的陌生人来说，吵了架，存了间隙，关系只会变得越来越糟糕。况且，这其中还牵扯了年轻人间最敏感的感情问题。

因为许少辉对自己的态度，苏茉也没办法责怪张雨薇。她既没看许少辉，也没理会张雨薇脸上的讽刺，开口说：“你的项链我真的没拿。昨天我虽然走得晚，可是在电话里听见表弟出事，我已经够着急了，怎么会想到跑去拿你的项链？到医院后，舅舅身上的钱不够，我才临时打电话找洋洋哥借钱的。可是电话恰好没打通，我又在医院里碰到了楚老师，病急乱投医，没办法才开口找他借了钱，所以不可能拿你项链卖钱的。”

“楚老师？”张雨薇也不晓得，为何人家说了一长串，她的关注点却在这样一个称呼上，听完便笑了，“白莲花。”

苏茉一愣。

她知道“白莲花”这个词好像是用来骂人的，可第一次被人这样说，又不敢百分之百确定张雨薇在骂她，免不了迟钝了一下。

张雨薇也没想到，苏茉竟然不明白这个词的意思，顿时有种一拳打在棉花上的感觉，气呼呼地说：“不明白这是什么意思啊？就是装清纯、装无辜、装模作样的意思，和你很配。”

“行了。”边上的许少辉没忍住说了一句。

“你给我闭嘴。”张雨薇扭头斥了一句，站起身，面对面色紧绷的苏茉，冷笑着道，“难道我说错了吗？你才来几天？人家认识你是谁？无端给你地方住，还不是你勾引的？”

她这话一出，苏茉顿时明白了，这一场无妄之灾是因为楚河。

若说先前这人因为许少辉的事恼怒生气，苏茉还能理解，可牵扯到楚河，她心里的火气也上来了，僵着脸说：“思想龌龊的人，看什么都是龌龊的。你怎么想的我管不着，反正我问心无愧，不和你说了。”

话音一落，她转身回了自己的房间，关起门开始收拾东西。

先前她已经和苏洋说好了要搬走的事情，因而收拾起来没有丝毫迟疑，很快将被褥卷起、衣服叠起装好，抱着就走。这架势看得张雨薇一愣，等她反应过来的时候，苏茉已经去而复返，从厨房和卫生间内麻利地收拾好了自己的东西。苏茉拿着所有的东西走到门口，转头对张雨薇说："你给我的几件衣服都洗干净放在床边了，你还想要的话就拿回去，不想要的话就扔掉吧。"

砰——苏茉不轻不重地关上门。

门内，似乎传来了张雨薇骂人的声音。

一切都过去了……

苏茉不是不会骂人，从小在村里长大，粗鲁难听的话她也会说。可她不想说，也说不出口。没办法改变糟糕的出身，她能做的只有沉默、好好学习，用知识改变命运，等步入社会后，获得别人的尊重。

可这一刻，将张雨薇的骂人声隔绝在门内后，她还是觉得眼眶有些泛酸。没想到自己刚来安城几天，就能惹人嫌弃。

"拿完了？"身侧，传来问询的男声。

苏茉赶紧调整好情绪，转过头去，点点头："嗯。"

楚河倚在门口，垂眸看着她。

小姑娘站在几步开外，怀里抱了一堆东西，脸上带着一个腼腆的笑。但楚河却看得出来，那是故作轻松。

"那就别站着了。"迈开长腿，他抬步走过去，接过她手中的一个塑料袋，一边往回走，一边很随意地笑着道，"难得楚溪勤快，在厨房里捣鼓水果沙拉。她来安城半个月了，这还是第一次，不容易。"

下午的时候，三个人去了一趟超市。楚溪从小就没下过厨，可讨巧卖乖的事情没少干。这些年她想哄自家老爸高兴的时候，就会做水果沙拉、榨果汁、温牛奶。她今天在超市里买了不少酸奶和水果，回来后，就自告奋勇地去厨房里忙活。

苏茉和楚河走进门时，正瞧见她将两个碗端出来，放到餐桌上。

“我弄的，快来尝尝。”见苏茉进来了，楚溪兴奋地说了一句。

楚溪的母亲身体不好，就生了她这么一个宝贝女儿，家族同辈里哥哥弟弟有一堆，姐妹却很少。自己的两个表姐是一对双胞胎，因为她们学习很好，从小就被姨妈带着去了首都的名校念书，和她感情不太好。楚溪又是一副爱热闹的性子，遇上苏茉这样腼腆文静的同龄人，自然心生好感，自来熟得很。

苏茉能感觉到，楚溪对她释放出的善意，远远大于张雨薇。张雨薇最初对苏茉也算亲近，不过张雨薇在日常生活中个性强势，面对苏茉的时候有优越感，说话时也免不了带着几分高高在上的意味。

苏茉坐在餐桌边，小口地咬着苹果，正乱想着，就听见楚溪问询的声音：“味道怎么样？”

“噗——”这话问出，楚河先笑了。

楚溪不满地看过去：“哥，你笑什么，我问个话怎么了？！”

楚河手里拿着一个细长的不锈钢叉子，叉子很新，表面泛着一层冰冷的光泽。听见楚溪质问，他闲闲地将叉子斜插进自己碗中的一块西瓜里，用一副温润好听的嗓音回：“没什么，觉得这些水果的味道都不错。”

楚溪愣了几秒才反应过来，楚河是在揶揄她，忍不住怒道：“哥！”

话刚出口，她听见了对面的苏茉在小声地笑。

苏茉本来想忍一下，可这兄妹俩间气氛实在令人忍俊不禁。楚河看着一本正经的，可偏偏挺会拆台，每每惹得大大咧咧的楚溪气急败坏，偏又拿他没有办法。

读书多的人，都这么会挑字眼吗？

她憋着笑，下意识地朝楚河看了过去。

楚河原本是见她情绪有点儿低落，所以故意接话调节气氛。说完话，他已经叉起那块西瓜放进了嘴里，喉结因为吞咽的动作上下滑动，一派气定神闲的样子。

餐厅里垂挂了一盏简约欧风的吊灯，和象牙白的餐桌、椅子交相辉映。他就那样微微地靠着椅背坐，轮廓立体的面容笼在明亮的光线下，搭在桌沿的手臂上的衬衫袖子卷起翻在手肘处，小臂线条紧实，整个人清俊文雅，极其美好。

苏茉没想到，有一天会用“美好”去形容一个男人。可这一刻，她不经意地一瞥间，青年映在她脑海中的样子，担得起这个词。

垂下眼眸，她驱散了脑海中的胡思乱想，笑容浅浅地对楚溪说：“很好吃，我第一次见有人用酸奶拌水果。”

“哈哈。”楚溪笑了笑，还有点儿不好意思，“超市里卖的那种沙拉酱稀释起来麻烦，用酸奶拌正好，这种味道我喜欢。”

话音一落，她还扭头，用谴责的语气说楚河：“你看看，会说话的人面对一碗水果沙拉，也会找由头夸夸人的。谁像你啊，面对一个花季少女，嘴还这么毒，单身到三十岁都不奇怪。”

她咬了口苹果，还觉得气势不够，抬头问苏茉：“茉茉，你说是吧？我哥这样的人怎么可能找得到女朋友！”

苏茉：“……”

突然被点名，苏茉轻轻地啊了一声，再抬头，瞧见对面的兄妹俩都在看自己，有些拘谨地笑着说：“不会啊，有很多女读者天天在评论区说好喜欢楚老师。”

还有人要给他生孩子呢……

当然，最后这句话，苏茉没好意思说出来。

楚河在九江文学城里称不上流量顶级的大神，可也有一批“死忠粉（网络词汇，指忠诚度极高的粉丝）”，甚至有读者在评论区里说：“始于才华，忠于人品，哪怕颜值不行，才华也能弥补。况且公子的声音这么酥，听着我都要怀孕了！”

楚河从未在公众面前露过脸，圈子里好多人猜测是因为他长得对不起观众，针对这一点，他也从未在“题外话（九江文学城中的一个栏目）”等任何地方回应过。日积月累，很多人便相信了这种说辞。可这几天，九江文学城推出了一个新的读者付费提问频道，可以语音问问题，作者选择性回答。

楚河上线回答了两三个问题，评论区里的一众女粉丝兴奋得好像过年了，各种惊叹层出不穷。

“公子的声音好酥，我受不了了！”

“第一次发现听人回答问题都是一种享受。”

“公子这一副好嗓子，简直是声控（指喜欢声音好听的人）党的福利，啊啊啊！”

“就冲这声音，我还能粉（网络用语，指喜欢）你十几年！”

“长相怎样都无所谓了，听见声音就感觉人肯定很温柔、绅士，想嫁，嘤嘤嘤。”

“我也想嫁！”

“老公这么有才，声音还这么好听，想亲。”

“楼上，你的脸呢？”

突然回想到前两天《首辅》评论区里的热闹景象，苏茉有些走神，没发现桌子对面，楚溪震惊地看了她一眼。楚溪正想张嘴打趣她的时候，边上的楚河踢了楚溪一脚。

被踢的楚溪：“……”

太意外了！

苏茉竟然在追她堂哥的小说!

她还没从这种震惊里回过味来呢，又看见她堂哥似乎轻笑了一下。

楚河温声问苏茉：“你在看《首辅》？”

“嗯。”后知后觉反应过来自己说漏嘴了，苏茉有一种秘密被发现了的感觉，却也没办法否认，只得承认了。

“看到哪儿了？”楚河饶有趣味地问。

苏茉脸颊微热：“看到前天更新的章节了，不过我没有账号，是用洋洋哥的账号看的，他的账号里面有钱。”生怕人家以为她看盗版，苏茉还特地解释了一下。毕竟，翻开旧文的时候，楚河毫不客气地指责别人看盗版小说的一条评论让她印象深刻。

“以后可以用我的账号看。”

苏茉：“……”

瞧着她发愣，楚河解释：“我每天更新完后，要用自己的读者账号检查一下App排版是否有问题。你登我的账号看，就省得自己花钱了。”

好像是这么个道理!

苏茉都不晓得该怎么拒绝，顺势答应后，心里还有一种很不真实的感觉，轻飘飘的，像过年时抿了一口白酒一样。

三个人在餐厅里聊了一会儿，三碗水果沙拉便被解决了。

之后，苏茉回了自己房间收拾东西。

床刚铺好，敲门声音传来，她扭头一看，楚河立在半掩的门边。

楚河淡笑着说：“手机拿来，登一下我的账号。”

“哦。”她点点头，连忙拿了手机，走到他跟前。

楚河没有进入房间，就站在门口，身材颀长而挺拔。楚河垂眸看见她进了读者个人中心的页面，便开口道：“账号名是‘楚三’，跟作者名一样。”

“哦。”苏茉低头输入。

“密码：chuhe19920826。”

苏茉低着头继续输入，好半晌却没能切换成拼音键。苏茉的手机好像出了问题，突然就不听使唤了。她正觉得着急窘迫的时候，眼前突然一暗。楚河俯下身，脸颊和她挨得很近：“我看看。”

他一说话，薄而热的呼吸喷洒到她鼻尖。苏茉觉得鼻尖微微有点儿痒，身子都下意识地僵直了。

他们间的距离太近。

女孩子的反应，楚河很快察觉了。

他其实也很少和女生靠这么近，近到他一抬眸，便能看到小姑娘绯红的耳尖和鬓角细小的绒毛。她身姿纤瘦，因为他靠近的动作变得全身紧绷，连呼吸都变重了，局促到了极点。

苏茉又纯又乖，让他想逗逗她……

逗女孩儿这种事，楚河在青春期的时候都没有做过，可这一天他着实有点儿中邪了。等他反应过来的时候，已经用那样亲近的姿态，帮着苏茉输好了密码，并且成功地看到女孩子整张脸都烧得通红。

苏茉握着手机，仰头看他，结结巴巴地说：“谢、谢谢您。”

“是不是太热了？”楚河笑了笑，抬下巴指指窗户的方向，神态自若地说，“你的脸很红。要是觉得热，晚上可以开着窗。不过如果你不关门的话就不用开窗户了，客厅里的大空调晚上不关，制冷效果不错。”

“哦。”苏茉其实都没反应过来他在说什么，满脑子都是那句“你的脸很红”，晕乎乎地应了一声。

“我在写文。有事的话叫楚溪，叫我也行。”

“嗯。”

简短地交谈之后，楚河转身回了书房。

他一走，那种无形压迫的感觉便渐渐地散去了，苏茉握着手机的手指紧了紧，转身往房里走，另外一只手下意识地摸了摸脸。

真的很烫……

她有点儿失神，又想起他说话的时候呼吸喷在自己脸、脖颈上的感觉，那么痒，细细密密的，好像被针扎了似的，不疼，却让人很难受。她的呼吸变得困难，像突然缺水的鱼。

最终，她将这些不寻常的感觉归咎于两个人不熟。她一边收拾屋子，一边将微微波动的心绪压制下来，让自己平和起来。九点多的时候，她接到了来自苏洋的语音电话。得知她已经搬了地方，苏洋只是在电话里叮咛了几句，倒没有特地过来看她。

跑了一整天，苏茉也着实累了，准备睡觉的时候，感觉到身上黏腻腻的，便抱着睡裙去公卫里洗了一个澡。

楚溪蜷在沙发上玩手游，见她洗完澡出来，好心地提醒说："客厅这大空调晚上都不关的，你睡觉也别关门哈，会睡得舒服些。"

"嗯，你明天不上课吗？还不睡？"苏茉应了一声，问道。

楚溪头摇得跟拨浪鼓似的："才十点多，早着呢，我再玩会儿。你困的话先去睡吧，晚安。"

"晚安。"

苏茉抬步欲走，突然才想起点儿事情，又停下步子说："你一般什么时候做作业？要复习的课本带来了吗？我明天看看。"

楚溪："……"

楚溪想到先前自己和楚河商量的给苏茉抵房租的借口，整个人都有点儿不好了，但面上却不显，继续笑着说："那以后就周一到周五吧，我回来做作业的话，你帮我看题目。"

"好。"闻言，苏茉松口气笑了笑，"这样就最好了，我周六、周日两天还能做点儿其他兼职。”

“啊？！”楚溪瞪大眼睛，“不是吧你！”

算上帮楚溪辅导暑假作业，这人已经打了三份工了，还要找其他的兼职？所有时间都要排得满满当当才罢休吗？

目送苏茉进了房间后，楚溪整个人都不淡定了，跑到书房里，直挺挺地站在楚河身旁问：“哥、哥、哥，问你个问题……”

楚河正码字，被她的突然闯入打断了思绪，侧头看过去的时候，脸上带着一层无奈，沉着声音：“嗯？”

“那啥，我应该不算懒吧？”

楚河挑眉：“你到底想说什么？”

“就苏茉呀。”楚溪神情复杂地咂咂嘴，压低声音道，“她还准备周六、周日再找一份兼职。算上辅导我做题，她都要身兼四职了，让我觉得自己一无是处。”

楚河盯着她看了几秒，没好气地道：“没事就早点睡。你要是真的觉得自己一无是处，就好好学习。省得明年这时候，你还坐在家里哭。”

“呃。”

楚溪委屈巴巴地看了他一眼，耷拉着脑袋出去了。

耳听房门被重新关上了，楚河抬手又覆上了键盘，写写删删好一会儿，突然觉得烦，最终停了下来。

楚河的目光不经意间落在了那盆仙人掌上。

自从移栽之后，仙人掌就挪了地方，放在了他的书桌上。此刻目光定住，他才意识到，真正让自己烦躁的是什么了。

这种感觉其实很新奇……

从小到大，他没有对哪个女生产生过兴趣，或者说感情。大学之前是因为父亲的身份比较特殊，学校里老师对他太过关照，让他打心眼儿里抗拒。他没办法改变那种现状，承受着许多莫名其妙的压力和期许。一路走来，他完全没有心情去想什么男欢女爱、儿女情长。

大学的时候，他一意孤行地选择了自己喜爱的专业，大部分时间泡在图书馆看书，也从没想过谈恋爱。

他们的学校是文科院校，女生其实占了绝大多数，追他的人也不在少数。追楚河的女生中，胆子大一点儿的，上课就凑到他跟前要电话，放学了主动约饭；胆子小一些的，也会拐弯抹角地问一些考试题目，拉近距离；也有那种喜欢浪漫的女孩儿，织了好看的围巾，拜托他舍友转交。

有时候，他会觉得自己好像天生反骨。

当然，他不是那种为了引起旁人注意就刻意浑浑噩噩地过日子、偏要和家长反着来的熊孩子。相反地，他知道什么该做，什么不该做，对自己有所要求。这自我要求一开始和父母的期许一致，所以皆大欢喜。可当他可以做主的时候，他开始安排并计划自己的一切，至于其他人的意见，他能完全做到视若无睹。

旁人怎么样他不管，主流怎么样他也不理。因而哪怕大学里每个舍友都谈了女朋友并且迅速地在外过夜，他也不为所动、心如止水，还因此得了一个“楚大师”的外号。

用曾经舍友的话说：“分分钟能立地成佛了。”

眼下，他这个一向自诩独立、自律的人，却因为一个小姑娘，心情变得有点儿烦乱。这种感觉当然是新奇又陌生的。

楚河甚至不知道这种感觉是什么时候产生的，又是怎样潜移默化地形成的。可能是在负一层的那个对视，让他心里生出一种微妙的感叹，觉得这个小姑娘白白净净的却在干一份又枯燥又累的活儿，觉得她身上那股认真的傻劲儿，很可爱；也可能是那一天早上，她急匆匆地撞进自己的怀里，抬起脸的时候，眉目间那一抹羞赧的娇态，很纯真；还可能是她跑来做家政，打破仙人掌，扎了一手的刺，却在担心自己挣不了几十元钱，可怜的小模样，让人无奈……

总之，楚河好像有点儿心动了。

意识到这一点，楚河的心情也蛮复杂的。他不得不承认，要不是基于这一点儿“另眼相待”，他也不会帮她解燃眉之急，让她搬过来住。

楚溪对她的喜爱是一方面，他自己这一点儿微妙的情绪又是另一方面，不过到现在才被他正视而已。

该怎么处置呢?

楚河用手点着桌面，想了一会儿，决定先顺其自然。

第七章　约会

苏茉被热醒了。

她和楚溪聊了几句，回房后想着明天开始要打两份工，很快便睡了过去。

先前，楚河和楚溪都提醒过她，客厅的大空调晚上不关，她要是觉得热，可以开着门睡。对此，她基本上没怎么犹豫，没听。她本身就是有些拘谨的人，做不出这种在别人家敞开门睡的事情。

安城这几天分外热，她睡前洗了澡，回房后又开了窗，因为跑了一天很疲惫，很快便睡着了。

苏茉从床上坐起来，整个人陷入一种烦躁里，就是那种很困、很想睡，但就是睡不舒服、让人抓狂的感觉。

叹口气，苏茉抬头看向窗外的天空。

城市的夜晚不同于农村，没有那种一切都在沉睡、特别寂静的氛围，有轮胎滑过柏油路面的刺耳刹车声，有不知从何处传来的好像电视音响一样的声音，甚至有工地里仍在运作的机器声。

小区里的路灯应是灭了，月光很亮。月光透过窗户投进来，在房内的木地板上洒落一片银辉，浅浅的，如水波一样。

苏茉觉得口干舌燥，侧身去取床头的水杯。

水杯是空的……她睡前好像将水喝完了。

拿了水杯起身，苏茉打着哈欠，开了房间门，有些晕乎乎地往客厅饮水机的方向走。

正好有热水，她拿杯子接了点儿，又兑了点儿凉的。一口温水下肚，苏茉才突然发现书房关着的门缝里漏出亮光。

心下一愣，她又下意识地扭头，看了一眼饮水机。

“热水”的提示灯已经灭掉，“加热”的红灯亮着，她似乎凑巧喝了楚河要接的水。

吱呀——一道轻微的开门声响起。两步开外，书房内灯光映出，门口的一个人背光站着，对上她的目光。

端在手里的杯子突然有点儿烫手，苏茉下意识舔舔唇，声音小而轻，透着一股子窘迫：“我没注意，刚刚把水接了。”

楚河其实不知道她在外面。

虽说接水有声音，可他用机械键盘打字，怕吵到两个女生，写文的时候一直关着门。先前开了饮水机，他都忘了，全情投入地写作的时候，自然没去注意门外的响动。

楚河朝苏茉看过去，小姑娘站在那儿，身形细细瘦瘦的，长发略显凌乱地披散在肩头，纤长的手指根根交扣，握着水杯的动作明显有点儿不安。他的目光往下，看见一双骨骼清秀的脚。苏茉没穿鞋，光脚踩在地板上，因为羞惭，她的脚指头不自觉地往里收拢。

“怎么没穿鞋？”同住的第一晚便见到小丫头这般随性的一面，楚河忍不住轻笑着问她。

苏茉觉得有些害羞，垂下头："忘了。"

只想出来接个水，而地板又不凉，她出来的时候，压根儿没想起要穿拖鞋。

"虽然是夏天，但地板也挺凉的。老人说寒从脚底起不是没道理的。女孩子还是该注意着点儿，爱惜自己。"

苏茉点点头，应声："哦。"

"很晚了，去睡吧。"楚河将目光从她的脚上收回，又道。

接了人家的水，还在人家面前光着脚，苏茉早就站不下去了，听了这句话，宛若被解放了，端着杯子转身就走。

苏茉穿着一件宽大的白色短袖睡裙，光着脚往回走，漆黑的长发散落在肩头，小腿莹白细瘦。浅浅的月光里中，苏茉单薄的身影显得不怎么真切。恍然间，楚河有一种感觉：她只是夜里误入人间的精灵，天一亮，便会突然消失。

"苏茉。"鬼使神差地，他突然唤了一声。

苏茉人已经到了房间门口，闻言，身子一僵，端着水杯扭过头，用怯生生的表情看着他。淡淡的月光覆在她白净的脸庞上，她那双漂亮的"狐狸眼"天生有着上挑的弧度，纯真里透出一丝娇媚。

楚河距离她也就几米远，对上她突然回转的视线，暗叹自己的突兀和孟浪，又见她面露疑惑，开口问了一句："你早上一般几点起？"

"……"

大半夜，穿着睡裙和男生站在客厅里聊天的体验，苏茉从未有过。她突然想到自己没穿内衣，整个人顿时变成了煮熟的虾子，微微侧过身，不自然地回答道："六、六点多。"

"唔。"楚河点点头，"知道了。"

没头没尾的话，让苏茉有点儿糊涂。不过，眼见人家没有继续说，她自然没有久留，直接进了房间。

苏茉喝了几口水，躺到床上再看一眼时间，已经凌晨一点多了。网络作家都睡这么晚吗？

苏茉对这个没什么概念，暗叹了一声各行各业都不容易，扯了毛巾被盖上。两只脚露在外面，不自在地相互磨了磨。先前在外面，楚河的目光在她脚上停了许久，她现在想起来还免不了脸热。

莫名其妙地，她竟然因此有点儿难以入睡了。

书房里，楚河俯身关了电脑，拿了放在键盘边上的手机，将灯关上回了主卧。

楚河的作息和普通人的比起来不算好，但与同行比起来也不算特别差。没什么意外的话，他一般会在凌晨两点前入睡，上午十点左右起来。

眼下这时间，对楚河来说不晚，他也不困。楚河回到主卧正打算去冲澡，想起先前手机一直振，拿起来瞄了一眼。

原来，楚河在一个小时前被拉进了一个微信聊天群。

群聊的发起人是楚河的发小许延川，许延川组建的群名是“川哥婚礼伴郎后援群”。

对此，楚河觉得很无语。

许延川要结婚的事情，在婚期确定的当天，他便知道了，最近他也一直为此存稿。他这发小毕业后就回了老家，考了公务员，还谈了个同样在政府部门工作的女朋友。两个人在父母的帮助下买了房、买了车，早早定下了这一生的发展方向，准备扎根家乡为人民服务。他要回去参加婚礼，顺便在家里停留一天，算起来至少要忙三天。

他们念书的时候，许延川其实是那个吊儿郎当、不务正业的人，谁能料到他眼下能收心到这种地步。

将飘飞的思绪拉回，楚河大致浏览了微信群的消息，顺手回了一句："我后天中午回。"

准新郎许延川在群里跟大家聊了半天都没见楚河吱声，单独给楚河发了两条消息，又没收到回复，本来正郁闷呢，突然看见楚河的消息，无比幽怨地发了一条语音："我把你叫'哥'行吗？后天中午才回？等你回来，黄花菜都凉了。"

楚河："……"

楚河看一眼时间，正哭笑不得，那边又来了第二条语音："现在，2018年7月16日，凌晨一点四十五分，哥们儿我的婚礼就在后天！18日！后天中午回，你怕是想跟我绝交！"

准新郎的两条语音，顿时让原本静下去的微信群炸了。

尚彭博："哈哈哈，听听川儿这幽怨的语气。三哥你摊上事了，你知道不？"

李越："唉，这么长时间不见，三哥真是越来越出世了。等我结婚，请帖怕不是要寄去终南山吧？"

李成浩："我们川儿都要结婚了，三哥还单身！世道不古啊！感觉我后天应该把贺校花捎上，她也单着呢。"

贺校花本名贺静怡，是当年他们中学的校花，高考的时候跟楚河一样填了安城这边的大学，贺静怡后来明里暗里向他表白过几次。直到现在，楚河还一直因为这件事被一众朋友打趣。

一听见她的名字，楚河便有些头疼，正要加入话题，突然接到了一条微信好友的申请：秦宇通过群聊"川哥婚礼伴郎后援群"加你为好友。

目光落到那一条"你好，我是秦宇"的好友申请备注上，楚河抬手捏捏眉心，有些无奈地通过了验证。

许延川的伴郎总共六人，除却这一位，其余都是以前交友圈里的人，他也相熟，所以他和许延川说话后，微信群里瞬间热闹起来了。秦宇不认识他，这会儿也没在群里说话，却在第一时间加了他为好友，想结交的意图很明显。

从某种程度上来讲，这便是他决定扎根安城、不常回家的主要原因。

他是楚育贤的儿子，一旦回家，这个头衔便戴在头顶摘不掉了。而这种感觉，随着楚河的年岁渐长、自主意识渐强，让他越发抗拒。

在微信群里和几个发小聊了一会儿，临到三点，楚河在主卧的洗手间里简单地冲了一个澡。

楚河是典型的穿衣显瘦、脱衣有肉的衣架子。他肩背宽阔，腰腹紧窄，两条腿长而直，还很有力，走动的时候能绷出强劲的小腿线条，没有一般人想象中的宅男邋遢又颓废的样子，俊美温润的形象，更像韩剧里一出现便能引得小女生尖叫的人气偶像。

不过，作为一个自由职业者，楚河平日里的应酬、交际活动极少。从毕业到现在，他衣柜里就一套西装，还是他毕业答辩的时候特地买的。后来，他的个子又蹿了几厘米，那套西装还没怎么穿就不太合身了。

将那套西装从衣柜里拎出来在身上比了比，楚河没打算再穿，将它收拾进行李箱，准备拿回去送表弟。

至于他，当然得重新购置一套，穿回去给兄弟撑场面。

他们老家县城离安城有三个多小时车程，地形以高原、丘陵为主，早晚温差大，夏季暴雨多，天气极不稳定。楚河回去的时候，多半也需要带一件外套，以备不时之需。

在心里过了一遍第二天的行程安排，楚河拿出手机看了一眼时间，关掉灯，很快睡去。

他入睡快，睡眠质量还好，一觉醒来便到了上午十点。

楚河穿衣洗漱，下楼吃了早饭。懒得开车，他便在小区门口拦了一辆出租车，前往距离家最近的民生百货。楚河在商场里转了半个多小时，便买好了西装、衬衫、皮鞋。他拎着袋子返回，继续码字。

下午七点，得知楚溪在外面和朋友吃火锅后，他给自己点了份外卖，吃完继续写文。临近九点，将未来四天的稿子都存到了后台等着定时发布后，他才关上电脑，松了一口气。

落地窗外，万家灯火。

马路上，路灯的光从葱茏的树影里漏出，红的、黄的，罩出一团亮。不时有车辆疾驰而过，眨眼消失不见，来去匆匆。

这几年，在无数个写文的间隙，他看过无数次这样再普通不过的城市夜景。可这一晚，孤身站在三十三层的高楼之上，脑海里想着即将到来的好友婚事，他突然唇角微勾，轻笑了一下。英俊清冷的侧脸上露出一种类似于惆怅的情绪，让他修长的身影都因此显露出罕见的寂寥。

四年了……

这样周而复始的日子，他已经过了四个年头了。

有终点吗?

他很少去思考这个问题，眼下突然想起，整个人因此越发沉默。

门外传来一道咋咋呼呼的女声："哥！三哥！"

"进来。"楚河瞬间收敛思绪，转身道。

楚溪推开书房门，一脸惊喜地问他："你有什么好事呀？买了一套那么正式的衣服，难不成要相亲？"

楚河："朋友结婚。"

"哇，朋友结婚也不用穿得这么正式吧，又不是当新郎。"

"伴郎。"

"啊！"

楚河的目光定定地看着她，他耐心地提醒："我当伴郎。"

"噗——"楚溪难得看见他的这般模样，忍不住笑了，而后拼命点头，"哦哦哦，当伴郎那是得穿西装了。不过就你这条件，谁那么自信敢请你当伴郎呀，不怕新娘子当场变心？"

楚河："……"

他哼了一声，从上到下打量了楚溪一眼，直接来了一句："有事就说，拍什么马屁！"

"就……没钱了呀。"

楚溪顿时换上一副温和的表情，讨好地看着他笑："晚上不是跟同学一起吃火锅吗？事先没说好AA制，结果付账的时候我就跟几个同学抢单，然后就……花了一千多元。"

楚河抽了抽唇角："吃得挺金贵。"

"不是！人多嘛，十来个人呢，平均下来也不算贵。可我昨天买衣服已经花了挺多钱了，这一下就有了经济危机。我刚给我妈打电话，她竟然还说我是冤大头，她出去吃饭也很喜欢付账啊。"

"人家付的是自己挣的钱，你付的是人家挣的钱。"

楚溪："……"

堂哥说得如此有理，她竟无言以对。

不过，贫穷使人低头，作为新晋的"贫民窟少女"一枚，她很没有安全感，最终，软磨硬泡地从楚河那儿蹭了一千元。楚河给了钱，顺嘴说了一句："以后多跟苏茉学学。"

提起她，楚溪才发现，苏茉还没回来呢！她喜滋滋地收了钱，抬起头便问："她怎么还没回来？"

"可能是上中班。"

肯德基是三班倒，早班八点，中班十二点，晚班下午四点。按一般规律来说，店面经理会给新人安排上中班，让他们避开早上开门和晚上打烊的流程，等适应几天后，才会正常排班。

如果苏茉中午十二点才开始上班的话，那她应该会在晚上九点下班。

楚河抬腕看了一眼手表，又看了看门口，突然听见了两道砰砰的敲门声。

楚溪连忙跑过去开门。

苏茉今天早上六点多便起了，在楼下吃了点东西便去托管辅导班做兼职，结束后吃了一碗面条，忙不迭地赶到了肯德基，险些迟到。她庆幸之余，上班时便越发认真，下午休息的时候，只匆匆在店门口买了一个煎饼馃子吃。

整整一天，她可以说非常忙碌了。

等到终于下班，苏茉走出店门，只觉得又累又饿又热，好像双腿都不是自己的了。偏偏她既舍不得坐公交，又舍不得在外面吃饭。她走路回家的时候，苏洋打电话问她第一天上班怎么样，她便让苏洋在超市里给捎了一包方便面。

此刻进了门，她身上还热出了一层汗。感受到空调的凉意，她整个人轻颤了一下，抬手将浸湿的刘海儿微微地往边上拨了点儿，缓过来问了一句："你们吃过晚饭了吗？"

"吃过了啊，你没吃？"楚溪很快接话。

苏茉嗯了一声，露出一个不太好意思的浅笑："太晚了，我就没在外面吃，买了一袋方便面。我想用一下厨房。"

"用呀，随便用，别这么客气。"楚溪有点儿无奈地看了她一眼，爽快地说。

苏茉笑了笑，抬头瞥见楚河也在客厅，便朝他点点头，先一步回房间换睡衣。

外出的时候，她穿短袖和七分裤，到了这会儿实在觉得有点儿受不了，便换了轻薄的碎花棉质睡裙。裙子是舅妈在街道上买了布，用缝纫机给她做的，是宽宽大大的无袖直筒款，两侧有腰带，绑起来便能掐出一截细软腰肢。

她没脱内衣，很快将睡裙换好，将腰带在后面绑住的时候，又觉得头发扫在颈上又热又烦，便又拿了一根皮筋，随手将头发绾起来固定住。一身清爽了，她才出去煮面。

楚河将新买的衣裤都收进行李箱，来到客厅，抬眼便瞧见厨房里那道纤瘦的背影。

厨房的面积不算大，灯光很亮。她站在灶台前，一袭蓝底白碎花的无袖睡裙拢在身上，腰带在身后绑起，勒出了不盈一握的腰身和微微翘起的臀线，再往下，一双细嫩的腿白得晃人眼。

抬手关火后，她侧身去拿碗筷，腰臀摆动间，曲线毕露，显露出属于少女的柔美风韵。

她虽然与楚溪同龄，但早熟而敏感的她身上显然有楚溪这丫头完全不具备的风情，青涩懵懂却勾人。

收回目光，楚河突然觉得喉间微微发干、发紧。

楚河也不晓得是不是因为自己已经意识到苏茉对他产生的影响了，这之后再看她，他很难再将她当成个黄毛丫头看，而是潜意识里将她看成女人。自然地，和所有男人一样，他无可避免地注意到她的身体：纤细骨骼，玉肌雪肤，不算前凸后翘却足够柔美的身材，清纯面容上那一双微微上挑的眼以及小巧玲珑的脚……

这一切，在吸引他目光的同时，越发明显地影响着他的情绪。

天气实在太燥热了。

他血气方刚，平素很难接触到异性……所以，难免……

楚河暗暗地想了想，觉得自己需要冷静冷静，便抬步进了书房。

楚河随意地选了一本书，心不在焉地看了一会儿。

搁以往，他看书的时候会很专注。可今天，他脑海中一直回想着那姑娘昨晚光着脚站在昏暗客厅里的乖巧模样，想起她煮面时纤细窈窕的背影，莫名地觉得烦躁，难以集中注意力。

神游了几分钟，他将书本放回书架，走出了书房。

外面，苏茉刚好吃完方便面，在厨房里洗碗筷。他从开了一半的推拉门中瞧见她正站在水槽前洗碗，没唤人，侧身拿了鞋柜上的钥匙，静静地等在厨房门口。

苏茉关了灯出来，抬头便被吓了一跳："楚老师。"

楚河笑笑说："我明天要回老家一趟，得好几天。家里这把钥匙给你，进出会方便些。"

"哦。"苏茉抬手，接了钥匙。

楚河没走，目光又往下移，落在了她穿着凉拖的脚面上。

昨晚那一幕又出现在脑海里，苏茉下意识地咬咬唇。

楚河问苏茉："第一天上班，感觉怎么样？"

苏茉没想到他会关心这个，抬头瞧见他温润的黑眸里实打实的关切，心中觉得有些暖，笑着抿抿唇："还好。"

因为长期伏案写作，作家大多会有腰椎、颈椎、视力方面的毛病，但楚河却没有这种困扰。所以刚才看过去的时候，他意外地发现苏茉的脚后跟上方，有被鞋子磨红的痕迹。这让他第一时间想到了她昨天买的那双六十元的矮跟皮鞋。

早上六点多离开，晚上九点多才回来，这段时间内，她都是穿着那双廉价的皮鞋走动、站立。

楚河心里有些怜惜的情绪在发酵，收敛思绪的时候，他声音低柔地说："你在外面待了这么长时间，一直穿着皮鞋，晚上泡泡脚再睡，会比较舒服。"

“哦。”苏茉点点头，无比顺从，“知道了。”

楚河瞅着她低眉顺眼的模样，突然间觉得心情愉悦，直接说了一句：“你稍等一下，我帮你拿泡脚盆。”

苏茉：“……”

她受宠若惊地看过去，发现楚河已经走了。

他走去放置洗衣机的阳台，很快又回来，手里拎着一个泡脚盆，是那种插了电便自动加热的按摩泡脚盆。先前村里有年轻人给父母买过，她也见过，但从未用过。

眼见楚河拎着它往洗手间方向走去，苏茉连忙上前一步，阻拦说：“不用这么麻烦，我带着洗脚盆。”

“用这个泡一会儿，更舒服，也更方便。”楚河已经进了公卫，声音从里面传出来。

苏茉停下脚步，站在公卫门口，有点儿左右为难。她在犹豫是该继续拒绝还是开口道谢的时候，楚河已经拿了一根旧牙刷转过身去，一手拿着花洒，一手拿着牙刷，蹲着清理着洗脚盆。

洗脚盆从里到外都落满了灰尘，可见在阳台上放了很久。

眼下，这人竟为了她做这种事？

她先前心里的那点儿受宠若惊，渐渐变成了诚惶诚恐。苏茉站在洗手间门口，说不出拒绝的话。她不晓得为何，还觉得眼眶微微有些热，甚至在某一瞬间，想起了很多年前，舅舅在院中用木板给她做小板凳的画面。

那时候，舅舅还很年轻，将她当女儿一样照顾、保护着。舅妈见她年幼可怜，也不曾刁难责备过。她没想到，那段她还不够成熟懂事、不会看人脸色的时光，竟是过去十几年的生命里，最温馨无忧的日子。

楚河上午出了一趟门，回来后忙着赶稿，身上的衣服也没换，穿的是洁白的衬衫、卡其色的休闲长裤，脚上穿着一双黑色人字拖。此刻，在暖黄的灯光下，他半蹲着，将衬衫袖子翻卷到手肘上方，长裤紧绷在腿上，骨节分明的大手握着花洒冲水。很简单、日常的动作，却带着一股温暖人心的意味。

看着看着，苏茉都有点儿傻了……

大次卧里，楚溪在追剧，发现他们俩先后进了公共卫生间后还愣了一下，跳下床想去探个究竟。人走到门口又犹豫了，探头张望了一下，悄悄地退了回去。

她八卦堂哥其实没什么好犹豫的，主要是苏茉这姑娘性子腼腆害羞，才刚住进来，被她吓到就不好了。

这样想着，楚溪便继续安心地看剧去了。

外面卫生间里，楚河清理好洗脚盆，又接了水，将盆子一路拎到客厅去，放在了沙发一侧，并且插上了电源。

苏茉一直跟着他，眼见他忙来忙去，也不晓得自己能做什么。正发愣呢，苏茉看见他起身转过来。

楚河笑着说："好了，坐下泡。"

"嗯。"她看着他，眼睛里生出一些亮光，声音听着也乖巧。

相比于她客气见外、局促为难的样子，楚河显然对她此刻这种小女生无意识地信赖人的状态更受用。他微微一笑，站在边上，眼见她将双脚放进洗脚盆，又问了一句："温度怎么样？"

"挺好的。"苏茉将脚掌踩在盆里，觉得新奇，笑着点点头。

"你可以通过加减号调节水温，可以定时，十五的意思就是十五分钟后自动关。你先泡着，等时间到了后叫我，盆子里的水比较沉，我来倒就行。"

捕捉到她脸上的表情，楚河耐心地解说了一通，眼见她又乖乖地点头，下意识就伸出了手。

不知怎么的，他就想在她柔软的头发上揉两下。

可他的手刚伸出去，他便对上她仰起的小脸，动作僵在空中。楚河的手顺势落下，按了泡脚盆上的按摩键。

“啊，哈哈……”苏茉猝不及防地笑了起来。

苏茉好像是第一次这样笑，好像小孩子被人挠了痒痒窝时的笑，声音清脆还不受控制，有一点儿猝不及防，却极为开心。她笑了两下，还猛地将双脚提起，仰起脸看向楚河的时候，唇角的弧度翘得很高，一双清澈的眼眸亮若星辰。

楚河本就俯着身，距离她很近，猝不及防就对上她的眼，隐约瞧见她瞳孔里自己躬身的影子，心跳就那么停了一拍……

苏茉的笑声戛然而止，神色也怔怔的，粉嫩的唇微微地颤了两下，没说出什么话，脸却红了。

“咳——”楚河若无其事地直起身，将手握成拳头虚扣在唇边，轻咳了一声，淡声说，“时间到了就叫我。”

说完，楚河便走了。

苏茉目送他进了主卧，脸上那种滚烫的感觉经久不去。好半晌，她低下头，目光落在浸在水中的脚面上，没忍住，抿了抿嘴角。

刚才那一瞬，二人的目光相对时，那触电的感觉让她的身子都发麻了。

翌日，清晨。

苏茉仍是早上六点多起床，洗漱后最早出门，独自吃饭，而后去小区的辅导班做兼职。上午十一点，她从辅导班离开，匆匆前往肯德基上班。因为先前差点儿迟到，她选择在路上解决午饭的问题：买两个温热的大肉包，边走边吃。

家、辅导班、肯德基，三点一线，苏茉每天都过得很忙碌。

不过，这份辛苦很快有了回报。辅导班按周给她结算工资，星期五上完课，她拿到了第一笔收入：五百元。算上身上有的，平生第一次，她的个人财产达到了一千三百多元。

报志愿的时候，她在舅舅和老师的建议下，填了一所普通二本的汉语言文学专业。舅舅觉得依她的性子，学这个专业最好，将来可以往教师方向发展。舅舅打听过，算上住宿费，一年大概得花六千多元。时间还有一个多月，按照她的节奏，赚够学费不在话下。

这个认知让她心情放松之余，更卖力地打工了。

星期六下午五点多，楚河打来电话时，她正从小区一个业主手中接过钱。

苏茉弯起眼睛笑："谢谢您。"

"不该是我谢谢你吗？活干得又快又好，家里简直焕然一新。"三十多岁的男业主调侃道。

苏茉不擅长应对这种直白的夸赞，朝人笑了笑，蹲下身收拾好自己的东西，开门下楼。

苏茉走出电梯的时候，下意识抬头远眺，蓝天白云，风景真好。

她今天不用去肯德基做兼职，也不用去辅导班，原本想休息一天，明天再继续干家政。谁承想，微信群里先前让她打扫卫生的那个女业主主动找了她，问她今天是否还能去打扫卫生。

送上门的赚钱机会，她自然不忍错过，早上吃完饭便去了。之后，那个业主又给她介绍了另一个业主，以至于她到现在一天跑了两家，又赚了两百多元，又累又开心。

抬步走上小区的鹅卵石小径，她突然想起先前手机振动过，便左手拎着包，右手从裤兜里掏了手机。

未接来电显示：楚老师。

楚河这一趟回去，在家里待的时间比预计的多了一天半。他离开的时候，还和母亲闹得不太愉快。起因是他在许延川婚礼翌日就想离开，但他母亲说一个世交家的爷爷动手术住了院，要带他前去探望。那位老爷子是个书法家，算是他这方面的启蒙老师，没怎么犹豫，他便推后了回安城的日期。哪承想，探望长辈是幌子，相亲才是他母亲的真实目的。

对于相亲这件事，先前郭静然女士提起过好几次。她满意的姑娘也有好几个，可每次一提起，楚河都直接岔开话题。一来二去，她自然十分不满，这次索性没跟他打招呼，在探望那位老爷子之后，直接安排了饭局。

相亲对象是老爷子的外孙女，二十五岁，大学毕业三年，在安西卫视一个综艺栏目里当主持人。见面的时候，那姑娘穿着一条浅绿色的无袖束腰雪纺裙，模样甜美，落落大方，客套而不失礼貌，看得出家教良好。他明白了母亲的意图，也不便甩手就走，耐着性子吃完了饭。

再之后，两家人亲热地告别。

回家途中，母亲将自己的目的挑明：论家庭，两家门当户对；论学历，两个人都是从211院校毕业的，旗鼓相当；论个人条件，两个人性情互补、相貌登对。总之，综合来看，楚河与那位姑娘简直是天造地设的一对。

起先，他耐着性子没反驳，左耳朵进，右耳朵出。哪承想，郭静然女士越说越多：那姑娘的父母已经给她在安城买了房；他性格沉闷成这样，就得找个活泼大方的姑娘来配；那姑娘大学毕业后独自旅行了五个国家，见识多；那姑娘文采好，能跳会唱，多才多艺……

楚河是在他母亲说起未来孙子的时候爆发的。

郭静然女士的原话是："就你这性子，如果我不替你操心，你三十岁怕都找不到老婆。你说你要是像阿川那样，我就省心了，人家比你还小半岁，眼下孩子都揣媳妇肚子里了。等你结婚，人家孩子不得上幼儿园了？我看绮雯哪里都好。以后生了孩子，性子随她，我就阿弥陀佛了……”

“按你这么说，未婚先孕都值得提倡了？”

他也是回去了才知道，新娘子都有三个月的身孕了。说反感吧，他肯定不至于，反正和他无关，可耳听母亲一路念叨到这种地步，他的语气实在算不上好。

于是，母子俩不欢而散。

一路开车来安城，楚河在路上接了父亲打来的一个电话。他父亲怒气冲冲地斥责了他一顿。

说心里不介意，当然不可能。从小到大，上什么兴趣班、念哪所学校、在班里和谁做同桌、该交怎样的朋友，他的方方面面，都有父母插手的痕迹。眼下终于独立了，他却连谈恋爱、结婚、生孩子都被安排得明明白白的。

他是人，不是机器，不能一直按照他们的要求去运行。

苏茉和他通电话的时候，能感觉到他的情绪不高。她知道他没拿钥匙，进不了门，一边庆幸自己干完活了，一边加快脚步，到了小区门口的街道边上。

她老远便看见了那辆黑色的奥迪Q5。

车子就停在路边梧桐树下的阴影里，车窗落下，楚河穿了一件白衬衫坐在副驾驶的位置上，衬衫袖子卷到手肘下方，手肘就搭在窗沿上。他修长的手指正好落在窗外，抖了抖烟灰。

他指间夹着一截烟，英俊的侧脸笼罩在斑驳的光影中，让人看得不怎么真切，却自有一种让人痴迷的魔力。

路过的年轻女孩儿，走远了还频频回首。

某一瞬间，苏茉因此恍神，内心深处生出了隐隐的不确定的感觉，不敢相信在她的人生里，真的出现了这样一个人。

苏茉所遇到的人中，也有光鲜亮丽的，比如今天让她打扫卫生的那两位业主。可是他们距离她很远，顶多算是与她有所接触的路人甲。楚河不一样，在她陷入困境的时候好几次施以援手，给她送过花，还帮她清理洗脚盆、倒洗脚水。

他们分明是萍水相逢、毫无瓜葛的两个人，他却这样一而再再而三地予以帮助，跟她变成了朋友。

她们应该能称为朋友吧？

苏茉这样想着，唇角都忍不住轻轻翘起，走到他跟前的时候，整个人还显露出罕见的少女情态，淡笑着说：“刚才在一个业主家里做家政呢，所以才没接电话。你吃饭了吗？我请你吃晚饭吧！”

天气太热，她实在有点儿难以忍受，所以昨晚下班的时候，在路边摊花三十元买了一条黑色的牛仔短裤。眼下她拎着一个大包站在树荫下，扎着清爽的马尾，身着白色的短T恤配黑色短裤，白嫩纤细的两条腿笔直笔直的，歪头说话的时候还露出浅笑。

几天没见，她好像就脱胎换骨了。

楚河夹着烟的那只手还搭在窗沿处，抬眸瞅见她这副样子便笑了，用一副微微沙哑的懒散腔调调侃：“这么大方啊？”

说这句话的时候，他定定地注视着她，黑眸明亮，一副饶有兴趣的样子。公子哥儿一般的派头，让苏茉在觉得有些陌生的同时，心止不住地怦怦直跳。

她咬咬唇，声音都变小了：“嗯，一直都想谢谢你呢。”

楚河又笑：“想吃什么？”

“看你吧，你想吃什么？”

她话音刚落，楚河便推开车门下了车。看他站在自己身前，苏茉感觉到一股难言的压迫感，微微退后一步，再仰起头看着他。

此时，楚河突然微微俯身，低下头来对她说：“先上车吧。”

苏茉感觉到脸颊发烫，眼睛都不敢同他对视。

怔忡间，楚河已然退开，将她拎着的大包放在了车后排。

他从她手里接过包的时候，习惯性地将指间的香烟含到唇间，拍上车门之时，还吸了最后一口，而后才将半截烟头取下，转头扔进垃圾桶里。

楚河回过头，瞧见苏茉还红着脸蛋站在那儿，抑郁的心情稍稍舒缓。他上前帮她拉开副驾驶处的车门，抬抬下巴，示意她坐进去。

第八章 初吻

坐在车座上，苏茉有些不自在。

先前打电话的时候，她察觉到楚河的情绪不好。当她看见他在抽烟时，那种感觉更强烈了。可眼下，这种直觉被另一种说不清道不明的情绪搅乱了。苏茉低头坐着，觉得自己的心跳有些乱。

小鹿乱撞？这个词就那么浮现在她的脑海。

“安全带。”上了车，楚河升起车窗的同时，轻声提醒了一句。见她一副神游的样子，楚河索性微微倾身过去，想帮她拉一下安全带。

苏茉察觉到他的意图，第一时间动手去扯安全带。可心绪太乱，她一下子就抓住了楚河的手。

男人的手不像她的手那般纤细，很宽大，手背手指上都毫无肉感，硬邦邦的，触感温热。

她触电般松开手，结巴地来了一句：“我、我自己来吧。”

“嗯。”楚河咽了一下口水，喉结轻动，侧身坐好了。

车子驶离路边，车载空调的冷气徐徐地吹出。很快，车厢里的温度降低了，车内清凉而舒适。

没人说话，苏茉将视线牢牢固定在车窗外。

舅舅有一辆面包车，比较爱惜，开了三年多了，车子还有八九成新，是他们家最昂贵的代步工具，所有手续办下来花了四万多元。而上一次，她和许少辉一起坐楚河的车时，许少辉说过，楚河的车价值至少四五十万元，是舅舅的车的价格的十倍。

很显然，他是远比自己的生活条件优越的另一个阶层的人。这一点，从他的修养气质、穿着打扮等各方面都能体现出来。

她在想什么呢……

苏茉竟然会觉得心跳加快，生出了一种想靠近他的感觉。楚河对她很照顾，个性内敛温和，还长得那么好，从头到脚都那么完美、无可挑剔。可这又怎么样？不说他们的相处时间总共也就只有短短的半个月，只说他们彼此之间的差距，已宛若鸿沟。

人不该奢望拥有不可能属于自己的东西……

街道两边的景观树倒退着，从窗玻璃看出去，天色很柔和。苏茉胡思乱想着，觉得眼窝微微发热，心口有涩涩的感觉。她拼命将那种感觉压下去，过了好一会儿，才将情绪平复了下来。

开车期间，楚河瞥了她两眼，瞧见她自始至终都安安静静地看着车外，侧脸显露出柔顺的弧度。

她的综合条件自然远远不及尚绮雯。尚绮雯大她七岁，自信大方、甜美可人。尚绮雯在职场上历练了几年，在饭桌上也能游刃有余地处理人际关系。反观苏茉，稚嫩青涩。

可那又怎样？

他从没想过要找一个女强人当伴侣，可以说，从意识到自己的婚姻会被父母插手的时候开始，他就没想过结婚的问题。如果人生的每一步都要被权衡、被计算，二十岁便把六十岁的人生安排好，那么这一生，有什么乐趣可言？这些年，后宫文（指有一个男主、多个女主的小说）盛行，他却坚持写无感情线或者一男对一女的小说。他并不是为了让自己独树一帜，而是打心眼儿里对异性没有过分强烈的企图心。

他喜欢写草根逆袭的故事，也热衷于给主人公设置不同的成长环境与故事线。归根结底，他喜欢那种从无到有、奋斗不息的感觉。无论身处何种境界，无论本身是何种身份，最终，他们都殊途同归，拥有属于自己的荣耀人生。

苏茉身上，有着他很喜爱的品质，他觉得她瘦小的躯体里蕴含着强大的能量。她像草一般弱小孤单，却也有着草的坚韧和顽强。“吃得苦中苦，方为人上人”，这句话用在她身上，恰如其分。

他很欣赏她，她认真地工作，努力地生活，有目标、有规划，不张扬、不谄媚、不怨天尤人……

原来，不知不觉中，自己对苏茉的感情已经不是同情、怜惜那么简单了。

收回目光，楚河默默地叹了口气。他一边开车，一边笑着说：“去必胜客，怎么样？”

苏茉侧目，神情有点儿呆。

来安城也有半个来月了，她已经知道必胜客里的消费不算低，很受年轻人欢迎。最起码，楚溪和张雨薇都不止一次提起过。要是两个人去吃的话，基本也得花两三百元了。

“行。”点点头，苏茉答应了下来。

苏茉本来就想请楚河和楚溪吃一次饭，毕竟她住在人家家里，连房租都没有交。这一周下来，楚溪都没怎么让她讲题。她自然能感觉到，说是让她帮着辅导功课，其实是他们替这一次无私的帮助找了一个能让她心里好受些的借口。

得到她的应允，楚河便将车子驶入了附近商场负一层内的车库。停好车后，两个人乘电梯来到二楼的必胜客。

正值周六下午的饭点，餐厅内人声嘈杂，空位不算多。服务员领着两人坐到一个两人座的沙发处，苏茉刚要坐下，胳膊就被在店里跑来跑去的孩子狠狠地撞了一下。

商场里的这个餐厅，是儿童主题风格的。

楚河转头看见小孩儿跑远的影子，有点儿无奈，回过身有些关切地问："是不是撞疼了？"

"没事。"苏茉已经坐下，摇摇头。

"现在是节假日，这边人比较多。"楚河说完，侧身落座，拿过服务员递上的菜单，询问她的意见。苏茉没来过，就看着图片选，给自己点了意大利肉酱面之后，让楚河点。后者点了一份西冷牛排、一份小食拼盘和一盘水果沙拉，最后又让服务员加了一个双球冰激凌。

服务员应声而去后，楚河先去了一趟洗手间。

他从洗手间回来时，苏茉看见了他手里的买单票据。苏茉愣了一下，连忙说："说好我请你的。"

楚河随手将票据折起来放到桌上，看着她，声音低柔："你赚钱是要交学费的，我好意思吃掉你的学费吗？"

"……"

这话带着一丝打趣的意味，让苏茉不晓得该怎么接。

很快，服务员将冰激凌端了上来。

楚河抬抬下巴示意服务员将冰激凌放到苏茉跟前。她听见对面的人用一副好听、温润的嗓音说："一个是草莓味儿的，一个是巧克力味儿的，尝尝，很甜的。"

餐厅里有空调，温度也就二十多摄氏度，令人觉得很舒适。

苏茉抬手捏住泛着亮光的不锈钢小勺子，觉得脸上发烫，有一种心事被窥见的窘迫，更有淡淡的羞意。

她在点餐的时候，就想点冰激凌了，但觉得冰激凌应该挺贵，便打消了奢侈一把的念头。后来，服务员给旁边那桌上餐时，她又注意到那桌上有冰激凌，忍不住多看了几眼。

对面这个人，当时应该是注意到了吧？

她当然不好意思问，只顾低着头吃冰激凌，待那一勺勺沁人心脾、清凉香甜的冰激凌在口腔里化开时，她整个人都得到了前所未有的满足感。甜食能给人好心情，这句话当真极有道理。

她吃东西的速度挺慢的。楚河垂眸看着她，感觉时间都慢了起来。

从小到大，他的生活一直充满了紧迫感。念书的时候，他不敢懈怠，力争上游；毕业后他开始写文了，时间便被这件事占满。他写了一本又一本，精神兴奋的同时，偶尔也会觉得疲倦。

他从来没有经历过这般悠闲的时刻，什么也不用做，就待在气氛热闹的餐厅里，听着小孩子喊叫、欢笑，看着一个姑娘吃冰激凌。平时很拘束的她，吃东西的时候有一股认真的劲儿。她微微垂着头，鼓动腮帮子咀嚼，展露出少见的可爱模样。

楚河静静地等着她吃完，才带她一起下电梯。

临近八点，黑色的奥迪Q5驶入小区。

楚河开得很慢，将左侧车窗的窗户降下去一半，寻找停车位。天色已经暗了，小区内的路灯亮起，笼罩出一片温馨的夜色。

他放在车内仪表盘横档里的手机突然振动起来。

来电显示：妈。

瞥见屏幕上的来电提示，楚河思量两秒，既没接，也没挂断，任手机振动着。

毕竟两个人中午时刚闹了不愉快，这会儿，他接了电话，免不了又被唠叨一通，而这些事情，他不想让边上这位姑娘知道。

苏茉没看见来电提示，本能地觉得这个打电话的人应该就是今天让楚河不太愉快的那个人，便没吭声，尽量降低自己的存在感。

楚河停好车，扭头便瞧见她正低着头整理安全带。

他也不知道是不是苏茉按下去的力道太小了，好半天，那安全带也没松开。楚河抬手过去，帮她按了一下。安全带弹了回去，他下意识地抬头，正对上女孩儿的眸子。在昏暗光线下，苏茉的眼睛看上去水润润的。

一瞬间，车厢里静了下来。

两个人间的距离极近，近到能感觉到彼此温热的呼吸，近到能看见彼此眼眸里克制的情绪……

空气似乎变得浓稠起来。

“楚……”心下紧张，苏茉想要开口打破这份古怪的气氛，哪承想，刚一开口，便觉得后脑勺一重。

楚河伸出手，用宽大的掌心托住了苏茉的头。

因为他的这个动作，她整个人迟钝了起来，眼睛瞪得老大，嘴唇因此微微张开。苏茉觉得胸口变闷的同时，呼吸也有那么一些急促起来。

苏茉觉得唇上一热。楚河吻了上来。

他的唇瓣分外柔软，微微有些热，落下来的时候似乎在试探。可他在无意间碰到她舌尖的同时，没怎么犹豫，将舌尖也搅了进去，去寻找她的……

苏茉知道，按正常情况，自己应该在第一时间拒绝他。可是，惊骇、震颤这种情绪在第一时间占据了她的大脑，大脑没办法发出指令，以至于她忘了推开他。等她真正回过神的时候，楚河已经吮住了她的舌尖。

那种酥麻刺激的感觉猛地涌上头，她才觉得怕，一手抓紧了身下座椅的边沿，身子往后退，想要离开他的桎梏。可因为本身的心动及渴望，又因为想顾及他的颜面，她这样一丁点儿的退缩，完全不足以让初尝滋味的男人停下来。楚河一只手从她腰侧穿过，掌心扣在她单薄的脊背上，眼睛都闭了起来。

女孩子的身体，实在娇小柔弱；粉嫩的两片唇，异常甜美柔软；口腔里，还残留着冰激凌香甜的滋味……

他吻着吻着，手掌的力量变得强劲。他闭着眼，感官功能被无限放大，听见她急促喘息的时候，一只手滑进了她的T恤下摆。

“别……”被吻得身子发软的苏茉因为这个动作陡然惊醒，颤颤地喊出一声，影响了车内节节攀升的温度。

楚河的唇还停在她的唇上，眼眸就这样睁开了。

他那双眼睛深邃而迷人，突然睁开的时候，似乎还染着来不及退去的意乱情迷，让他整个人散发出一种致命的诱惑力。可是，什么该做，什么不该做，她还是知道的。

苏茉避开他的眼睛，轻声喊：“楚老师。”

平时很正常而礼貌的称呼，在这一刻，无端端地有了暧昧的意味。楚河帮她拉好T恤下摆，薄唇离开。就在苏茉长松一口气的时候，唇上轻柔的触感被另一道力量替代。

楚河用微微粗砺的指腹，碾过她的唇。

这种感觉，竟然比刚才他亲吻她时的感觉还要令她崩溃。苏茉抓着座椅的手变得用力。因为难堪，整张脸烧得通红，她不安地动了动身子。

“初吻吗？”许久，楚河声音低低地问。

苏茉茫然地看着他，想点头，又觉得如此这般任由他摆弄实在太过羞耻。好半晌，她竟没说出话，而是偏头看向了一边。

她不吭声，楚河一时间也沉默了下来。

吻过去的那一瞬，他其实也不知道自己在想什么。只是被她动人的眼睛怔怔地看着，那一股子渴望和冲动，突然就来了。他没有刻意地去压制自己的情绪，选择了顺其自然。

不可否认，他当时有被郭静然女士的来电影响到。

可除此之外，他的确已经有了想要和她交往的念头。毕竟，从小到大，他从未有过这般对一个女生产生特殊感情的时候。就像母亲说的，他已经二十六岁了，是特别适合结婚的年龄。如果的确应该交往一个女朋友的话，那么，他想要找一个自己欣赏、喜爱的人当女朋友。

而且，他觉得苏茉应该也对他挺有好感的。

砰——楚河的思绪被一道关门声打断。

楚河才发现，刚才还坐在副驾驶上一脸羞怯的女孩突然下了车，正快步地往单元楼方向走去。

“苏茉！”楚河连忙下车，喊了一声，紧追上去。

在花园的拐角处，他总算将人追上，身子俯低，就想去拉人家姑娘的手。哪承想，就在他的手指触碰上她的那一刻，苏茉整个人好像被蝎子蜇了一下似的，头低着，看都没看他，走得更快了。

这个时间，小区内吃饭后消食的人很多，不时有人迎面而来。花园小径很窄，以至于两个人先后走出，他都没能让人家姑娘停下脚步。

“苏茉？”远处意外地传来一道女声。

楚溪正打电话，突然看见人的时候完全是下意识地喊了一声。

楚溪连忙朝电话那头的人解释道：“哦，看见了一个邻居。”

说话间，她又看见了自家堂哥，再次朝电话里讲："嗯嗯，伯母我知道了，回去就让他给你回电话。"

很显然，和她通电话的人正是楚河的母亲。

郭静然女士打给儿子没人接，思量过后，便打给了侄女，不满地念叨了一会儿之后，让楚溪帮忙盯一下，看看自己这儿子到底是怎么回事。难不成和现在某些男生一样，不喜欢女的，喜欢男的？

这样的猜测，让楚溪哭笑不得。她解释说堂哥一直忙着写文，每天都睡得挺晚的，估计还没有想谈恋爱的心思。至于苏茉的事，她提都没敢提，免得又被盘问一通。

楚溪挂了电话，与楚河、苏茉先后进了单元楼。

楚溪一贯大大咧咧的，压根儿没发现这两人之间的气氛有些古怪。电梯门刚关上，她便抬眸朝楚河说："刚才伯母给我打电话了。她说她打给你了，但你没接，让你晚上给她回一个。"

"知道了。"楚河简短地应了一声，用余光去看边上的苏茉。

楚溪又说："应该还是要说今天相亲的事情吧，她刚在电话里跟我念叨了半天，说是姓尚的那个姐姐人很不错。我听那条件觉得是挺不错的啊，211院校毕业，还在安西卫视当主持人呢。说起来，这电视台和我培训的地方不远哦，你们俩要是谈上了，以后我是不是能坐上顺风车？"

楚河："……"

他都不晓得该反驳哪一句了。

接着，楚溪又偏头朝苏茉说："苏茉，你说我哥这年龄了，是不是该谈恋爱了？"

"嗯。"苏茉回应了一句。

这都什么跟什么啊？！

眼看着电梯门开，楚溪第一个蹦出去。楚河忍住了心里翻涌的情绪，想和苏茉说话。奈何小姑娘避他如蛇蝎，看都没看他一眼，低着头直往家里走。苏茉在玄关处换了拖鞋后，就回房间了。

楚溪就站在她门口问："茉茉，你现在洗澡吗？"

"不洗。"

"那我先洗了哈，路上闷了一身汗。"

话音一落，楚溪便跑回房间换衣服去了，声音还从门里飘出来："哥，你赶紧给伯母回电话，不然她一会儿又打到我这儿了。"

对此，楚河懒得应了。

等到楚溪进了卫生间，哗哗的水声传来后，他敲了敲苏茉的房间门："苏茉，我们谈谈。"

谈什么谈？人家连吭一声都不肯。

顾忌着楚溪还在家，楚河也不好在房门口弄出太大的动静来，想采取迂回手段，给苏茉发微信。结果，手机刚拿到手里，他母亲的电话又来了。

无奈至极，他去主卧里回电话。

他一走，外面安静了，苏茉再也听不见任何声响。

苏茉回头朝房门方向看了一眼，紧紧抿住唇，将脸蛋深深地埋进枕头里。进了房间后，她整个人才松了一口气，与此同时，心口一抽一抽地疼着。这感觉来得突兀又尖锐，让她无法思考，也不知道该如何面对楚河。

原来他今天相亲了，相亲对象还是一个主持人！

这个行业对她来说太遥远、太耀眼，只想想，都觉得是那般的光鲜亮丽。他既然已经有了条件那么好的相亲对象，为什么还突然招惹她？还是对他来说，自己就是这样不值得被尊重的女孩儿？

苏茉觉得，自己住到他们家这件事，好像是不够慎重。也怪她，贪图方便，嘴又笨，不懂得如何推拒别人的好意。眼下倒好，连被人轻薄了，她都没办法理直气壮地斥责对方。

更可悲的是，她根本没想斥责，自己完全沉醉其中……

她不想承认，但又不得不承认，在楚河俯身吻她的时候，她整个人是软的，巨大的惊骇下暗藏着难以启齿的隐秘情愫。原来，不晓得在何时，她的心里已经有他了。

可能是初次见面时的惊艳和意外，也可能是后来几次遇见之时的好奇和亲近；可能是对他才华的推崇和艳羡，也可能是对年长一些的男性自然而然便有的倾慕和渴望……苏茉不知道自己为什么喜欢他，却第一次这般厌弃自己，觉得自己好像遗传了母亲的不自爱、不检点，竟然没有果断地拒绝一个男性的亲吻和抚摸。当楚河的手伸进衣服里的时候，她甚至产生了一种本能的渴望。

回想起来，她最后的拒绝，说得软绵绵的，毫无力道。

苏茉甚至忍不住去想象那个和他相亲的女孩儿的样子，想象她的相貌、身高。心里难受的同时，苏茉还生出一种莫名其妙的忌妒，忌妒人家良好的出身，忌妒人家能有和他并肩而立的资格。

而她自己，什么都没有。

难不成，她脸上就写着“狐狸精”三个字吗？难道她只配和早死的母亲一样，被男人视作低贱的玩物？

苏茉越想越难受，将整张脸都埋进枕头里，无声地哭了。好一会儿，她又被手机振动声惊醒。

楚河给她发了微信，说：“相亲是我父母的意思，我并没有和那个女生在一起，对她也没有任何想法。”

苏茉泪眼蒙眬地看着微信，没回复。

楚河打完电话，在书房里看着没什么动静的对话框，叹口气，又加了一句：“刚才一时冲动是我不对，别生气了好吗？”

“苏茉，我对你很有好感。”

“出来一下，我们谈谈。”

楚河连续给苏茉发了好几条消息，苏茉还是没有回复。

虽然说楚河的这几条信息让她的心情稍稍平复了一些，可这种时候，她和他真的没什么好谈的。说到底也就是一个吻，她不可能拿他怎么样，也不需要一句轻飘飘的道歉。哪怕再进一步，她也没有不自量力到想要和他交往，或者说因为被亲了就产生让他对自己负责的想法。

她来安城是为了打工，统共就剩下一个多月时间，除了挣学费、增长见识外，压根儿没有其他奢望。

自立都谈不上呢，谈什么感情？实在不行的话，她找个房子搬出去住算了。

搬家是苏茉睡觉前的最后一个想法。

她没有再给楚河说话的机会，因为她很清楚，面对楚河的时候，她是弱者，连辩驳都需要勇气。她会心软、犹豫，可能唯一的想法也是逃避。既然如此，便没有谈话的必要了。

怕自己胡思乱想会睡不着，她直接关了手机。

耳听楚溪洗完澡出来，在外面说话，她趁机去公共卫生间洗漱，之后便很快回了房间。

对此，楚河一筹莫展。

真正意识到了这姑娘骨子里倔强的一面，他又怕自己强硬的行为会被楚溪察觉，令苏茉难堪。因而，等楚溪睡下后，他才想着去敲门。可他一看时间，已经快十二点了。按苏茉的作息时间，这个点她应该已经睡了。

他不知道该怎么办，连写文都受到了影响。睡不着的他，难得地出现在读者群，问了一句：“大家惹女朋友生气后，都是怎么哄的？”

上千人的群内，大家因为他这猝不及防的一句话，突然就沸腾了。

“公子！”

“呃，公子有女人了。”

“我——不——愿——意——相——信！”

一群女粉丝哀号过后，男粉丝出来七嘴八舌地给他出主意。

“扑上去就是亲！”

“床头打架床尾和，懂？！”

“女人生气就是想有人能哄她，男人记住这点，绝对攻无不克，战无不胜！”

“哈哈哈……”

“@楚三，不要尿！”

楚三：“……”

在读者群里转悠了一圈，他基本没得到什么有用的帮助。楚河在众人议论得最火热的时候退出了群聊，定了定心神，继续写文。

先前要回老家，他存的稿子刚够用，今晚要写明天的。直到后半夜，楚河才写完睡觉。这样一来，他自然和早起出门的苏茉没再见上。时间一晃，一天就这么过去了。

白天的时候，楚河没有发微信、打电话，只想着到了晚上无论如何也要和她单独聊一聊。历经这一夜一天，他甚至产生了自我怀疑，不确定苏茉会不会同意和他交往。

先前亲她的时候，他是想先亲了再在一起，觉得没什么影响。

可眼下亲是亲了，两人能不能在一起倒是悬了。

中午起床后，早早地更新了文后，他去小区外面理了个发。从下午开始，他一直在考虑该怎样和苏茉谈这个事。

哪承想，时至晚上十点半，苏茉都还没回来。

抬步走到客厅，楚河接了一杯水，而后仿若无意地问躺在沙发上玩手游的楚溪："苏茉还没回来？"

"对哦。"楚溪闻言一愣，正好打完一局游戏，起身走到门口，蹙着眉说，"这么晚了怎么还没回啊！我打个电话问问。"

"嗯。"楚河点点头，留在原地。

楚溪当着他的面给苏茉拨了个电话，很快又挂断，说："说是正往回走呢。"

话音一落，楚溪便去洗漱了，喊着要早点儿睡。

楚河也定了心，端着水杯回了书房，准备查一些资料。

时间不知不觉地流逝，十一点的时候，防盗门处传来开锁的声音。苏茉回来了。

今天一整天她都在外面跑，念着要搬走的事情，所以去找房子了。结果她根本没有找到合适的。城中村里的那种小房子，一间二十平方米的房间，一个月的房租也得七百元，而且至少得租三个月。房费倒是可以月结，可月结的前提是：需要交半个月的押金。粗略一算，如果一个半月后她想离开的话，等于要交两个月房租外加损失半个月的押金，也就是差不多一千八百元，这还没算上水电费。真要搬的话，她还得考虑该如何搬过去以及群居的安全问题。

找房子的时候，她遇到了几个流里流气的年轻人，头发挑染得五颜六色的，T恤上不是血手印就是骷髅头。她从边上走过去，还有人冲她吹口哨、说下流话，她不敢惹事，只能直接跑了。

相比这种正规的住宅小区，城中村附近鱼龙混杂。她一个小女生独自住在那边，睡觉都很难踏实。

顾虑繁多，时间又太晚了，苏茉只得回来了。

一身疲惫的她开门进屋，发现客厅的灯已经关了，次卧和书房内有灯光从门缝中漏出。听见她回家，楚溪顶着一张敷着面膜的脸，出来打了个招呼。

已经累得不行了的苏茉只想早早睡去。

在房间里放了东西，她去卫生间冲了个澡，顺带着将洗过的内衣晾在了里面的置物架上。她发现，自从她搬进来后，楚河基本上不会进这个卫生间，给她和楚溪留出了足够的隐私空间。

分明是一个如绅士般守礼的人，昨晚怎么会做出那般孟浪的举动?

苏茉很想不通，对着镜子将头发擦到不再滴水，叹口气，关了灯，抬步往房间里走。

吱呀——

一声轻响，身侧的门突然开了，明亮的灯光泻出来。她心下一紧，抬步就想逃。

斜后方的次卧里，楚溪走动的声音传来。苏茉刚跨出一步，左手便被人紧紧地攥住。下一秒，整个人被带入书房，扑到了一面坚硬的胸膛上，耳后是房门落锁的咔嗒声。

“放开我！”回过神时，她已然有些生气了，压低声音说。

“怎么一直躲我？”楚河稍微松了些握着她手腕的力道，俯身发问。苏茉下意识地往后退了一步，脊背抵到了坚硬的墙壁上，无路可退。她仰起脸，委屈的情绪难以忍耐，她的眼眶迅速地泛红了。

楚河一愣，没想到会将人弄哭，低低地叹口气，一抬手抚上她脸颊，柔声说：“别哭。”

苏茉单薄的脊背紧贴着墙，因为他这一声，她眼眶里打转的泪珠反而掉了下来，也就在这时，她才突然感觉到身后湿了一片。刚洗过澡，她的头发还没干呢，湿漉漉地披在肩背上……

意识到这一点的同时，她又想起了一件事，大脑嗡了一下，下意识低了头。

客厅的灯已经被关了，书房的门也关着，加上时间很晚了，她洗澡后压根儿没穿内衣。

刚才，她还那样撞进了楚河怀里。

她想死的心都有了。

可偏偏，楚河好像压根儿没察觉到这样有什么问题。他站在她身前，一只手还撑在墙上。他微微俯下身哄她的时候，神情是疼惜而容忍的，没有她以为的轻薄和不尊重，反而有一股温柔的霸道的感觉。

苏茉简直被他弄得崩溃了，咬着唇，神情既羞窘又恼怒，恨恨地问："你到底想怎么样啊？！"

难得听见她这样说话。分明是带了怨气的指责，却那般生动鲜活。她说话的尾音低低的，仿若在撒娇。

"哥？"门外，突然传来楚溪的问询声。

楚河垂眸看了一眼近在咫尺的女孩儿，回了一句："有事？"

"睡不着，我想找本小说看。"说着话，楚溪抬手开门，却发现门被反锁，又拿手拍，"反锁干吗呀？我找本小说。"

"卡文呢，别打扰我。"楚河说这句话时带了点儿不耐烦的情绪。

苏茉搞不懂他是装的，还是真的心情不好了，也不敢说话，唯恐被楚溪发现她也在房间里。

门外，楚溪嘟囔了一句，没再要求进来。

莫名地，苏茉松了一口气。

有了这么一个小插曲，房间里的气氛莫名地缓和了许多，没有那种僵持的感觉，却无端多了几分暧昧。

苏茉穿的是那件无袖的碎花睡裙，纯棉的料子薄而轻透。她的肩头和脊背被头发打湿了些许，就连胸口的布料，都因为她在紧张之余出了汗而变得潮湿。她尴尬得不行，也不想再争什么了，主动开口说：“昨天的事我已经忘了，我没有生气。很晚了，我要去睡了。”

“苏茉……”楚河突然开口，语气里有几分无奈，“你知道我想说的不是这个，我对你很有好感，和我交往吧，嗯？”

从昨晚到今天，苏茉隐隐有这样的直觉。

可自己心里猜到和听楚河亲口说出来，是两种完全不同的感受。在想象的时候，她是自卑的，还带着自我厌弃和怀疑的情绪。可被这人圈在方寸之中亲口告白，她的心为之一颤。

一时之间，她脑海里、心里，全乱了。

“我没什么好的。”许久，她说出这样一句话来拒绝。

“……”

楚河垂眸盯着她，眼见她不抬头，索性一直没说话。等到苏茉自己受不了这种气氛后抬头看他，却发现他嘴角竟然噙着一丝笑。

她又羞又臊，不想再耗下去了，转身就要去开门。

按在门把手上的手，被一只大手牢牢地握住。

楚河从后面揽住她纤细的腰，脑袋微侧，下巴压住了她潮湿的头发，抵在一边颈窝处，声音低而柔，好像聊天一般说：“没有人是完美的，我现在也不想和你讨论这个。就一点，你其实并不排斥我，对不对？不论是昨天的亲吻，还是今晚我这样抱着你，你都是能接受的，对吗？”

下午分析过后，他相信自己的直觉，觉得苏茉对他还是有些喜欢的，不然她昨晚被亲的时候，不会是那种状态。

那是一个青涩、缱绻、迷醉又令人回味无穷的吻。

“那也是我的第一次。”短暂地走神回味了一下，不等怀里的女孩儿再做出任何回应，他再次开口，低声说道，“在这之前，我没有交往过女朋友。昨晚的那个吻，也是我的初吻。你消消气好吗？”

“我没有生气。”苏茉受不了他的低声下气，反驳道。

她的语气中，已经带上了微妙的、独属于少女的娇软风情。不怪她意志不坚定，当本来就喜欢的人在耳边说出这种类似于剖白的甜言蜜语时，任何一个十八岁的女孩儿，都很难抵御来自心灵上的悸动。

“我不能保证，跟你在一起后就一定会娶你。你才刚成年，大学四年间、以后走上社会后，都会遇见很多人，经历很多事。变数太多了，充满了各种不确定因素。可是眼下，我对你的这份欣赏和喜爱是认真的，我也是第一次对一个姑娘产生这种感情。我能保证的是，在相处的过程里我会尽可能地去了解你、照顾你、疼惜你。我们可以试试，要是彼此都觉得这段感情就是自己想要的，就顺其自然地走入婚姻。在确定会娶你之前，我尽量克制，不会和你发生关系……”

听到这儿，苏茉的脸颊爆红，突然就在他怀里挣扎了起来。

楚河却更紧地收住手臂，将她整个人抱在怀中，下巴有一下没一下地蹭着她滚烫的脸颊，声音里还带着轻笑：“好好好，现在说这些有点儿早。可是我毕竟比你大八岁，有些事不得不考虑，也不想给你错觉，让你觉得我追你就是为了骗你上床。”

“别说了。”

“跟我试试，嗯？”偏过头，楚河突然用薄唇蹭着她的脸颊。

苏茉整个人都轻飘飘的。

一点儿都不夸张，她有点不明白自己，她从昨晚开始就打定主意要搬走，绝对不谈恋爱，为什么这么短短一会儿，她的决定就全部作废了？这样温柔的楚河，这个从背后抱住她、大段大段地说着情话的楚河，实在是太不真实了。她觉得自己好像在做梦一样，整个人都飘了起来。

她的脸颊很红、很烫，耳根子也很烫，胸口像被塞满了棉花糖一样，被甜蜜和心动撑得饱饱的。

她想说话，偏偏无法开口，甚至还有点儿怕，怕自己一开口，这个梦境一般温柔的场景便不复存在了。

楚河抱了她许久，仍没听到那个答案。

可那已经不重要了，这个女孩子应该是默许了。她的身子那样软、那样香，整个人也不再试图挣脱，乖得不可思议。

楚河一手抓着她的手揽着她的腰，另外一只手伸到她脸侧，将她的脑袋往自己这边转了些许，瞅见她的唇，便将自己的薄唇轻轻地印了上去。

这是一个和昨天完全不同感觉的吻。

他确定了她的心意，将她锁在自己的房间里，圈在自己的怀里，这让他产生了一种既踏实又安全的感觉，所以吻得非常放松。他起先只用薄唇碾着她的唇，等她下意识张口的时候，舌尖才顺势探了进去，慢慢地深入，轻舔慢撩，一下又一下。唇舌交缠时发出隐秘而细微的声音，听上去十分暧昧，让房间里的气温都跟着节节攀升了。

楚溪的声音突然再次响起的时候，苏茉被吓了一跳。

楚河也被惊到了，暂时停了动作，发现楚溪只是因为房里的信号不好，所以在客厅里打电话时，又垂眸看下去。

他一直搂着苏茉，直到这一刻，才发现她似乎就穿了一条宽大的睡裙。他握着她的手抵在她腰上的时候，感觉异常柔软。

偏过头轻轻地呼吸了一下，他微微松开手，扶着苏茉的胳膊，将人再次摁到了墙壁上。

他很崩溃……

他刚才说得真诚笃定，这一刻却觉得，有时候男人的自制力完全是摆设。他这个年纪，哪里能满足于这样浅尝辄止的亲吻，尤其是当他面对着这样一个懵懂却勾人的小东西时。

苏茉的身材绝对算不上前凸后翘，勉强能夸她曲线窈窕。可眼下，她的一双唇瓣被他吻得通红，脸颊和嘴唇一个色，漆黑而潮湿的长发像海藻一样纠缠在他的指尖，抬头看过来的眼睛还带着那般天生娇媚的弧度。尤其令人难忍的是，她不知道自己羞怯、无辜又青春的样子有多诱人。

他再次吻了上去，动作里有些压抑过后的激烈，好像才食髓知味一般，忍不住加重了吮吸的力道。

一只手紧紧地揪着他腰侧的衣服，苏茉的呼吸变得急促起来。

外面楚溪打电话的声音隐隐传来，苏茉不敢发出丝毫声响，觉得既羞耻又紧张，感觉他们好像在偷情。

等楚溪终于打完电话回了房间，楚河松开苏茉的时候，她才发现自己的腿站都站不稳了。

苏茉心神恍惚，自然也没有察觉到身前男人的异样。

楚河绷得实在有些难受，不敢再亲，目光沉沉地瞧了她一会儿，叹口气，开了房门。

他将苏茉抱着送回房间去。

第九章　温柔

苏茉出来的时候，将房门虚掩着。

楚河用脚尖轻轻地踢开门，响起的动静将羞窘不已的苏茉吓了一跳。她将头埋在他胸口处，越发地不敢吭声了。

楚河的个子比她高很多，他亲吻她的时候，会俯下身迁就她的身高。可同时，他握在她后腰上的那只大手非常有力，揽着她的时候，会将她稍稍往上提一些，以至于时间一长，她便腿软了。

被放开后，她本能地扶着墙，哪能想到楚河会突然将她拦腰抱了起来，她差点儿惊呼出声之时，意识到楚溪还在隔壁，连忙一把捂住了自己的嘴巴。之后，楚河就轻笑着将她抱了回来。

那些细节，她越是回想，越是觉得害羞……

苏茉能感觉到，她的脸蛋烫得吓人，正想开口让他将自己放下来呢，又感觉到脸颊一热，男人哈出的一口气喷在她耳边。

“到了。”楚河低声说，他的声音有些哑，却显得性感而撩人。

这两个字，带着一股暧昧的感觉。

“那你让我下来啊。”苏茉不得不抬起脸去看他，却不敢和他对视。目光触及他眼底温柔的笑意时，她又猛地偏开视线，一手抓着他的手臂，就要从他怀里下去。

结果——

楚河身子一低，直接将她放在了床上。

猝不及防，苏茉陷入柔软的被褥里，双目圆睁，眼看那张近在咫尺的俊美脸庞，有点儿想哭。

这人，难不成还没亲够？！

不说他们才刚刚互通心意，就说从二人认识到现在，统共也就半个月。他就这样亲，合适吗？还是说，城里人都是这样的？在一起之后，就应该亲来亲去，不结婚都能上床？

一瞬间，她又开始胡思乱想了。

社会开放到这种阶段，别说城市，其实在他们那个小县城或者村子里，也有很多新娘子是怀着身孕举行婚礼的……

不过，楚河说了，在确定与她结婚前不会和她那个的。

苏茉只是想想，就要害臊得恨不得找个地缝钻进去，或者现在就站到空调出风口清醒清醒才好。

苏茉躺在床上胡思乱想，目光如水，面色绯红，似乎没有意识到她现在的处境其实是有些危险的。年轻男人被撩拨起的欲望很难压制，可他没办法，不敢吓到她。从昨晚到今天，他已经分外孟浪了。

“晚安。”楚河在女孩儿的额头亲了一下，同时轻轻地说了一句。

吻额头这个动作，极容易让女孩子产生一种被珍视的感觉，苏茉也是这样。她鼓起勇气和楚河对视，眼睛里亮晶晶的，呈现出一种缀满星光般的美丽。

苏茉看着楚河离开，被他贴心地帮自己关了房间的灯的举动暖到，置身于黑暗里的时候，她感觉到一种隐秘而令人激动的甜蜜。苏茉真的很难形容此刻自己的感觉，好像整颗心都浸到了蜜糖罐子里似的。因为不知道能和谁分享，她只能自己慢慢消化。

这种感觉，伴着她一起入睡了。

这一晚，一夜无梦。

翌日是星期一。

肯德基那边，经理给苏茉排了晚班，她下午四点才开始上班。可除此之外，她早上八点需要去小区内的辅导班做兼职，因而，起床时间倒也没变。六点一过，她就自然醒了过来。

这个点，楚溪和楚河都在睡觉。

苏茉经过楚溪的房间，进洗手间洗漱的时候，因为觉得心虚，洗漱的动静比平日里还要小。收拾完，她如释重负地出了门。

八点到十一点，上午的三个小时一晃而过。苏茉走出辅导班所在的单元楼时，太阳已经升得老高了，光线明亮而强烈。她看着手机上显示的时间，罕见地有点儿纠结，要考虑接下来的去处和午饭的问题。

要不要叫楚河一起吃?

要不要回去休息一会儿?

这些问题，让她有些为难。就在她不知道该往哪儿走的时候，楚河一个电话打了过来，问她："下课了？"

这一天，楚河起床的时间和平时基本一致，就是昨晚睡得有点儿晚了。送人家姑娘回房后，他早早地回了卧室，情绪有点儿躁动的时候，看见那个还没解散的伴郎群里，几个哥儿们正在聊天。抱着转移一下注意力的想法，楚河也跟着聊了几句。谁承想，三更半夜，几个人聊着聊着，就说起了荤话。

那几个人嘻嘻哈哈地开着玩笑，他懒得再参与，没跟着聊下去。

可他怎么都睡不着……

情绪烦乱，他很沮丧……

楚河冲了一个凉水澡，发现快十一点了。

他本来想叫个外卖，谁承想被一个在朋友圈里刷屏式传播的视频恶心得差点儿吐出了隔夜饭。

那个视频来自安西卫视今天播出的一条社会新闻，新闻曝光了安城一家在网上评价不错的餐馆。可巧，那间餐馆就在他们这个小区，恰好是他平时挺喜欢点的那一家。视频里，餐馆小工坐在后厨里聊天的同时，用脚洗着菜，一双大脚丫子放在盆里，有一下没一下地踩海带。

除此之外，那个海带盆旁边的一盆肉丸上落了一层苍蝇，另一盆西红柿上都快长绿毛了……

这种卫生状况，连送外卖的小哥都看不过眼，偷偷拨打新闻热线把这家店给举报了。

而楚河呢，一想到平时吃的西红柿炒鸡蛋、大烩菜都是以这种西红柿、海带为原材料弄出来的就浑身难受。郁闷之下，他完全打消了点外卖的心思，决定下楼买菜，用新鲜时蔬替自己洗洗胃。

楚河买完菜，发现已经十一点多了。

如果苏茉早上去了辅导班，这会儿便能接电话。他这样想的时候，便直接拨了电话过去。

两个人在电话里聊了几句，苏茉便抬步往小区人工湖边的广场上走去。她一边走着，一边下意识地抬头望了望天，感觉太阳好像打西边出来了。

电话里，楚河说既然她今天上晚班，那就回家一起吃饭吧，他已经在小区超市里买好菜了，预备下厨做饭。

楚老师做饭?

在脑海里搜寻一通后，苏茉发现家里那间厨房原先基本就是摆设，也就楚溪在里面切过水果、她在里面煮过泡面……

楚河那种贵公子一般的人，她一直以为他不会做饭呢。

好像，她还是太以貌取人了。

他一个男生，写文都能写得那么好，做饭又怎么可能难得倒他?原来他这么能干。

一路走一路想，很快，苏茉便到了广场附近。

小区有一个特别大的不规则形人工湖，正值夏季，走在湖边的柳树下，便有一种暂时舒爽清凉的感觉。

远远地，苏茉看见了楚河。

楚大神下来买菜，穿得很随性，浅灰色的长裤上面配了一件白色圆领短T恤。许是因为怕热，楚河整个人躲在湖边的一棵柳树下。只见他清俊朗润、颀长挺拔，一个侧影便营造出荧屏男主角的既视感。女生多看几眼，便会脸红心跳。

越走越近，看着这样的他，苏茉还是有些不真实的感觉，最终，停在了离他两步开外的地方。

楚河一转头便看见了她，笑了一下："走吧。"

话音一落，他已经到了她跟前，用空着的那只手接过她手里的包。往前走了两步后，这只包便被楚河换到了另一只手上，和塑料袋一起拎着。转过头，他用空出来的这只手，牵住了脸色泛红的苏茉。

这是第一次，有人这样牵她，还是在大庭广众之中。

苏茉轻轻地挣了一下，却没挣开。

楚河疑惑地转头问了一句："怎么了？"

"有人。"低下头，苏茉小声说。

楚河看了看，发现广场上的确有几个人，行色匆匆的年轻人和坐在树荫下带孙子的老太太。不过，大家都在忙各自的事，压根儿没有人将目光投过来，更没人对他们牵在一起的手有什么表示。

小丫头连牵个手都害羞，昨晚却容忍了自己那样长久而激烈的吻？

这种反差不但没让他觉得矫情，反而让他越发觉得她可爱、乖巧。这说明她私底下不爱搞欲拒还迎那一套，而且在公众场合时还很注意影响。女孩子嘛，在外人面前端庄收敛一些，是应该的。

不过，他理解她的害羞窘迫，却也没有放开牵着她的手。按他们的年龄，男未婚，女未嫁，谈恋爱牵个手，再寻常不过。他牢牢地牵着，稳稳地往前走，指腹摩挲过她手背上细滑柔软的皮肤，以及指尖薄薄的茧，渐渐地，心里浮现出一层难言的疼惜。

苏茉家境不好，这是显而易见的事。与之相配，她自然没有过过养尊处优的生活。她可能从小就帮家里干活，手指比他想象中还要粗糙一些。

楚河暗自思量着，苏茉却被他无意识的小动作弄得浑身不自在，感觉被他指腹摩挲过的地方很痒。偏偏她先前没能挣开他的手，也不好意思再说一遍，只能任由他牵着，往单元楼方向走。

电梯到了，两个人和低头往外走的男生打了个照面。

许少辉起先没注意，只以为是楼里哪一对年轻情侣。在和苏茉擦肩而过的时候，他突然停下脚步，难以置信地盯着两人看。

苏茉脸颊通红，楚河一脸泰然……

他的目光从两个人脸上移开，落到二人握在一起的手上。他震惊又难以置信地问：“你们？”

“……”

苏茉不知道该说什么，身体僵硬。

楚河也没说话，只是礼貌地牵了牵唇角，而后便握着女孩儿的手直接进了电梯。电梯门在眼前合上的时候，许少辉正好瞧见他低头去看苏茉，那张向来高冷的面容上显露出柔和的笑容。

“天哪。”低头感叹一句后，许少辉摇摇头，往门口走去。

他一直觉得苏茉很单纯，但现在算怎么回事？这才多久，她竟然跟楚河发展到这一步了？

他们手牵着手，买菜回来做饭，那他们晚上会不会已经睡在一起了？

难怪呢，这人莫名其妙地对她伸出援手，让她搬过去，指不定老早就看上苏茉了。或者说，这两人一早就看对眼了？

张雨薇还防着苏茉，担心苏茉和他出什么事。这样一看，人家心高着呢，不光他们的三居室看不上了，面对张雨薇的嘲讽怒怼，就连负一层的快递工作都不干了。

弄了半天，她傍上有钱人了……

楚河家境富裕、赚得多，都是明摆着的。他戴着价值十来万元的表，开着价值五十万元的车，偶尔寄快递时，拎东西的手提袋都比普通人的高出几个档次。就说他通身的气度，那也不可能是工薪家庭养出来的。

苏茉这是钓上金龟婿了啊。

想到这儿，许少辉没忍住，发出一声冷笑。不是他小瞧苏茉，就楚河的条件，能将她当回事吗？大抵也是看她乖巧、清纯，抱着玩一玩的心思。张雨薇老说苏茉是“小白花（网络用语，形容外表清纯无害、楚楚可怜的女生）”，是男生都喜欢的那一款，现在看来，其实张雨薇至少说对了一大半，苏茉这种看上去纯善无害的女孩，的确很能勾起男生隐秘的侵占欲。

许少辉脸色难看地朝小区外走去，越想越觉得不甘。自己什么都没做过，还被张雨薇冷嘲热讽，说个没完，那边楚河倒好，既有了英雄救美的好名声，还三下五除二地拿下了苏茉。

怎么想，他心里都十分不得劲儿……

不过，他这种五味杂陈的心情，楼上的两个人完全不晓得。回家之后，楚河换鞋洗手，很快进了厨房。

客厅里的立式空调开始输送凉风。苏茉从卫生间出来，便看见了厨房里那一道高挑笔挺的背影。

楚河微微低着头，不晓得在看什么。

骨子里有着男主外、女主内的传统思想，苏茉不可能坐着等他做饭，略想一下，便抬步进了厨房。等看清楚河在看什么的时候，苏茉着实有些哭笑不得，仰着脸问："你不会是第一次下厨吧？"

"倒也没什么难的。"楚河瞟了一眼料理台上放着的三个便笺，淡笑着说了一句。

炒一个菜其实也就三个步骤：将材料洗净择好，切成形状，下锅炒出来。似乎也就可乐鸡翅麻烦点儿，需要腌渍一会儿，再过一遍热水。

他研究得挺走心的。苏茉看着三道菜的烹饪步骤，好不容易才忍住了笑，又说了一句："还是我帮你吧，我会做饭。"

"你累了一上午了。"楚河不依，拧着眉头说完，两手扣住她的肩头，推着她的肩背，将她推了出去。他走到沙发边，将她按坐在沙发上，随手从茶几上拿了遥控器，给她找了一个热播剧让她在客厅里看。

电视里性冷淡风的古装剧照一一闪现，苏茉好笑又无奈，没心情看，目光一直追随着楚河的身影。

楚河没走远，而是到了餐厅的冰箱前，帮她拿了一杯香草味的哈根达斯过来，一脸淡定地说："吃冰激凌看电视！一会儿要是觉得空调冷，可以回房拿毛巾被盖一下腿。"

吹着空调、吃着冷饮、看着电视，这是楚溪夏天最常见的状态，舒爽指数：五颗星。

被他这么安排后，苏茉都没办法抗争，最终只能乖乖地靠在沙发上，吃着冰激凌，看着影视剧。到最后，她觉得冷了，还真的回房取了一条毛巾被盖在了腿上。

不知不觉，大半个小时过去了。

苏茉听见厨房里传来一阵水流冲击油锅的声音，实在不放心，揭了毛巾被，走去跟前看。

很少做饭，不，从未做过饭的楚大神忘了开油烟机。在按照网上教的傻瓜做法顺利做好可乐鸡翅后，他觉得做饭不过如此，哪承想，开炒的第二个菜是青菜炒香菇，一下子就炒煳了。青菜又黑又干，香菇却没熟。他咬了一口香菇，将剩下的直接倒进了垃圾桶，郁闷之余，便开始洗锅了。

平素一丝不苟的人，这样一本正经地炒煳了一锅菜。怎么看都有那么一点儿反差萌。

苏茉靠近的时候，他甚至因为颜面扫地而红了耳尖。

可惜，苏茉比他矮，没发现他这些细微的变化。她也不好意思打击他的积极性，因而只是抬手去拿他手里的洗碗刷，笑着说了一句："还是我来做吧。"

楚河将洗碗刷交到了女孩儿手里。

苏茉代替他站到了洗碗槽边，动作麻利地洗完锅，将炒锅放到燃气灶上。

锅底的水珠消失后，她瞥见料理台上切好的食材，暂时关了火，扭头问楚河：“还有个青椒肉片？”

楚河：“……”

“青椒肉丝”四个字说不出口，他只得点点头。

苏茉哦了一声，觉得这两个菜应该不够他们两个人吃。毕竟，楚河做出来的一盘可乐鸡翅里只有八块鸡翅。低头略微想了想，她又问：“家里还有什么菜呀？”

楚河在料理厨房事务上实在没什么经验，自然不会像一般人，在买菜的时候多买几种备着。楚河脑子里一天记的东西太多，这一年，他总觉得自己的记忆力退化了，因而出门买东西的时候，偶尔会列一张单子，去了按照单子买。今天就是这样，楚河买的几样菜，量都不多。

闻言，他微微一低头，舌尖抵了一下腮帮子，才有些无奈地说：“菜好像没了。不过，有香肠和咸鸭蛋。”

香肠和咸鸭蛋？

这两样都是典型的泡面搭档。

收敛思绪，苏茉笑笑说：“那你帮我拿两根香肠外加一个咸鸭蛋吧，可以浇上汁吃，也很下饭的。”

耳听她柔声吩咐，楚河莫名地松了一口气，依言把香肠和咸鸭蛋给她拿过来，正巧瞧见她在二次处理自己切好的青椒和肉丝。第一次下厨，他把青椒切得奇形怪状的，肉丝又切得过宽，接近片状。苏茉手起刀落，干脆利落地将两样东西都切成了菱形的。

而后，她小心地去掉鸭蛋壳，将鸭蛋切三刀成四块摆好，香肠竖着划开切了段，摆成一盘。炒锅里小火烧着油，她也不着急，拿了边上剩下的葱、姜、蒜切成末，放在小碗里，依次倒了些生抽、香醋、香油进去。

那些蔬菜调料，瓶瓶罐罐，在她手下都无比乖巧顺当，让他看得目不转睛并且心生喟叹。

有句话说，认真的人最美丽。大抵就是这样吧？

置身于厨房的苏茉，完全不像一个十八岁的小姑娘，对这些事过分熟稔和拿手。他觉得挺难搞的事，在她面前都变得不值一提了。这个时候，她身上有一种世俗的温暖，让人下意识地想亲近。

嗞啦——

菜入油锅的声音，打断了他的思绪。与此同时，辣椒段和蒜片爆出浓烈的香味。

苏茉背对着他，将半盘肉片拨进去，完全无暇顾及他了。

她心无旁骛地炒着菜，楚河一直在边上心有感触地观看着，也不觉得无聊烦闷。只是看着她，他都觉得赏心悦目。况且，苏茉做菜的水准，已经明显有些大厨风范了。

饭菜上桌，楚河端着香喷喷的米饭坐下，好奇地问了一句：“怎么厨艺这么好？”

一道家常的青椒炒肉，被她炒出了餐馆的水准。一碗普通的调味汁，也好像有秘方似的，由不得人不好奇。

听他问，苏茉倒也没什么不好意思的，坦诚告知：“做饭这种事，熟能生巧。我不到十岁就帮着舅妈做饭，十二岁以后就能在村子里的各种席面上做帮厨，经常看师傅做菜、调汁，时间一长自然都会了。”

“这样？”楚河笑笑，嘴上没反驳。

熟能生巧？应该也分人。

不然他妈做了近三十年，怎么什么菜都是一个味？只能说她其实本就在厨艺上有些天赋，加上多看多学，不经意间便掌握了一门手艺。

暗自感慨着，楚河完全忘了自己被外卖恶心到的事，胃口很好，添了一次饭，甚至好兴致地将楚溪买的两听雪碧喝了。

一点半，桌上的三盘菜被两个人吃得干干净净的。苏茉收了碗筷，又去厨房里忙活。

楚河紧跟在她后面进去，没能从她手中争过洗碗权，只得将餐厅里清扫、整理了一下。他将一切收拾妥当后再进厨房时，苏茉正在水龙头下冲洗双手。

她站在水槽边，对面便是一扇半开的窗，窗外是一米多宽的阳台，阳台上安了一扇落地窗。下午强烈的光线透过玻璃投进来，有一些笼在她身上，让她的单薄纤瘦的肩头上，落了一层淡淡的亮光。

光晕笼罩下的女孩，实在恬静温柔、美好无辜……

楚河抬步过去，微微俯身，将她罩在自己怀里，大手捉住了水流下的一双小手。

水流冰凉，男人的双手滑腻，他从后面俯身包围她的动作又过于暧昧、温柔。苏茉脸红心跳，小声说："别这样。"

"你真好。"越是相处，越能发现她身上有许多现在年轻人身上难得一见的品质，楚河情不自禁地说了句，嗓音轻柔。

被人夸后，多多少少都会有些愉悦的情绪，苏茉抿抿唇角，倒也没再多说什么。苏茉洗完手，便被他牵着，脸蛋微红地走出了厨房。

楚河让她坐在沙发上，自己去卫生间里拿了楚溪的护手霜给她抹上，并且还煞有介事地念叨："水龙头往左边拧后会出热水，以后洗漱的时候别用凉水，对身体不好。"

一只手被他握着，苏茉心头有些温热的情绪滋生，坐着一动也不动。

冬天的时候，她的手上经常会长冻疮。村里有红白喜事要开席面的时候，前几天都得动起来，各家各户都会有人过去帮忙。他们家，基本上由她代替舅妈去做洗洗涮涮的活。手实在很疼的话，她就会涂抹一层药膏，用白胶带裹住，再戴上塑胶手套继续干活。

农村里的女孩子，哪有那么娇气？

苏茉从小就承担起了家务活儿，护手霜这种东西，苏茉从小就没用过。

她从来没想过有一天，会有一个男生这样握着她的手，低着头，认真地帮她涂抹护手霜。他的动作很温柔，含着一股珍视的情绪。苏茉感受到了，心虚忍不住就乱了。

楚河帮她涂好了护手霜，头一抬，便发现她正怔怔地看着自己。苏茉对上他的目光，问了一句："为什么对我这么好？"

"……"

楚河一怔，好一会儿，轻声问："这就叫对你好了？"

他眼眸黑亮而有神，苏茉被里面温柔的亮光烫到，低下头不住地点头。

楚河坐在她身侧，握着护手霜的那只手搁在腿面上，另外一只手抬起来揉了揉她的发顶，停顿了几秒钟后，才淡笑着说："帮你涂点儿护手霜你就感动起来了，是不是太容易心软了？我大你八岁，还有着男朋友这个身份，照顾你是应该的。以后能让我干的活都交给我，如果我不会，你就教我，不要不好意思，也不要有其他顾虑……苏茉……"他顿了顿，又说，"我们之间不用计较这些，明白吗？"

苏茉眼眶温热，嘴角却含了笑意："嗯。"

楚河也笑了，抬手腕看一眼手表，发现距离她上班还有两个多小时，想了想，又问："时间还早，要午睡吗？或者再看一会儿电视？"

午睡的话，就得回自己的房间了……

苏茉不晓得自己怎么突然就联想到这个，可心里对楚河的依赖正盛，有点儿想待在他的身边，因而没先回答，反问了一句："你呢，要开始写文了吗？"

"等你走了之后再写。"

苏茉心里有些甜蜜，开口说："那我看一会儿电视吧。"

她的心思，楚河多少能感觉到一些，心情越发愉悦。楚河将护手霜放回卫生间后，回到客厅，揽着苏茉一起看电视。

两人看的是《延禧攻略》，这部剧算得上是大女主剧，不过因为情节爽、节奏快，也有部分男观众。但楚河显然算不上是一个合格的"剧粉"，看电视的时候，他的两只手根本闲不下来，一直有一下没一下地捏苏茉的小手。过了一会儿，他突然叹了一口气，转个身将双手扣在女孩子腋下的位置，一把将她提起来，放到了自己腿上。

坐男生大腿这种事，苏茉也是第一次做，尤其是在下午这种时候，在采光明亮的房间里，一切本就一览无余。

她有些不自在，红着脸，想从他腿上下去。

"别动了，让我抱抱。"楚河用一条胳膊圈着她。声音低柔的一句话有效地止住了苏茉想退出他怀抱的动作。

他就那样抱着她，完全没注意电视里在演些什么。坐在他的腿上，苏茉也无法集中注意力去看电视了。

这几天天气热，她早上出门的时候穿的是短裤，此刻坐在他的腿上，两个人之间就隔了一层布料，她能感觉到休闲裤下男人紧绷的肌肉，也能感觉到他撩过自己脸颊、耳畔的灼热的呼吸……

过了一会儿，她又有些坐立不安了。“我还是……”苏茉偏过头，一句话尚未说完整，男人的手指就捏住了她的下巴。

楚河用拇指和食指轻捏着她的下巴，轻轻地摩挲两下，被指尖滑软细腻的触感搅得心旌摇曳。看着看着，他微微起身，薄唇在她轻抿的唇角处轻轻一舔，舌尖滑进了她的口中。

这个吻缠缠绵绵地持续了好久。

最后，楚河扶着苏茉的肩头离开她的唇的时候，苏茉还有些晕乎。她神色怔怔地看着他，眼眸如水，嘴唇发麻。

楚河一笑，轻叹一声之余，将她轻轻地拥进了怀里。

亲吻的时候，他免不了生出一些冲动，可吻着吻着，感觉到怀里小姑娘的乖巧，那股冲动便渐渐地退了下去。他生出一种不能因为人家女孩儿乖，他就为所欲为的心理。

下巴搁在苏茉单薄的肩头，他收敛了最后一点儿心猿意马，柔声建议道：“回房里午睡一会儿？”

苏茉打了三份工，早起晚睡是常态，平时很少有时间午睡。眼下被他吻得脑子有些蒙，她想着晚上十二点才下班，觉得睡个午觉也是应该的。她轻轻地点点头，便道：“嗯。”

话音一落，她就想从楚河的腿上下来。

哪承想，这人不但没放开她，还直接起身，一手揽在她腰背上，另一只手穿过她的膝盖处，一个公主抱，将她直接打横抱起。

苏茉急了：“我回我房间。”

“不会对你做什么。”楚河自然晓得她心里有点儿怕，主动说了这句话，还补充，“就想抱着你休息一会儿，行吗？”

行不行？

苏茉有点儿纠结，心里两个小人儿做起了斗争。

她不擅长做决定，楚河却是个行动派，眼见她迟迟不答，便权当默许，迈开大长腿往主卧走去。

南北通透的户型，主卧的采光和通风效果都一级好。大中午，明晃晃的阳光透过飘窗玻璃洒满半张床，浅灰色条纹的空调被横陈在浅灰色的素雅床单上，给人一种禁欲而清净的视觉感受。

这个房间给人的感觉，和它的主人如出一辙……

苏茉胡思乱想间，整个人被楚河放到床上。弯腰放下她，楚河转身拉住了一半窗帘，并且拿起垫子上的遥控器，将空调打开，温度调到了二十六度。

看起来，他的确只打算好好休息一下。

苏茉松了一口气，侧身坐起，脱了鞋，身子往里面挪了挪。搁以前，这种事对她来说应该很难想象。如果先前有人告诉她，她会和一个认识还不到一个月的男人躺在同一张床上，她肯定会觉得，不是自己疯了，就是对方疯了。

可事实上，这件事真的发生了。楚河是让她第一眼就产生好感的人，也是让她在这短短的相处时间里下意识地想靠近并且生出依赖情绪的人。因为他比她大八岁，气质又足够内敛、温和，看起来就像她的兄长一般，让她觉得分外稳妥、可靠。

她这样一个小动作，自然没逃过楚河的眼睛。调好空调的温度之后，他搁下遥控器，脱了鞋，也躺上床。

侧身躺下的时候，他一只手很自然地伸到苏茉的脖颈下，将她整个人圈在了自己的臂弯里。

苏茉留着长发，头发用皮筋扎成马尾，躺下睡时自然有些不舒服。

楚河很快观察到，用空着的那只手帮她取下了扎着头发的发圈，同时，将她那一头长发小心地拨到了自己的手臂一侧。

苏茉抬头看了他一眼，她的小脸白嫩光洁，长发漆黑柔顺，乖巧的小模样像极了某种小动物。

楚河笑了一下，凑过去亲她的脸，声音低柔："闭上眼，睡一会儿。"

强烈的光线被深色的窗帘遮挡了一半。两人上半身处于阴影里，能感受到空调输送的阵阵凉意，心灵都因此而宁静、舒爽了。

苏茉闭上眼，将一条胳膊搭在了他的腰间。

这一点儿小小的主动让楚河看向她的目光越发温柔。他其实睡不着，一直没闭眼，眼看苏茉乖巧地闭上眼睛，没一会儿就发出了细微平稳的呼吸声，向来冷寂的心都因此变得异常柔软。

苏茉睡了一个多小时，许是因为这段时间太累了，精神完全放松下来了，竟然睡得很沉。到后来，搭在楚河腰间的那只手都不自觉地收紧了，因为感觉到越来越重的凉意，身子也往楚河的怀里钻。

楚河拉了空调被，盖到了她胸口以上的位置。

夏天的T恤都比较薄，他拉被子的时候，目光不经意扫过，瞅见了她内衣顶出的轮廓边沿。她的胸不算丰满，却让他心神微漾。想起先前自己情不自禁伸手进去之时遭到的明确反对，一时间，他心里生出些好笑的情绪。

幸亏是她，自己才没有被当作色狼甩耳光。

他转念又想，要不是她，也许自己不会有想要吻的念头，更不会在还没在一起时，就情不自禁地做出那种过分的举动。

可见这世上，很多缘分都是早早注定的。

无关认识时间的长短，无关家庭背景的差异，遇见了，便好似冥冥之中受到某种神秘力量的指引，一步一步，甘愿沦陷。

他侧躺着，感觉到小姑娘柔软的脸颊贴到自己胸口时不自觉的依赖，唇角稍稍上扬，去摸她的脸。

到底年轻，尽管她的手因经常做事积了些薄茧，但脸蛋却细嫩光滑，好像剥了壳的鸡蛋，又像掀开塑封纸的果冻，摸起来手感很好，让他竟摸上了瘾。他用指腹刮刮她的脸，指尖摸摸她嘟起的唇，不知不觉，时间就过去了。

时至三点二十分，怕她上班迟到，楚河才捏捏她的脸，试图将人弄醒。

“嗯……”苏茉睡得迷糊了，在他怀里蹭，呢喃声有点儿像撒娇。

楚河失笑，又拍拍她的脸，喊：“苏茉。”

这一下，怀里的小姑娘醒了，用惺忪的睡眼看他，怔了几秒，压下心里涌起的柔情，试图坐起身。苏茉起身的时候，一只手按在楚河的腰侧位置，有些脸红心跳。

她很少去观察男人的身材，先前只觉得楚河身高腿长，身形很挺拔。可从这个起床的角度看过去，发现他因为T恤皱起而显露出的腰身紧窄，长裤裹着的臀部线条又高又翘……

没敢多看，她穿好拖鞋跑去卫生间洗了把脸，中途还问楚河：“几点了呀？”

“三点半。”

“啊！”苏茉洗脸的动作因此一顿，满脑子都是要迟到了的恐慌，关掉水龙头就往外跑。

楚河跟着她起来了：“还没到三点半，来得及，我送你过去。”

苏茉：“……”

脑子里只想了一瞬，她果断地拒绝了。

让人家开价值几十万元的车送她去打工，这件事，怎么想都有些违和，让人难以接受。

可楚河早已这样决定，因而不但没理会她，还在她再次开口劝说的时候，直接笑着来了一句："你再说下去，我又想亲你了。"

她小嘴喋喋不休的样子，好可爱。

第十章　现实

送她上班这件事，苏茉没能拗过楚河。

不过，也幸亏楚河坚持己见，他开车将她送到了肯德基门口的路边，让她不用面临兼职以来的第一次迟到。

她从员工休息室换完衣服出来，餐厅同事一脸好奇地问她："刚刚送你的那个是谁呀？开奥迪Q5的那个。"

"……"

苏茉有一两秒的迟钝，而后很快露出一个浅笑，说："邻居，说是顺路捎我一程。"

兼职以来，苏茉由于勤快踏实，和一众同事相处得不错。她又记着张雨薇那件事的教训，和异性保持着疏远、客气的距离，和同性也不过分亲热地聊天，以至于其他人对她的事情知之甚少。

她心无旁骛，专心工作赚钱……

苏茉觉得这样就很好。

问话的女孩儿隔着落地玻璃，瞅见了青年英俊的侧脸，没挖出什么八卦，只能悻悻地去工作了。

苏茉松了一口气，开始像陀螺一样地忙碌起来。

盛夏时节，安城燥热得好似蒸笼。没有风的时候闷得可怕，走在路上几分钟，就能热出一身汗。年轻人聚会时特别喜欢往环境不错，还有空调、冷饮的地方钻，肯德基算得上热门去处之一。

这一下午，从下午四点开始，一直到晚上十二点，苏茉基本上是脚不沾地。而她所在的这家肯德基也并非二十四小时营业性质的，上晚班的话，需要做一下打烊的工作。她是第一次上晚班，跟着有经验的老员工将所有事情弄好，时间已经超过了十二点。

在休息室换了衣服，与同事在门口告别后，她一边活动着脖颈，一边查看手机里的信息。

楚河在十分钟前发了一条短信说："在马路对面等你。"

似有感应般，她下意识地抬起了头。

回家方向的马路边上，楚河就站在她目光停驻的地方，身着白色短T恤搭灰色长裤，身姿挺拔地站在路灯边，身影被拉得老长。看见她抬头，他适时地抬起右手挥了一下，唇角往上牵动了一道弧，便朝着她走了过去。

凌晨的街道，安静清寂，白天的喧嚣和热闹尽数退去，柏油马路上停下的车辆都不算多。苏茉背着斜挎小包，穿过白色斑马线的时候，脚步略快，心情微微有些激动。

苏茉走到楚河跟前，手被楚河极其自然地牵住。她仰起脸，有些意外地发问："你怎么来了？"

楚河垂眸，看见她亮晶晶的眼，只觉得先前二十多分钟的等待都不值一提了，笑了一下说："下班这么晚，谁能放心？"

"又不远。"苏茉说着话，低下头去。

的确不远，走路回家不到半小时，开车更快。夜里比白天凉爽些，她原本都没打算坐车的。不过，一个人走回去，哪怕街上霓虹闪烁、路灯明亮，她其实也有些害怕，心里好像敲小鼓似的。

感觉到她的安静，楚河大手握紧了她的小手，指腹轻轻地摩挲着她的手背，闲话家常般发问："累吗？"

"还好。"

她又不是铁人，纵然心甘情愿为了以后努力，却也会有疲惫和辛苦的感觉。不过，她不想和楚河谈这个，回答完就转移了话题，主动问他："你的小说写完了吗？"

"嗯，不到十点就写完了。"

"比平时早好多。"

楚河笑了，意有所指："你知道我平时什么时候写完？"

苏茉一愣，脸颊上染了一抹浅红，解释道："我临睡前去洗手间，你都没睡，说明都没写完……"话到最后，她的声音不自觉小了些。

感觉这人好像是故意的，问自己这个，言下之意，好像她平时都在偷偷地观察他。

她的这些腹诽，楚河当然不知道，可他能看到她脸上的微妙情绪，也能听到她声音里突然染上的害羞。他心情莫名愉悦，原先牵着她手的动作松了松，改而将手指插进她的指缝，和她的手指紧紧地交扣着。

苏茉好端端地走着路，被他这个动作弄得臊得慌，有一种隐私空间被入侵的感觉。

街上很安静，树底下的地灯将一棵棵景观树映照得深绿一片、银白一片。他们两个人牵手往回走，偶尔有微风撩起柔软的发丝、洁白的衣摆。他们的身影被路灯拉得瘦而纤长，紧挨着，显露出一种亲密无间的意味。

苏茉看着二人的影子，只觉得一切安稳美好、踏实满足。

楚河……

她真的好喜欢他。

胡思乱想着，她下意识地抬头看他。

楚河的注意力本就在她身上，眼看着她低头看两人的影子，眼看着她抿嘴而笑。对上她视线的时候，他的目光极其温柔，而后他松开手，转而搂住了她单薄的肩头。

从手牵手、十指相扣到揽肩膀，短短一会儿，他的动作换了三回。到后面，这份亲密里便有了几分不动声色的霸道。

临近凌晨一点，两个人走到小区楼下的时候，他发现苏茉的目光两次看向即将收摊的"果仁烤面筋"。

"想吃？"他停下步子，问了一句。

苏茉摇摇头："算了吧，这么晚吃东西也不太好。"

说这句话的时候，她不自觉地舔了一下唇。楚河也没应和，牵着她的手走过去，站在摊前，垂眸又问："想吃什么？"

馋样儿似乎已经被看穿，苏茉也不好再次拒绝，想了想，看着他说："那就一串烤面筋，一串鱼豆腐。"

摊主听见她说话，动作麻利地拿了东西开始烤，很快，在串串上卷了果仁，淋了热油、芝麻和调料，然后将两样东西递到了她手上。

苏茉接过，楚河拿手机付了款。

默默地看了他一眼，苏茉有些不好意思了，走近小区自动门的时候，她将面筋往楚河那边举了举，试探着问："要吃吗？"

"吃块豆腐。"楚河的目光落在鱼豆腐上。

苏茉觉得这话哪里怪怪的，不及细想，又将鱼豆腐递了过去。眼见他张口咬了一块鱼豆腐，苏茉才察觉到两个人的状态过于亲密，完全是热恋中的年轻男女的感觉。

以前在街上，她也见过这样亲密的小情侣，当时还觉得有点儿不好意思看。直到这时她才发现，真的遇到那个人了，很多事自然而然地就会发生。

这一晚，两个人上楼后都一点了。简单地洗漱完，楚河将穿着薄睡裙的小姑娘摁在了主卧门内的墙壁上。他一手圈着她，在逼仄的角落里吻了她好一会儿，直到两个人都呼吸不上来后，才不舍地将她放开。

谈恋爱后，每次相处时时间都变得很快，每次分开后，时间又会变得很慢。因为喜欢，看对方的时候，觉得怎么样都是最好的。先前那些彼此都觉得不可思议的事情，也都一件件地开始发生在自己身上。

楚河开始接送苏茉上下班，作息因此改变，跟着她的节奏走。每晚临睡前的吻，成了两个人心照不宣的秘密。

楚河偶尔也会有失控的时候，将脸颊抵在女孩儿的颈窝里摩挲。那种奇异而缠绵的感觉令苏茉心间柔情泛滥，她抬起手臂轻揉着他的头发，却不敢做更进一步的邀请。

她能感觉到，有些事一旦开始，自己可能会不可避免地沦陷……

缠绵、温柔又来势汹汹的感情，让她在接受的过程里，第一次体会到了情欲的滋味。

七月末的一个下午，她接到了舅舅的电话，得知表弟办了出院手续，准备回家。因为在辅导班兼职，她没有特地过去送，打完电话才意识到已经月底了，按捺不住那份紧张，在辅导班借了其他老师的电脑，查了高考的录取结果。

结果不出所料，她顺利考上了填报的那所二本院校的汉语言文学专业，八月份就能拿到录取通知书。

这个消息，她没有和辅导班的老师分享。一下班，她就迫不及待地离开，想要回去告知楚河。

“苏茉。”苏茉走到小区鹅卵石小径的时候，身后一道男声叫住了她。

苏茉回头一看，发现是许少辉。

许少辉在小区的超市里买了好些东西，两只手提了三个沉甸甸的袋子，看见她回头，明显松了一口气，开口道：“正好，帮我提一个。”

先前虽有嫌隙，但终归认识一场，再加上本来就住在同一层，她今天心情还很好，苏茉便没有拒绝许少辉的要求。她走过去，接了他手中的一个袋子提着。

两个人一前一后走着，一路上都没怎么说话。

进电梯的时候，苏茉将手里的塑料袋放到地上，随后规规矩矩地站在一边，和许少辉保持着明显的距离。

许少辉看着她，自然能感觉到她对自己的态度，莫名其妙地，心里特别不爽。

这几天，他一直在和张雨薇冷战。

说起来，还是因为苏茉的事。先前张雨薇说自己丢了项链，他并没怀疑，也在第一时间站到了她那一边，帮她找，甚至责问苏茉。可事实上，张雨薇那条项链根本就没有丢，苏茉搬走后没几天，她就偷偷地重新戴上了。她有一天晚上回来忘了摘，两个人亲热的时候，他吻着吻着就发现了。

说起来郁闷，那个当口，他竟然直接问出口了。

许是因为他问话的语气有问题，又或者是因为他当时用词不当，说张雨薇诬赖苏茉。张雨薇直接炸了，这之后一连好几天，她都不让许少辉碰。

本来就是她不对，这会儿还无理取闹、变本加厉，他自然很不满。他前晚求爱未遂后，直接爆了粗口，让她打哪儿来滚哪儿去。这之后，张雨薇昨天夜不归宿，今天也一样，不接电话、不回短信，跟他玩起了冷战。

谈恋爱这么久，他实在受够了张雨薇的公主病，眼下听到家里人在电话里催结婚、催订婚都觉得烦。虽说他的条件在大城市里不算好，可放在老家，那也不算差。娶老婆是为了舒心过日子，不是为了当孙子的。他越想越觉得亏，这种情绪在看见苏茉的时候变得更加剧烈了。

丁零。电梯停在三十三层。

许少辉收回思绪，拎了两个袋子往外走。

苏茉发现他没管自己脚下的那个袋子，心里有点儿无语，却也没多想，默不作声地帮他提出电梯。

屋里好像没人，许少辉拿钥匙开门。她没进去，直接将那一袋东西放在他脚边，说了一句："这袋你自己拿进去吧。"

"等会儿。"防盗门咯噔一声打开，许少辉一下子握住了她的手腕道，"我有点儿事和你说。"

"放开。"苏茉被他抓手的动作吓了一跳，回过神，连忙去掰他的手。

许少辉握得极紧，不但没放手，还在她挣扎的时候继续说："你对那个人了解多少？这才几天就好上了？我帮你保守着秘密，没有告诉苏洋。现在你和他分了，和我在一起还来得及。之前的事我都不计较了，你可以不用再打工，大学四年的学费我都帮你出。"

这几天，他有意无意地留意着苏茉的动向，自然发现她虽然已经和楚河在一起了，但仍在打工。他先前怀疑她傍金主的念头也有所转变，只觉得是楚河给她灌了什么迷魂汤，占她便宜。许少辉便直接以帮她交学费为诱饵，让他与自己在一起。他非常清楚，眼下苏茉最需要的是什么。

哪承想，苏茉听见他的话，不可思议地看了他一眼，挣扎得更厉害了，嘴里还怒气冲冲地道："神经病，谁要你帮我出学费，谁要和你好？！"

说着话，她一手掰扯他的手腕，抬脚去踢他的小腿。因为手挣脱不开，苏茉的脸都气得通红。

丁零。电梯的开门声，伴随着防盗门打开的声音一起传来。

第一眼看见的画面让楚溪蒙了，她旁边的张雨薇已经一个箭步冲出去，抬手就往苏茉脸上扇。

"你干什么？！"张雨薇一巴掌没打下去，高举起的手臂反而被人牢牢制住。

楚河看着张雨薇，一脸冷意。他用另一只手将苏茉扯到自己身后，才对上面色紧绷的许少辉，声音沉沉地问："几个意思？"

"放开我！"不等许少辉答话，张雨薇先挣脱自己被握着的那只手，愤愤不平地道，"你怎么不问问这狐狸精几个意思呢？！怎么，这是发现我这两天不在，又蠢蠢欲动，要勾引人？"

"我没有！"当着楚河的面被侮辱，苏茉只觉得既难堪又屈辱，开口解释，"我在楼下碰见他而已。他拿了三个袋子，让我帮忙提一个。我帮着提了上来，他却拉着我的手，说些莫名其妙的话。我没有勾引他。"

一股脑说到最后，她气得眼眶泛红。

"你说没有就没有吗？证据呢？哦，他为什么拉你的手？他怎么不拉楚溪的手呢？还不是你自己不检点？！"

"怎么说话呢你，关我什么事？！"边上，楚溪回过神直接开骂。话说完，楚溪的眼神又落在自己堂哥身上，怎么都移不开。

楚溪这不由分说地维护的样子，真是热情过头了。

这两个人……她总觉得哪里不对劲儿。

楚河冷笑了一声，看着张雨薇，声音淡漠地道："我就是证据。"

张雨薇："……"

楚溪："……"

还没想明白这句话呢，两人又听见楚河冷淡地道："她有我当男朋友，还有必要抢你的？"

张雨薇："……"

紧咬腮帮，盯着苏茉，张雨薇竟然反驳不了这句话。

本身，张雨薇说的那段话就是强盗逻辑，自我感觉良好。她明知道许少辉对人家有意思，硬是不肯承认，将问题往苏茉身上推。眼下倒好，楚河也直接用强盗逻辑回怼她，话里话外都是对张雨薇和许少辉的轻蔑。

一时间，楼道里安静了下来。

苏茉怔怔地看着楚河。楚河看了一眼脸色难看且从头到尾没说话的许少辉，呵了一声，而后冷冷地道："别让我知道有下一次。"

话音一落，他揽着苏茉的肩就往家里走。

颜面扫地，许少辉气得脸色铁青，眼看两人快走到门口，一时心有不甘，喊道："有种你娶她！"

闻言，楚河的脚步顿了一下。

许少辉冷笑："我可告诉你，她就是一个有人生没人养的野种，是小三的种。她妈是自杀死的，你问问她，知不知道她爸是谁……"

许少辉这段饱含恶意的话，让楼道里瞬间安静了。

楚河一手搂着苏茉，感觉到女孩儿单薄的身躯在他手下微微颤抖，心里怜惜的同时，一股愠怒的情绪涌上来。

谁料，他转身的瞬间，手腕被人牢牢地握住了。

苏茉仰头看着他，眸中灼灼的亮光令他站在了原地，没有如他想象那般，快步过去给许少辉一拳。

苏茉放开他，自己走了过去，站到许少辉面前。

她看着许少辉，一动不动地。她眼里的那份认真和坦荡让许少辉怔了一下。而后，许少辉脸色铁青地质问："怎么，我说错了不成？"

"没错。"苏茉点点头，"我不知道我爸是谁，我妈是自杀死的，这又怎么样？我一没杀人，二没犯法，轮不到你在这里指手画脚。同样，我以后嫁谁也不用你操心，反正哪怕这世界上的男人死绝了，我也不会嫁给你。我是很缺钱，可是也没到为了四年的学费就陪你睡的地步。你以为你是谁？你只是一个吃不到葡萄就说葡萄酸的可怜虫！"

最后一句话，她用十分鄙夷的语气给念了出来。

许少辉还没发作，张雨薇的脸色早已经变了。可不等张雨薇开口，苏茉已经看向她，继续道："这样的男生，倒贴多少钱给我，我都不会要的，你把心放到肚子里面去吧！"

话音一落，她再也不看两人，抬步直接走了。

张雨薇脸色涨红地看着她的背影，想着她刚才说的话，越想心里越不是滋味，扭头再见边上一脸铁青的许少辉，突然冷笑了起来。

意图被当场戳穿，许少辉有点儿不淡定了，看着张雨薇试图解释："雨薇……"

许少辉话刚出口，脸上就挨了重重的一巴掌。

张雨薇盯着他，两行眼泪骤然滚落，咬着牙，一字一顿："人渣，我瞎了眼才会看上你！"

以往她闹脾气，从未有过如此决绝、凌厉的语气和眼神。此刻这副模样一出，许少辉突然就有点儿慌了，狼狈地辩驳：“你听我解释行不行？”

“解释什么解释！”张雨薇说完，直接转身按了电梯离开了。

她突然而来，气愤而走，离开时的神情和态度似乎都说明了一切问题。

许少辉站在原地看着电梯下行，不晓得为何没有去追。他和张雨薇同居有些日子了，该发生的早已发生，他受够了她的脾气，也有些腻味了她的身体。不可否认，她仍旧年轻靓丽，可对他来说，她已经失去了吸引力，没有了新鲜感。

看完这出好戏，抬步进门的楚溪心里突然有些迷茫……

楚溪没有谈过恋爱，也没有遇到过令她心动的男生。此刻，她回想着刚才一地鸡毛的状况，不禁有点儿怀疑：什么是爱？一份爱能坚持多久？一段感情的维系，靠的是什么东西？男生是不是都像许少辉一样，吃着碗里的，看着锅里的？女人在感情失败的时候，能得到什么？

没有答案……

很多事，只有经历了，才有资格说好与坏。后悔与否，也唯有经历过，才可能从中得到答案。

叹口气，她看见了站在次卧门口的楚河。

苏茉进家门后，便将自己反锁在房间里了。楚河担心她，在门外哄劝了好几句，仍没得到任何回应，不禁有点儿着急。

“你们？”犹豫了一下，楚溪有些不确定地问。

楚河看了楚溪一眼，用神情回答了一切。他没说话，而是又一次朝着门里面说：“有什么事我们当面聊，别这样，嗯？”

刚才许少辉的话，肯定伤害了姑娘家的自尊心。楚河没有大动干戈，也是因为考虑到事情闹大了受伤的还是苏茉。他站在门外，只觉得心疼，恨不得将人拥进怀里，好好安慰一下。

可苏茉只隔着房门说：“我没事，就是想自己静一静。”

苏茉心里很乱。

哪怕她刚才在门外嘲讽了许少辉和张雨薇，心里还是没办法舒服。苏茉先前因为考上大学而产生的喜悦、欢欣尽数散去，留下的只有对未来的茫然和顾虑。先前楚河的话还回荡在耳边，她也记得很清楚，楚河没有说太夸张的甜言蜜语。作为一个成年人，他很务实，也很诚恳。

他们认识的时间太短，纵然好感浓厚、情绪热烈，可谁能保证，这股甜腻的热乎劲儿能一直维持下去呢?

他们差八岁。她才准备上大学，而楚河已经开始被家里人催婚了。

他二十六岁，已经是网文界的大神；她十八岁，距离法定的结婚年龄都还差两年。更何况，就算她现在满二十岁了，就有资格去当人家的女朋友吗？她这样的家庭条件，哪一家的父母能做到全然不介意?

坐在床边，她似乎感觉不到热了，思绪飞出很远，边想边流泪。

窗外渐渐地静下来的时候，苏茉接到了舅舅的电话，这个电话当然不是偶然打进来的……

许少辉在苏洋回家后，戳穿了苏茉和楚河交往的事情，并且提及两人发展得很快，关系很亲密。苏洋非常诧异，发微信给她却不见回，觉得头疼，一个电话打到了苏茉舅舅那儿。

苏洋担心苏茉年龄小，会在男女关系上吃亏。接到电话的苏建民，却因此大惊失色。

苏建民如何能想到，十八岁的外甥女刚来安城打工，在这么短的时间内便交了男朋友？还是一个比她大八岁，有着不错的家庭条件的人。

因为一个未婚先孕又自杀的妹妹，他已经被人戳着脊梁骨议论了多年。这个电话打到苏茉跟前的时候，他语气里带着前所未有的苛责和严厉，直言自己明天就开面包车过来，将苏茉带回去。他之前听人说过，县里的大学生助学贷款很好通过，苏茉可以回去办一下。如果她真的想赚钱，县里也不是没有一点儿机会。

总归，苏茉别想留在安城打工了！

“嗯，我知道了。”安静地听完训斥，苏茉没有反驳和辩解，一如既往地乖顺懂事。

手机那头，苏建民挂了电话。嗡嗡声传来之前，苏茉听见了男人那一声混杂着失望和烦忧的长叹。

将手机搁在床头，苏茉有些难受地想：“先这样吧……”

她不知道自己这个想法对不对，可事到如今，似乎也没有其他更好的办法了。她和楚河的感情来得太快，这些天相处下来，好几次她都感觉到，吻到浓处时，两个人之间汹涌的情欲和暧昧。

那种感觉真的很刺激，也很可怕。她有些畏惧，担心在某一天，她可能会默许楚河过早地走到那一步。可同时，她也担心，自己真的遗传了母亲的缺点，变成旁人口中狐狸精一样的贱坯子……

她实在没有勇气任由这段感情肆意地发展下去。她需要时间，也需要距离。

未来怎么样，她暂时不想去想。可现在，迫在眉睫的是她要离开安城，回老家去冷静一段时间，这也许是最好的选择。

这样想着，她的情绪变得极其失落。她坐在床边平复了好久，又做了好久的思想斗争，最终彻底地说服了自己。

每个人都有欲望，可理智的人懂得把握分寸、控制节奏。

十点半，苏茉深呼吸了一下，走出了房间。

她情绪低落，楚河和楚溪自然也静不下心去干自己的事情，两个人就在客厅里，一个看手机，一个看电视。眼见她出来，楚溪若无其事地笑了笑，问她："饿不饿？要不要出去吃一顿烧烤？"

吃吃喝喝，会让糟糕的情绪排遣得很快。

苏茉同意了这个提议。临近十一点，三个人一起下楼，去了楼下不远处的烧烤店。

他们吃饭的时候，彼此都默契地没有提起刚才的事情，只将注意力放在烧烤上。他们说说笑笑，到最后，甚至一起要了些啤酒，喝到了凌晨。

他们迎着夜风往回走的时候，楚溪打了一个饱嗝。晓得这两个人有话说，她极有眼力见儿，回来上了个厕所后，就钻到房间里去睡了。

苏茉在卫生间里简单地洗漱完，披着潮湿的头发往外走的时候，被楚河拦住。他自昏暗里看着她的眼睛，声音低沉微哑："聊聊吧。"

素来心细，他自然晓得这一晚的苏茉藏了不少心事。

两个人一起进了主卧。主卧面积大，飘窗的位置距离楚溪的房间挺远的。房门紧闭，空调开着，两个人就坐在飘窗边上，沉默了好一会儿。

"我抱抱。"几分钟后，楚河率先打破沉默。

他抬手握住了苏茉纤细的手腕，将女孩儿拉到了他身边，一手圈着她的腰，让苏茉坐在了他腿上。她的脸颊靠在了他的胸膛上。

苏茉很乖顺，就那样贴过去，她潮湿的长发弄湿了他的T恤。

她平时有些酒量，可这一晚，许是心情不好，有微微的醉意。

楚河抱着她，听见她突然说："时间过得好快。"

她在地下室抬头看见他，好像还是昨天的事。一眨眼，她都已经能用如此亲密的姿势偎依在他怀里了。

闻言，楚河笑了笑：“嗯，再有一个月，你就该开学了。”

“我今天查到录取结果了。”

“哪个学校？”

“文理学院汉语言文学专业。”

这个学校楚河自然也是知道的，是安城市内的一所普通二本院校。不过，汉语言文学这个专业却算得上校内的王牌专业之一，口碑不错，近些年的就业率也好，学生里考研的人也多。

收回思绪，他眉宇间染上笑，低头去瞧苏茉。

苏茉也恰好仰着脸，看见他满目温柔的时候，她喉头动了动，而后一手搂上了楚河的脖子，主动将唇凑了过去。

第十一章　勇敢

一连几天，那一晚的种种都像印在苏茉脑海中了一般，无法挥去。

他们两人交往以后，亲吻的次数算频繁的，可由她主动展开的亲吻，却从未有过。

她凑过去的那个动作，好像导火索一样，点燃了楚河。起先不过是缠绵深吻，到最后，他横抱起苏茉，将她放到主卧的床上。因为记着他先前的那个承诺，苏茉并不过分担心。她心里也有一股渴望，想要在临走之前，和他再亲密一些，共度一夜。

亲吻的过程里，她的头发已经半干了。

楚河将她揉到怀里的时候，她整个人缩成小小、软软的一团，乖乖巧巧的，仰头承受他的吻。她巴掌大的小脸上，布满了微微放纵的迷醉。

“苏茉……”

她觉得楚河叫她名字的嗓音，那么好听性感，低沉沙哑中含着极力克制的欲望。

她主动将一只手伸进了男人的T恤下摆里。

这个动作有些大胆、突兀，完全不符合她的性格。可她那样做了，不仅伸进去，还在他肌肉紧实的脊背上轻轻摩挲着。他的骨骼清劲，皮肤炙热，因为忍耐和压抑，浮起一层薄汗。

她摸着摸着，喉头耸动，将脸颊埋在了他的胸膛上。

楚河感觉到那一片濡湿，手掌大力地揉搓着她的头发，开口的语调带着粗重的喘息声。

“怎么了？”他问。

苏茉无声地流眼泪，低声告诉他：“我舅舅知道我们的事了，我那会儿在电话里答应他，明天就回去，不在安城打工了。”

对此，楚河似乎已经预料到了。他沉默了一会儿，先问：“剩下的一个月，你准备怎么办？”

“我舅舅说我可以办助学贷款抵学费，要是我实在不想在家里待着，就托人在县城给我找点儿事做，让我打工到开学。”

十八岁的姑娘，寄人篱下多年，在这种事情上，话语权少得可怜。楚河明白，也没有丝毫责备和过多挽留，只一声叹息后，将她整个人更大力地摁到了怀里。而后，他听见小姑娘发出一阵小兽般压抑的哭声。

苏茉哭了很久。她哭的时候，楚河没多说什么，只用落在她脊背上的一只手，一下下，慢慢地抚摸她颤动的脊背。最后，实在被她的哭声搅得心疼不已了，他一手捏住了她的下巴，吻住了她的唇。

他的本意只是想好好地安抚她，哪承想，品尝到咸咸的泪水的滋味，他整个人渐渐地有些难以控制。

那是一种很复杂、难以形容的感受……

楚河想将小人儿揉碎了嵌进自己血肉里去；想要不顾一切地狠狠占有她，不再犹豫、考量、迟疑，这一辈子都对她一个人负责；想要吞掉她的舌头，甚至将她整个人生吞活剥，免得再听见那委屈的呜咽声。

女孩子的手没什么力道，可当她将手紧紧地扣在自己后背的皮肤上时，那种感觉好像是无言的鼓励。

那个撩人的吻，持续了很久……

她觉得自己可能这一生也无法忘记楚河了。无论以后两个人走到哪种地步，无论她最终会结下怎样的姻缘、拥有怎样的未来，楚河永远是第一个被她喜欢的男人。

在她的承受范围内，她能给他的，全给了。

她不后悔……

胡思乱想到这儿，苏茉仰起头去看夜空中悬挂的那一轮月亮。农村的夜晚，比城市安静了许多，但仍能听见风吹树叶的哗哗声、左邻右舍的说话声、收音机里电台主持人的说笑声以及远处传来的蟋蟀的叫声。

农村和城市夜晚里的声响是不一样的。农村更安静、质朴、自然。

她一个人坐在门口的石阶上纳凉，有一种不知道在想什么、特别孤单的感觉。

将旧手机还给苏洋后，她和楚河的距离一下子远到无法形容。她只能沉浸于那些靡丽的回忆里，提醒着自己，那样一个人是存在着的。

“小茉，纳凉呢？”中年男人走上台阶，对着角落石阶上坐着的姑娘，笑着问了一句，“你舅呢？”

“在屋里面呢。”苏茉起身回答，而后问候了一句，“村长叔。”

男人哎了一声，大步往屋里走了一段，察觉她没跟上，大嗓门喊了一句：“怎么没进来？进来、进来。”

苏茉拍拍裤子，舒口气，跟着村主任进屋。

村长带来的是个好消息。

县里有几个企业家联合送温暖，提供了一百个大学生助学金奖励名额，每人发五千元，明天上午发放。他们村拿到了三个名额，要给村上今年考上大学了的贫困生。可巧，他们这村子不小，这一届考大学的孩子却没几个，考上一本的没有，考上二本的统共也就三个人，苏茉便是其中一个。

这种奖励，算得上天上掉馅儿饼，苏建民和苏茉自然喜出望外，答应了村主任明天一起去县城的要求。

苏茉在安城待了近一个月，算上最后肯德基那边发的工资，总共赚了两千多元。再加上这多来的五千元，第一年的学费便没有任何问题了。她跟着舅舅进了家门，听见他说明天顺便在县上给她找兼职做，她没拒绝，又听他说要拿明天这五千元去还债，她的学费用助学贷款交，她也点点头应允了。

心头的要紧事解决了一些，苏建民的心情也爽快了许多。

他拍拍她的肩膀，刚欣慰地夸了两句，手机铃声就响了。

“喂？”

“哦，在呢——”苏建民接通手机，只说了两句话，便将手机递给了苏茉，“说是跟你一起打工的同事。”

同事？

苏茉不记得自己将舅舅的号码给过哪个同事，倒是临走前将号码留给了楚溪。心里有了底，她接通电话便淡笑着唤了一声：

“楚溪。”

“是我。”男人低沉温和的嗓音隔着听筒传来。

苏茉搬走时，楚河和苏建民见了一面，简单地说了几句话，彼此间十分尴尬。苏建民本来想教训他几句，可没承想，自己心里以为的拐骗自家外甥女的男人有如此出众的相貌和气质。莫名其妙地，他心中那股怒意就消散了一些，事情也就不了了之了。

这几天，苏建民憋着没提楚河。楚河也有点儿情绪郁结，一直忍到这个晚上，实在受不了便给苏茉打了这个电话。

听见手机那头传来浅浅的呼吸声，楚河又柔声问了一句：“说话方便吗？”

“嗯。”听见他的声音，苏茉已经拿着手机出了屋子。

弯腰屈膝，她坐在了门口的石阶上。

两个人之间经历了几秒钟的沉默，楚河再次开口，声音低沉地问了一句：“有没有想我？”

苏茉离开几天，他便心不在焉几天，尝够了思念的滋味。很奇怪，他们认识的时间不长，朝夕相处的日子也就半个月。可是这半个月，却好像他生命里最鲜活的半个月……

他记得苏茉踮着脚在阳台上晾衣服的样子；记得她抓着自己衣摆承受亲吻的样子；记得她走路时抬头张望的样子；最忘不了的，是最后一晚她的眼泪、呢喃、颤抖、柔弱无依。

不知不觉中，她占据了自己的心，就好像一只小蜘蛛似的，在他心里吐丝结网，将他捆得密不透风。

他一贯厌恶被摆布，这一次，却甘愿沉沦于这种摆布，甚至还觉得不够，希望她缠得更紧一些。

可这小东西，搅乱他的生活后，突然就走了。

她身不由己，惹得他又爱又恨，问这句话时，也几乎是不假思索的，只是特别想听她倾诉、撒娇。

可事实上，苏茉还真不是那种会撒娇的女孩儿。她没多少和男生相处的经验，这种你来我往的调情方面的经验，她几乎没有。她看着瘦小，其实能量很大，忍耐力也很强，哪怕心里思念满溢，听到这一声问询的时候也说不出口，长久地沉默了下去。

事实上，在离开安城的那一天，她已经做好了离开楚河的准备。这就好像一场美梦，当它来到你身边的时候，你会忍不住沉沦。可既然是梦，就会有醒来的那一天。

许少辉的那些话让她清醒，舅舅的态度让她清醒，她很清楚地知道横亘在两个人之间的重重问题。

她和楚河的差距，宛若鸿沟。

楚河大她八岁，她毕业还得四年。这段时间，她在安城打工，发现以他们学校的学历，她出来后顶多能找一份月薪三千元的工作。而那个时候，楚河已经三十岁了。

他能一直不结婚，等她到那个时候吗？

她不想耽误他，不想他因为自己面对长期的等待和可能来自父母的责难，不想让自己在未来成为他的负担。

她也不想越陷越深……

现在的她，学业应该摆在第一位。

考上大学只是她改变命运的开始。羞于启齿的身世、寄人篱下的处境、并不算明朗的未来，这一切的一切，让她不敢懈怠、不敢沉沦，更不敢妄图去占有这么优秀的一个男人。

苏茉低着头，深深地呼吸了一下，用一种分外平静的声音，淡笑着说：“楚河，我们分手吧。”

电话那头的楚河：“……”

好像很少听她直呼自己的名字，他感觉这一切不太真实。

他没说话，好一会儿，又听见苏茉继续："我回来想了好几天，觉得我们真的不太合适……"

"怎么不合适了？"男人打断了她。

苏茉轻声说："我们年龄不合适，学历不合适，家庭背景也不合适。其实，各方面都不合适吧。"

"苏茉……"楚河试图劝说她，却有些词穷，他的大脑甚至有些运转迟钝。在他有限的二十几年的生命中，实在没有这种被女孩儿放弃的经历。这一次，绝对是破天荒头一遭。

他说了几句话，没头没尾的，连自己都不晓得在说什么。

苏茉静静地听着，却没有被影响，许久，苦笑着说："就我这样的，媒人都不会给我说多好的亲事。你的家庭条件应该很好，我真的配不上你，我也不想占着你、耽误你。上次楚溪说和你相亲的那个电视台主持人，条件和你相当，我觉得你应该和她谈。"

"苏茉。"

"就这样吧，我舅的手机快没电了。"

很突然地，苏茉挂断了手机。

她说话的时候从头到尾都没有带哭腔，眼下通话一断，她瞬间将脸颊埋到双膝之中，感受着那种心口好像突然被撕扯开一道伤的痛楚。

爱情里的诸多滋味，这段时间她都尝尽了。

苏茉一手紧握着手机，环抱膝盖在石阶上坐了几分钟平复心情。之后，她舒出一口气，起身往回走。

还没将手机还给舅舅呢，电话又来了。

屏幕上显示："洋洋。"

苏茉没多想，接通了电话唤了一声："洋洋哥。"

“那个，大神要跟你说句话。”苏洋被突然找上门的楚河弄得有点儿蒙，下意识听他话给了地址后，便拨通了这个电话。

苏茉沉默起来。

而后，苏茉听见楚河在电话里对她说：“我大概一个小时到你家，你在后门口那儿等我。”话音一落，他没给她拒绝的机会，挂断了手机。

余音在耳，苏茉下意识地看了一眼时间，发现已经九点多了。夏天白日长，可到了这会儿，天色也已经彻底黑下来了。家门口纳凉的人也少了起来，人们回去看一会儿电视，洗漱完也该睡下了。

楚河的行动力，苏茉多少了解一些。

她没有再试图将电话拨过去，阻拦他过来。她怀着万分复杂的心情，将手机给了舅舅，回了房间。

舅舅家的房子是几年前盖的，一共有四个房间，舅舅和舅妈一间，一儿一女各一间，她也有独自的一间。不过农村的房间面积大，所以除了她的床、写字桌、衣柜之外，里面还摆放了一些杂物。她睡不着，平躺在床上胡思乱想。

她房间对面是表妹的房间，表妹暑假在县城补课，所以人不在。眼下在养伤的表弟和舅舅、舅妈都睡下了，家里安静极了。

苏茉翻身侧躺着，听见后院传来蟋蟀的叫声。

她房间的窗外就是面积颇大的后院，红砖铺地，一直延伸到后门口，后门外便是一大片果树地。

想来，他们家的具体位置，苏洋也都告诉楚河了。

十点半的时候，苏茉再也躺不下去，踩着凉拖鞋出了房间，站在洒满月光的后院里。

她屈膝坐在后院水泥浇筑的台阶上，开始神游。

实在太安静了……

她默默地想、静静地等，将近十一点的时候，从后院木门下的缝隙里，看见了一道汽车车灯的灯光。

车停下来，有人打开车门走了过来。脚步声逼近，在寂静的夜晚，一下一下仿佛踩在她的心上。

她抬头看过去，注视着那一扇小小的门，却始终没有起身，也不曾走过去，或者说上只言片语。时间因此变得格外漫长，夜里的凉意袭来，她的腿和脚因为坐得太久而失去了知觉，贴在台阶上的臀部也渐渐地感觉到了地面渗出的寒气。饶是如此，她也没有起身挪动一下。

她不敢动，怕自己一旦站起身，便无法控制双脚，要走到门口去。

也不知道什么时候，门外的男人接了个电话。

她猜想电话应该是楚溪打来的，她听见楚河声音低沉地回答她："知道了，就回。"

"带了钥匙，你睡你的。"男人答话的嗓音里，有着不明显的颓废情绪。

通话结束之后，苏茉听见了打火机点火的声音。她看不见那人，却立马想起先前见过的他抽烟时的模样。他们认识的这一段时间里，楚河很少抽烟，想来也是因为如今的情绪烦闷到了极点。

苏茉心里也觉得闷，可一切既然已经由她起头结束，她便不想轻易地再去做任何改变。那种如坐过山车一般的刺激情绪，她发自内心地抗拒。

月亮越升越高的时候，后门外传来了轿车引擎发动的声音。声音离她越来越远，最终消失不见。

苏茉起身往屋子走，脚下发麻，一个踉跄半跪在了地上。

她和楚河的这一段，基本结束了。

这一晚之后，楚河再没有来过电话。舅舅托熟人帮她在县城找了一份在超市做促销专员的兼职。她在二十几天的时间里，赚了一千六百元。整个暑假至此宣告结束，苏茉迎来了人生全新的开始。

文理学院九月初开学，军训就在校内进行。

苏茉很快适应了军训的节奏。一天，安城下了一场阵雨，军训被迫暂停。她和宿舍里一个女生出了校门，前往位于学校西侧不远处的一个电子商城。

同行的女孩儿叫徐茜，性子活泼外向、大大咧咧的，军训的时候偷偷带了手机去场地，将手机和水杯一起露天放着。谁承想，阵雨来临的时候，她们跑步去了操场另一边，等徐茜再回来，手机已经被雨水浇透了。

同宿舍的几个女孩儿都不是安城本地人，徐茜和苏茉的老家距离最近，开学后分到了一个宿舍，自然越发亲密。两人走到商城，上了扶梯，徐茜问苏茉："你确定不买个手机吗？"

现在这个社会里，大学生人手一部手机。徐茜的手机便是开学之初她小姨送的，眼下却被雨淋坏了。她中午拿舍友的手机打电话回家，被训斥了一通后，她爸催促她快去买个新的。

军训太辛苦了，其他人难得休息，不想出来。徐茜便叫上苏茉陪她一起去，也想说服苏茉买个手机。不然等军训结束后，彼此不在一起上课的时候，联系都很不方便。

"先不了。"苏茉没怎么犹豫，回答说。

她没有手机依赖症，也没什么人需要经常联系，目前来说，还是能省一点儿是一点儿。

"哎呀，你真不再考虑考虑吗？现在哪个人没有手机呀，真的超级不方便啊！"

"我觉得还好。"苏茉淡笑一声，表情带了点儿求饶的意味。

徐茜："……"

徐茜体型微胖，性格爽直，看见苏茉这种外表柔弱的女生便心生喜欢，再瞧见她这副无奈的模样，整个人都没脾气了，只能揽着她的肩膀，一边往商场里面走，一边转移话题打趣："难道这是美女拒绝骚扰的新套路？就昨晚，咱们班那个张智还问我要你的手机号，我说没有，他都蒙了，哈哈。"

"我就是觉得买手机比较浪费钱。"

助学贷款一年有六千元，和她的学费差不多。暑假期间，她打工赚了三千多元，现在全部在她手里。因为她的钱都是辛辛苦苦赚来的，她觉得一切来之不易，所以过得格外节省。

徐茜也能感觉到她的家境可能不富裕。不过，他们这个专业，大多数学生是奔着做教师去的，务实踏实的人占大多数，没那么多攀比的心思。

默默地叹了口气，徐茜暂时不鼓动她了，眼睛发亮地走到不远处一个展柜边，开始看手机。

徐茜在看手机，很快和售货小姐热烈地攀谈起来。苏茉无所事事，左右张望，不期然地，看到了一道熟悉的身影。

楚河刚刚踏入商场大厅，衬衫、长裤勾勒出修长而挺拔的身姿。年轻俊美的面容、卓尔不群的气质，让他看上去分外吸睛。

商场的入口处形成了一片骚动。

"尚绮雯？"

"是不是？"

"就是她呀，《周末乐翻天》的那个小尚。"

耳边一道又一道议论声传来，苏茉才后知后觉地发现，周围许多人在往楚河那个方向看。不是因为他，而是因为他身边的那个女人。

那个年轻女人正低着头，笑着给一个学生模样的顾客签名。

原来，那就是他的相亲对象。

苏茉看电视比较少，综艺节目就看得更少了。但她听楚溪说到过楚河的相亲对象，所以很快便将那张脸和人名对上了。

由于下过一场雨，今天的天气很是舒爽。那个女孩儿穿得很清爽，果绿色的雪纺短袖衫配一条白色的破洞短裤，看上去清新甜美。

“苏茉！”徐茜的声音将苏茉的思绪拉回。

她一抬头，才发现徐茜已经去了另一个柜台，正一脸疑惑地看着自己。

徐茜应该叫了她不止一声。苏茉连忙朝她走去，走着走着，又下意识回头，撞上了楚河循声而来的目光。

本来就离得不远，苏茉触电一般地收回目光，用余光看见楚河跟尚绮雯一起乘商场的扶梯上了三楼。

二楼主营手机，三楼基本上是各个品牌的电脑。

他俩在一起了?

尚绮雯来陪他买电脑?

胡思乱想着，苏茉无法集中注意力，又听见边上的徐茜后知后觉地喊：“电梯上的那个是尚绮雯吗？”

作为安西卫视的新晋主持人之一，尚绮雯和搭档主持的《周末乐翻天》在本地的影响力尚可。徐茜发现自己错失了一个凑上去要签名的机会，颇有些郁闷，买完手机往外走的时候，还在感慨：“这是我第一次在路上碰见活的主持人，她本人还挺好看的，你刚才看见她了吗？她边上那个男人超帅的，不知道是不是她男朋友？”

“男朋友”这三个字，戳到了苏茉的心上。

那种感觉让她极度不适，又酸又痛，甚至还有一些说不清、道不明的委屈。

明明是她提的分手，是她在他连夜找上门的时候还避而不见。可眼下当真突然遇见他了，她的心情没办法不受影响。

中午雨便停了，她和徐茜回到宿舍，便听到了下午军训照常的消息。

走正步的时候，心不在焉的苏茉不小心崴了脚，后面一段时间便在医务室中度过。

徐茜结束军训后来找她，将人扶出医务室的时候，忍不住嘀咕：“走个路都能崴到，你这一下午在想什么呀，一直心不在焉的。”

“麻烦你了。”

“我不是这个意思啊。”

无语地看了她一眼，徐茜索性转移话题：“感觉你这样去饭堂会不太方便，我让她们给我们带饭了，直接回宿舍吧。”

“嗯。”苏茉点点头，一脸过意不去。

正值饭点，学校里人很多。宿舍楼下，穿着迷彩服的女生来来往往，个个脸上都带着饱受折磨过后短暂的放松和喜悦。临到宿舍门口，苏茉听到擦肩而过的女生轻呼：“好帅好帅。”

心里有那么点儿难以形容的直觉，她转头看过去，瞅见了正站在宿舍楼下的楚河。彼时，他刚叫住一个女生，礼貌地微笑着问：“汉语言文学专业的新生，是不是住在这栋楼里？”

“嗯嗯，好像在二楼。”女生不太确定，转头向同伴求证。

女生边上的另外几个女生都穿着迷彩军训服，闻言停了步子，互相确定着，叽叽喳喳地答话。

可此时，问话的人好像根本没听见似的，将目光落到了不远处。

几个女生止了话茬儿，转头好奇地看过去，看到了几步开外那个被扶着的漂亮女生。

她同她们一样，也穿着迷彩服，马尾扎得老高，将帽子拿在手中。她很白，个子不算出挑，看上去也就一米六多一些，胜在有一副好容貌：眉眼弯弯，鼻梁秀挺，两片粉嫩的唇抿在一起，看着很乖巧、文静。

几个女生看看这个，又看看那个，觉得自己也不用答话了。

楚河叹口气，走到那个一言不发的女孩儿面前，微微俯身瞧了一眼她的腿，开口先问了一句："扭到脚了？"

边上，徐茜一脸见鬼的表情。

要是徐茜没记错，眼前这个颜值爆表（网络用语，指人物英俊或靓丽）的男人，就是中午和尚绮雯在一起的那一位。这是咋回事儿？！

她看着苏茉，顿时明白这两个人关系匪浅。

楚河问了一句，苏茉没答。他也没介意，转头看向徐茜，用征询的语气说："我扶着她吧。"

徐茜："……"

颜值即正义，她对这一张俊脸实在没什么抵抗力，更别提这帅哥还有一副酥死人的好嗓子。

晕乎乎地，她直接腾了地方，将苏茉的胳膊递给楚河。

宿舍楼下人多眼杂，楚河也没有多说什么，小心地搀着苏茉，一直将她搀到了宿舍楼一侧的林荫道上，让苏茉上了车。

苏茉以为他要在车上说什么，也很顺从地坐进去了。毕竟，她也不是那种喜欢在人前张扬的性子。没想到，楚河在苏茉坐好以后，直接坐上驾驶座，将车子发动开走了。

"你要带我去哪儿？"她看着他，连忙发问。

楚河倾身过来，一边给她系上安全带，一边说："我和尚绮雯没在一起。今天是她第一次打电话找我，正好我也在这个商场买电脑。我们只是见了一面，连午饭也没有一起吃。我告诉她说，我预备考研，暂时没有恋爱结婚的打算。”

一番话说完，他定定地盯住苏茉，声音极低地来了一句：“看着乖乖巧巧的，怎么就这么能折磨人？”

那一晚在门外等待的几个小时，他这一辈子都不可能忘记。

现在回想起来，他觉得这小姑娘好像给他下蛊了，让他这一个月茶饭不思、辗转不眠，满脑子都是对她的愧疚和恼怒。眼下，他终于捉到人了，她的一个表情就能让他无原则投降。

说话的时候，他距离她极近，温热的鼻息喷在了苏茉的下巴上。她觉得痒，心口又很酥，紧绷的身子因此颤了一下。

她真的很怕和楚河单独相处，尤其怕听见他说情话，个中滋味实在很让人难受。

“我已经说得很清楚了。”许久，苏茉没看他，小声地回应了一句。

“我不同意。”楚河坐直，一手扯了安全带给自己系好，一手握着方向盘，说话的语调利落又坚决。

苏茉无言，词穷地重复：“我没有介意她，你们本来就是门当户对的一对，在一起也不奇怪。”

楚河看她一眼：“是吗？”

“嗯。”

“怎么不看着我说？”

苏茉：“……”

楚河似有若无地哼了一声，沉默地开着车。

这一路上，十分钟不到，两个人没有再说话。等车子驶入离文理学院不远处的一个小区时，苏茉意外地看了楚河一眼，正好听见他说：“考研需要，我换了住的地方。”

“你要考我们学校？”苏茉微微地睁大了眼，颇为震惊。

楚河轻笑，解开安全带，身子朝她靠过来，一张俊脸在她视线里放大：“你希望我考你们学校？”

苏茉摇摇头。

对这人来说，她们学校好像有点儿不够格。毕竟，她已经从楚溪那儿知道，楚河从小就是尖子生，高考选了安西师大的古代史专业，是那所重点大学的王牌专业，含金量很高。

楚河没再逗她，笑了一下说：“师大。研究生三年在老校区读，离这里不算远。”

苏茉哦了一声，不晓得说什么。

楚河捧起她的脸，深黑的目光注视着她，语调和缓：“距离不是问题。如果你觉得自己和我之间有差距，我可以回学校再读三年，等等你。要是三年后你觉得还是有压力，我可以继续往上读，等到你觉得对自己满意，觉得我们合适了，我们再谈婚论嫁。”

苏茉怔怔地看着他，觉得鼻头有点儿酸。

半晌，她忍不住轻声问：“要是这期间，我们分开了呢？”

“不试一试，怎么知道也有不分开的可能呢？”

楚河叹口气，大手摸索着握住她的一只小手，指腹轻轻地摩挲着她的手背，语气里添了几分诱哄：“至少目前，我们是互相喜欢的。既然我们心里都有对方，为何不能为共同的目标努力一下？只因为觉得我们最终可能不会在一起，便拒绝开始这段关系。苏茉，你是不是对我们太残忍了？”

喉头轻滚，苏茉再也说不出话来。

楚河一手扣住了她的后脑勺，将她的脑袋往前扣，抵住了他温热的额头。用鼻尖蹭蹭她的鼻尖，他松开她的那只手，拍拍她的脸蛋，而后带着苏茉下了车。

苏茉被他扶上楼的时候，内心一直在天人交战。

她没想到自己这么轻易就被楚河说服了。她起先担心他不能等，担心自己越陷越深，可眼下，他就这么提出了应对之策，说出这样一番重回校园等着她的承诺。

二十六岁时，是会被催婚的，可是如果重回学校、醉心学业的话，便可以以此为理由再拖延一阵。他主攻古代言情小说，本身学的也是古代史专业，继续往上读，不但不会影响工作，反而可能因此吸收到更多的知识，更上一层楼。

想来想去，她竟然再也没有借口，压力骤减。

咔嗒——

开门的声音拉回了她的思绪。

扶她进门，楚河转个身关上了门，再垂眸看她的时候，微微一俯身，将她整个儿打横抱了起来。

楚河将她放到床上，修长的身子便压了下来。

一日不见如隔三秋。这一瞬，他不晓得等了多久。但凡想到那一晚自己连夜开车赶去，吃了个闭门羹，心内那一股子躁动的欲火便烧得更旺了些。他咬她的舌尖，舔她的唇瓣，细细密密的吻尽数落下，温柔又缱绻。

苏茉有点儿招架不住他的柔情攻势，没一会儿，整个人便觉得浑身软绵绵的，抓在他后背衣服上的那只手也没多少力道。

“嗯……”苏茉紧张地绷直了脚背，身子往上缩。

楚河在这时候抬头看她，眼眸泛红、眼神炙热，哑哑地发问：“有想我吗？”

“嗯？”

楚河用手抚摸、揉搓着她，重复问道：“这一个多月，有想我吗？”

女孩儿在他手下躬起身，脑子里再也思考不了任何东西，颤抖着，深深地低下头：“嗯。”

日日夜夜，她的思念没有中断过。

十八岁的这个暑假，遇见他是她生命里最绚烂的意外，像一场梦，绮丽又温存。

她爱上他了。

她想要好好地勇敢一次。

番外

“啊，这帽子好难弄！”文理学院图书馆一侧的樱花树下，徐茜一脸丧气地将学士帽摘了下来，看向边上站着的苏茉。

苏茉正认真地整理着学士帽上的流苏。

时间如流水，一晃便是四年。可无论周围的环境怎么变化，苏茉的性子一如既往，无论干什么事，总有一股子认真、安静的劲儿。只需要静静地看她一会儿，徐茜毛躁的心情便平缓了许多。

“看我做什么？”整理好流苏，低头扣好帽子，苏茉笑着问。

“帮我也弄一下。”徐茜将帽子塞到她手里，笑着问，“等会儿楚大神会不会来接你呀？”

她们已经大四了，在学校待的时间很少。学生不是忙着实习，就是忙着找工作，也就苏茉稍微清闲一些。她年前报考了师大的研究生，眼下复试都通过了，成绩还不错，只等着再过段时间拿到通知书后，继续念下去。

学习、爱情两不误，在徐茜眼里，她就是妥妥的人生赢家。

听她问，苏茉微微红了脸，点头笑笑："嗯。"

她也没想到，和楚河的爱情能维持四年之久。这四年里，两个人有因为误会而产生了一两次小摩擦，但没有影响到感情。楚河大她八岁，习惯了引导她、照顾她，对她很好。因为他，她的性格变得开朗了许多，对他的感谢和喜欢，也早已转变成了深深的爱意。只不过，当她被别人打趣的时候，仍旧会脸红。

"幸福呀，羡慕忌妒恨！"感叹了一声，徐茜接过学士帽戴上，又将纤瘦的苏茉揽进怀里。两人摆出极亲密的姿势，笑靥如花地冲着不远处的镜头比了个爱心。

集体照上午就拍完了，到了下午这会儿，大家三三两两围在一起合影。

苏茉入学后一直拿一等奖学金，长得美、成绩棒、性子温柔、学习勤奋，班上喜欢她的人很多。苏茉在学校很受欢迎，同学们一个两个都要与她合影留念，折腾完时已经四点多了。

穿着被弄得脏兮兮的学士服，拿着学士帽，几个女生一起往宿舍方向走去时，班上几个男生出现挡住了她们。为首的男生拿着一束百合花，在同班好友的推搡下，一个踉跄到了苏茉跟前，有些结巴地说："苏、苏茉，这个花送给你。"

"哈哈，人家有男朋友啊。"

"晚了晚了。"

"我知道你有男朋友，可我还是很喜欢你。我也不要求你和我在一起，就希望你能收下这束百合花，然后记住，曾经有个男生喜欢你，他觉得你像百合花一样纯洁、美好！"

许是担心再被打断，男生一鼓作气，飞快地讲完了心里话。

围观的一群学生顿时被逗笑了。

“苏茉——”见她没接，说话的男生顿时又着急起来了。

“谢谢。”苏茉点头笑笑，接过了花。

四年的大学生活让她脱胎换骨。苏茉早已不是那个被男生搭讪一下就会紧张的小女生了。她抱着花道谢，脸上的笑容真挚而恬静，惹得送花的男生一愣。而后，他露出一个有些遗憾、失落的笑容。

楼下的小插曲让苏茉又挨了一顿打趣。不过，习惯成自然，她早已免疫了。她回到宿舍，换了衣服后就开始收拾东西。

考研前她就不在宿舍住了，留在这里的东西不多，只有两双鞋、几件洗漱用品、几本书而已。她将所有东西收进拉杆箱，又用抹布将桌、椅、床铺擦得干干净净的。

苏茉洗了手，返回宿舍时，正好看见徐茜在抹眼泪。

“怎么了？”她神色一愣，连忙上前问。

“舍不得你们，呜呜呜——”

徐茜是她在大学四年间交到的最好的朋友，真情流露下，话刚说完就扑进了她怀里。徐茜比苏茉重二十多斤，一下将苏茉撞得往后退了一步。苏茉回过味儿来，也有点儿感伤，一边拍着她的肩一边小声哄道：“好了好了，别哭了。大家都在一个城市嘛，想见面随时都可以的。”

“那不一样。”徐茜抱着她，哽咽了一声。

是不一样呀……

朝夕相伴了上千个日夜，眼下一转身，却要各自奔向未知的前程。很多事情从这一刻起就开始转变了，她们的人生也从这一刻开始步入不同的轨道。

苏茉一手抱着花，一手拉着行李箱走出宿舍。她心情复杂，下意识地回头看了眼。

“怎么，还不舍得？”侧前方，突然传来一道熟悉至极的男声。

楚河来了好一会儿，不想催她，发了微信后就在楼下静静地等着。他前年卖了小说的影视改编版权，完结了手头的文，之后便开始休息，专注于学业。今年楚河研究生毕业，教授还舍不得他，觉得他性子沉稳、态度端正，是个做学问的好料子。他写了几年小说，也在考虑转行的问题，眼见苏茉考上了他们学校的研究生，就顺应着教授的意思，递了保送博士生的资料，以求几年后留校任教。说起来，他现在是苏茉的学长了。

苏茉看见他，露出一个笑，回答说："难免有点儿感伤吧。"

楚河淡笑，抬手揉揉她的头发，很自然地接过了她手里的行李箱，问了一句："谁送的花？"

"一个同学。"

"男生？"

"嗯。"说到这儿，苏茉还有点儿谨慎，小心地看了他一眼。

楚河倒没吃醋，领着她上了车。

他那本《武僧》的电影改编权卖了三千万元，让他挤进了前年的网络小说富豪排行榜的前十。个人形象照一经曝光，他立马成了网文界声名鹊起的超级大神。如此轰动，父母那边自然也得了消息，对他的职业再也没什么好挑剔指摘的了。喟叹之后，父母索性也就由他去了，新年的时候，甚至还主动要求见苏茉，并且让两个人先领证，想在暑假期间给二人办婚礼。

没办法，儿子三十岁了，赚钱的本领比他们强，年纪轻轻就成了行业顶尖，娶媳妇的事情，他们也没有多少话语权了。好在苏茉这孩子乖巧懂事，也挺招人疼的。

抱着百合坐上副驾驶，苏茉侧身准备扣安全带，目光却被后排上的另一束花吸引了。

瞧见她看，楚河暂时没有发动车子，抿唇轻笑了一下，探身将后排车座上的一大捧玫瑰拿到前面来，温柔地说了一句：“毕业快乐，楚太太。”

玫瑰花的香气浓郁扑鼻，盖过了百合的香味。看着他，苏茉轻咬着唇，红了脸。

“不要？”楚河低沉磁性的嗓音十分撩人。

“谁说不要？”苏茉娇嗔一声，抱住了花，侧身坐好。

相识四年，比起初见，她活泼生动了许多，偶尔露出这种情态，惹人得紧。楚河笑了下，发动车子，问：“先去你舅舅那儿？”

“嗯。”

苏茉的舅舅和舅妈是前年暑假来安城的，因为这几年在老家卖水果赚不了几个钱，两人寻思着来安城打工，顺带照顾孩子。苏茉有一个表弟和一个表妹，表妹的成绩好点儿，表弟的心思不在学习上。前年，表弟考上了大专。舅舅和舅妈失望之余，便想让另一个抓紧些，在学校给表妹报了补习班后，便进城打工挣钱。

两人预备卖小吃。找店面的时候，苏茉给了他们五万元。

那五万元是她写小说一整年的全部收入。她因为楚河而开始看小说，大一开学半年，网文阅读量便积累了不少。加上本身学汉语言文学，在学校学习时也需要阅读许多名人的著作，提高理解能力和写作水平。她日积月累，脑海里存了不少素材，冒出了不少灵感，很自然地动了写文的念头。

苏茉买了电脑，大二便开始写古代言情小说，选了热门的宅斗题材。虽然刚开始成绩很一般，可耐不住她勤奋，又有楚河从旁指点，一年下来，完成了一本两百万字的长文，赚了几万元。

苏茉将这几万元给出去的时候，舅舅和舅妈被吓了一跳。

尤其是舅妈，对她的态度来了个一百八十度的大转弯。这两年，舅舅、舅妈的小吃生意做得挺好的，舅妈的心情舒畅了、眼界开阔了，面对她的时候，再没有以往嫌弃的样子，次次都是笑脸。知道她今天拍了毕业照就回去，还没等人到家，舅妈便打来了电话。

车子行驶在路上，花香熏得人微醉，苏茉拿出手机看了一眼，接听："舅妈？"

"到哪儿了？"

苏茉往车窗外看了一眼："估计还得半小时。"

"楚河去接你了？"

两个人已经领了证，关系自然过了明路。楚家没什么意见，她舅舅和舅妈自然更没有意见。因为楚河母亲急着抱孙子，二人领证后，便住在一起了。不过，苏茉的舅舅和舅妈租住的小区距离楚河买的新房很近，因而只要回去，苏茉就会先去舅舅家一趟，与舅舅、舅妈聊聊天、吃个饭。

电话里得到了肯定的答复，赵红霞的心情愉快极了，她扭头便朝苏茉的舅舅感慨："你这外甥女还挺有福气的，先前谁能想到人家有这造化？这么好的对象，打着灯笼都难找。"

人逢喜事精神爽，这一两年家里顺当，苏建民整个人显得年轻了几岁。他一边拖地，一边笑着说："我们家茉茉人也不错，还没毕业就能赚钱了。你自己说说这孩子多实在，听说我们要开店，立马把身上的钱都给你了。平日里也是，一听说你有个头疼脑热的，二话不说就带你往医院里跑，年底还带你去体检……"

"知道知道，比亲女儿还要孝顺，好了吧！"嘴里嗔怪着，赵红霞的脸上却挂着笑，念念叨叨地进了厨房。

他们找的店面在电子商城里面，商城下午六点准时关门，因而到了六点，他们就可以下班了。相比村里许多出来打工的人来说，他们的日子过得轻松安逸多了。

两个人说说笑笑，没一会儿，门铃响了。

“哟，这还收了两束花！”开了门，苏建民便呵呵笑着说了一句。

苏茉嗯了一声，扭头朝厨房问：“舅妈，上次插竹子的那个玻璃花瓶呢？”

她喜欢操持家务，自己能赚钱之后，隔三岔五就会买点儿花花草草装点家里，偶尔也给舅舅这边带一点儿。可舅舅和舅妈不怎么会照料，难免将花草养死。他们也曾三令五申，说他们不爱这些，让她省点儿钱，不用给他们弄这些。搁以前，苏茉大抵也会觉得这样花钱很心疼，可眼下的她，已经开始考虑生活品质的问题了。

“在阳台上呢，你去看一看。”听她问话，赵红霞大声地回了一句。

苏茉哦了一声，将怀里的两束花小心地放在餐桌上，去阳台上拿了花瓶进来。

她拿着剪刀和纸巾，微微地垂着头，立在桌边修剪百合花。她眉眼温柔，一举一动都那般赏心悦目。楚河陪苏建民坐在茶几边喝茶，心里牵挂着，不时抬头看一眼。

“来喝茶，一会儿凉了。”苏建民用指尖叩叩桌面，忍不住笑着说。

这外甥女婿，他满意得不得了，且不说楚河的家境背景，就说他对待苏茉的态度，让苏建民觉得欣慰。苏建民将外甥女交到楚河手上，以后老了、死了，也有脸去见九泉下的妹妹了。

插好一瓶花，苏茉将残枝扔了，去厨房里给舅妈帮忙。

今时不同往日，赵红霞也转变了心思，开始将苏茉当亲女儿疼。眼见她进去，赵红霞开口赶人：“出去吧，这边马上就好了。这里不用你，去陪你舅舅喝茶。”

“没事儿，我帮你端菜。”苏茉没听她的，笑着帮忙张罗起来。

饭桌上，赵红霞端着碗吃饭，闲来无事，还聊起了八卦，朝苏茉说：“看来看去，还是你和楚河好。现在这年轻人，结婚跟玩儿似的，你看苏洋那个朋友，孩子还没多大，两个人就开始闹离婚了。”

“可不，听说两家人都打起来了。那个人叫什么来着？”闻言，苏建民跟着感慨。

“什么少辉？”赵红霞想了想，也没记住姓。

苏茉却晓得，两人说的正是许少辉。

她大一那年正月，许少辉和张雨薇在老家举行了婚礼。听苏洋说，本来两个人已经分手了，谁承想张雨薇意外怀孕了。张雨薇的年龄也不大，这孩子来得猝不及防的，她不太想要。可因为平时例假日期就不准，等到她发现的时候，孩子已经快两个月了。她父母觉得打胎造孽，主动找了许少辉，要求两个人尽快结婚，把孩子生下来。

许少辉拿不定主意，父母做主同意了这件事。不过，许少辉没有听张雨薇的，强横地在老家办了婚礼。张雨薇的肚子一天天大了，她父母也没办法，只能委屈了女儿。

感情已经出现问题的两人，因为一个孩子，糊里糊涂地就结婚了，婚后的情况可想而知。

意外到来的孩子将本来就不和谐的生活搅得鸡飞狗跳。张雨薇受不了，三天两头往娘家跑。许少辉一开始还找了几次，后来也懒得管了。两个人都不管孩子，将孩子扔在老家，由许少辉的母亲帮着带。直到今年过年，孩子因为发烧得了肺炎住院，许少辉才注意到孩子的血型，发现孩子根本不是他的。

这件事就像一个炸弹，将两家人炸得焦头烂额。

听苏洋说，张雨薇和许少辉在那次分手后，跟一个男生暧昧了几天。复合后，许少辉一度以为那是因为张雨薇对自己余情未了，故意闹出来的事，就是想要让他吃醋。

结果呢，张雨薇不知道怎么回事，真的和那个人发生了一次关系。许少辉自己也糊涂，就这么被人戴了顶绿帽子。

苏建民和赵红霞不清楚内情，只以为是年轻人自私自利，只想着自己，不顾孩子。

吃完饭，苏茉帮着舅妈将碗筷收进厨房后，便被赵红霞推了出去。

“留着我收拾，你们早点儿回去，好好休息。”把人推出门，赵红霞笑得意味深长。

毕竟，楚河的年龄不小了，两个人谈了四年，感情这么稳定，生活条件又好，完全可以要个孩子。趁着楚河不注意，她还偷偷地对苏茉说：“顺其自然，有了也别担心。到时候如果那边没人管孩子的话，舅妈帮你带。”

“知道了，你这也太着急了。”抱着玫瑰花出门，苏茉一张脸红彤彤的。

赵红霞天生一副大嗓门，即便刻意压低了说话的声音，那些话还是被楚河听见了。两人乘电梯下楼，眼见小妻子满脸通红，他忍不住笑了笑，将她往自己的怀里带。

“有监控呢！”苏茉不好意思在外面亲热，拿手肘顶他。

这一下，撞到了楚河腰侧的软肉，让他越发心猿意马了。

两个人走出电梯，楚河的手机振动起来。他拿出手机看了一眼，接通：“妈。”

因为父母接纳了苏茉，他心里多少有些感激，彼此之间的关系比从前更亲近了一些。耳听他声音里含着笑意，郭静然便笃定地问：“茉茉过来了？”

“对，今天拍了毕业照，会休息一段时间。”

对这个儿媳妇，郭静然多多少少有些不满意，苏茉的身世、家庭条件确实跟儿子不太相配。可眼下楚河到了这个年龄，找个门当户对又合适的实在不容易。他自己能挣钱，买车买房也用不着他们操心，他们也没办法再对他的生活过多干涉了。幸好，苏茉这孩子上进又努力，性子也温柔善良，他们反对不了，慢慢也就接受了。

郭静然这会儿打电话来，主要是为了催生。

不过，这话当妈的还没办法对儿子说，闲聊了两句，郭静然便道："那你把电话给茉茉，我和她聊几句。"

作为公婆，郭静然和丈夫楚育贤比一般的父母拎得清。他们轻易不会主动将电话打到苏茉的手机上，找她都是通过楚河，避免过分亲热，给彼此造成不适。他们都是当惯了领导的人，之前一直干涉儿子，也是为了给他铺一条平坦顺遂的人生路。要搁旁人，还真没这种荣幸，能得到他们的关注和干预。

苏茉见公婆的机会不多，打心眼儿里敬重这两人。公婆和舅舅、舅妈不一样，都是政府部门的领导，身上自有一股威严的气场，因而面对两人的时候，她一贯乖顺。她拿过手机，便唤了一声："阿姨。"

按着安城的规矩，等正式办完婚礼以后，新媳妇才需要改口喊婆婆一声"妈"。

这声"阿姨"一出，郭静然微微愣了一下，感觉事情挺难办的。苏茉这孩子，脸皮薄得跟张纸似的，她也不好一上来便说要孩子的事，便问了一句："听楚河说你今天拍了毕业照，接下来会休息一段时间？"

"嗯，下半年读研，也就不用再实习了，顶多写一下小说。"

小夫妻是同行，这件事郭静然也知道，笑了一下，关心地说："写归写，可得注意身体。你本来就瘦，可不要年纪轻轻就将身体给熬坏了。”

“知道了，谢谢阿姨。”

“哈哈。”郭静然笑了下，“没事的话，就让楚河带你回来转转，他也有段日子没回来了。我今天在外面碰见他同学许延川，人家还问我呢，说媳妇怀了二胎，到时候请他喝满月酒。”

饶是苏茉再迟钝，这一下也明白了。拐弯抹角说了半天，最后这个意思才是准婆婆想表达的。她握着手机，纠结半晌，小声地回了一句：“嗯，我知道了，我给他说。”

“那行，我就不打扰你们了，先挂了。”

“阿姨再见。”

挂断手机，苏茉长舒一口气。

边上，楚河明知故问：“我妈说什么了？”

“就——”苏茉将手机递过去，回答说，“许延川的老婆怀二胎了，再过段日子，你要给他包红包了。”

“这速度，啧。”将手机装进兜，楚河摇头轻叹。

兄弟那边都有老二了，他这边，媳妇还没毕业。

他想着想着，忍不住就勾唇笑了。

“笑什么呀——”苏茉捶了他一下。

楚河一把捉住她的手，指腹有一下没一下地摩挲着她的手背，压低声音调侃：“人家这老二都怀上了，咱们的老大还没影儿。要不，晚上加把劲儿？”

“走开啊！”一时间，苏茉的脸变得更红了。

两个人领了结婚证，该发生的自然都发生了。可在这种事上，苏茉还是不太放得开。楚河也尊重她，一直以来，都会采取措施，以防她意外怀上孩子。

可这一天，被两边接连催生了，他揽着苏茉回家的路上，一直都在想这个事。

按年龄来说，他该要个孩子了，苏茉倒不需要着急。可眼下两个人的生活非常充实、富裕，接纳一个孩子不会降低生活质量，也不至于让彼此手忙脚乱的。

要不，顺其自然得了……

他这般想着，走到家门口的时候，手机又响了。

听他正接电话，苏茉溜到书房里。

这套房子便是楚河先前买的那一套，面积一百多平方米，三室两厅。他俩住在主卧，两间次卧装成了两个书房，一人一间，确保彼此工作的时候互不干扰。

苏茉的第一本小说，是当年火热的宅斗题材的，可她其实不适合写宅斗文。能赚几万元，主要是靠文笔和里面的感情线撑着，剧情线其实很慢热，也很薄弱。写完之后，足有两三个月，她压根儿不想写文，对写小说产生了厌倦甚至开始自我怀疑。

第二本小说是去年开始写的，她想要转换风格，所以注册了一个新笔名——苏小茉。说起来，这个名字还是楚河帮她取的。

她想要换笔名，写一部风格轻松的古代言情小说，正苦恼该取什么名字时，楚河正好叫了她一声“苏小茉”。

恋爱后，他偶尔会这样叫她，语气中带着一股自然随意的宠溺。苏茉觉得这个称呼有一股轻快的感觉，便直接用这个笔名写了《庶女玲珑》。这本小说并非穿越重生类别的，讲的是一个古代官宦人家的小庶女依靠自己的聪慧和兴趣，钻研厨艺，嫁人后，陪同丈夫一起发展商铺，最终发家致富的故事。

全文的基调轻松明快，脱离了古代言情庶女宅斗文的一贯套路，宛若一股清流，迅速在书城的古代言情类小说里脱颖而出。连载至中期的时候，《庶女玲珑》不负众望地爬上了畅销榜。

这本书能火，完全在苏茉的意料之外。

她写权谋文的时候，查阅了无数资料，在构建背景、框架上费了许多脑细胞，就为了设计出一环套一环的圈套。可到头来，成绩实在不尽如人意。

当然，和那些第一本就“扑街”的新人相比，她的运气算挺好了，毕竟第一本文就挣到钱了。可谁让她的参照物是楚河呢，男朋友太优秀了，她拼尽全力也跟不上人家的脚步，多多少少有些沮丧、失落。完结之后，她意识到自己的心态可能出了些问题，便暂时封笔调整心态。

《庶女玲珑》这本书，她本来是抱着积累经验、玩玩的心态写的。苏茉写的时候很轻松，没有刻意地去设计各种阴谋、阳谋，而是将平时看书时积累的很多有趣的小点子，创新性地融合了进去。此外，她的专注点全都放在了文里的女主人公身上。主人公爱吃，苏茉便不遗余力地描述她对食物的喜爱，为了写主人公品菜、做菜的情节，她看了很多菜谱和视频；主人公知足常乐，苏茉便将自己代入进去，不因为主人公嫁得一般便怨天尤人，生出异心，而是小心地去接触丈夫，培养感情，与丈夫建立默契。

读者说苏茉将“玲珑”这个女主角写活了。玲珑非常可爱，和一众古代言情小说里苦大仇深的女主角不一样，就像生活里最普通、没什么野心却能快乐满足地过好每一天的一个吃货小女生。

因为这个角色，苏茉迅速地积累了一批个性软萌、可爱的忠实粉丝，成了九江文学城的年度新晋大神。小说被出版社签约出版之后，她本人也受到邀请，有机会参加书城一年一度的年会。可惜的是，去年的年会时间撞上了她的考研时间，因而她没能参加书城举办的年会。年会圆满结束后，年初，苏茉又开始写一本当代题材的言情小说，也就是眼下正在连载的《向阳》。

从古代言情转到现代言情，她自然损失了一批读者，可她以楚河为偶像，想要当一个不断创新、挑战自我的作者，因而也没有考虑太多，一切从喜好出发。

这本《向阳》是都市言情文。女主沿袭了上篇文中的女主的吃货人设，是一个毕业不久、从事新闻行业、性格有些毛躁的菜鸟记者。男主则是一个沉稳内敛、不善言辞的体育明星。苏茉对新闻和体育领域的了解有限，写这个文之前，也费了一番工夫查阅资料，才勉强驾驭住这一对并不怎么好写的CP（coupling的简写，意思是一对）。

不过，自从前段时间，苏茉有望卖出作品的影视改编版权的消息传出去后，评论区里便变得颇不太平了。

“看网文十年，第一次看见这样傻白甜的女主！”

“脑残文。”

“这样的文都能卖版权，真是呵呵了。”

这三条评论，让苏茉的心情再次郁闷起来。

苏茉其实还没有卖出过作品的影视改编版权。网站里会有这样的传言，起因还在楚河那里。《武僧》卖了电影改编版权后，楚河和电影编剧因为剧本改编的事情频繁接触，后来就发展成了朋友。

年前，这个电影编剧来安城旅游，约楚河见了一次面，苏茉正好也在跟前。

那两个人说着说着，话题就跑到她身上来了。楚河没有刻意隐瞒，说了她大学在读、目前也在写小说的事情。

随着这两年行业的发展，网文作者这个群体日益壮大。这个职业本身并不奇怪，可一对情侣一起写文，却着实有点儿罕见。那个编剧意外之余，自然又问得细致了一些，也就知道她是刚刚火了一把的苏小茉。这之后，编剧便动了心思，向公司推荐了她的这本都市言情类型的小说《向阳》，让她好好写。

对于这一点，苏茉既意外又忐忑，觉得自己入行不久，还有很多不足。

她能感觉到，编剧这样做，多少是看在楚河的面子上。《武僧》有望在今年年底上映，到时候同一个公司再签下她的这篇小说后，便可以顺势炒作一番，博取更多关注度。

纠结之后，她将顾虑讲给了楚河听。楚河却很淡然，觉得她操心得太多，人家想要签她的文，可能的确有些他的原因在，可说到底还要去评估她的文。内容好才是硬道理。

况且，眼下也还没签呢，对方只是有这个想法而已。

世上没有不透风的墙。那个编剧接触了他们网站的编辑之后，这件事便渐渐地传开了。苏茉可能要卖影视版权的消息被宣传开，引来了不少人的艳羡与好奇。

叹了口气，苏茉删除了那条骂她的评论，不知道该如何回复另外两条，索性没管。苏茉打开WPS，开始存稿。她一直觉得，自己不是天赋型的写手，而是勤奋型的。写文的经验，她从楚河那里学了不少。每一次开文，她都会将全文的大纲归纳一下，做到心中有数、胸有成竹。之后，苏茉会存稿，保证每天能定时定量更新，做到不慌不忙、有条不紊地更文。

下个月，网站有一个作者线下聚会、交流的活动，她答应了参加，这几日一直在存稿。

“还没写完？”门口，楚河的声音突然传来时，吓了她一跳。

苏茉一手抚着胸口看过去，嗔怪：“怎么也没声，吓死我了。”

“敲了两次门，你太专心了。”说话间，楚河走了进来，一手落在她的肩头，俯身劝说，“你不是有存稿吗？早点儿睡，嗯？明天再写。”

“那我先上传一下。”说着话，苏茉打开作者后台。

一般情况下，她上传存稿前都会回复一下读者的评论，可如今楚河在边上站着，她不想让他被先前那两条评论影响心情，便没有回复评论，倾身在电脑跟前专心地传文。

男人修长的手指突然顺着她背心领口滑了下去。

四月底的安城已经很热了，白天有三十多摄氏度。她这一天穿着柔软的针织开衫，里面搭了一件黑色的修身背心。男人一只手挤进去，顿时将胸前撑得鼓鼓囊囊的。

“我忙着呢，别捣乱。”一只手去掰他的手，苏茉的声音有些气急败坏。

男人的大手温热，身子俯得更低。他薄薄的唇轻吻着她的脸颊，声音里还有笑意：“那就快点儿，苏小茉，良宵苦短。”

楚河一句话，撩得苏茉的耳朵都红了。

她不自在地闪避，转移话题问他：“谁打的电话？”

“何首乌。”

他们网站的编辑，代号都是中药名，何首乌便是楚河的编辑。他许久没开文了，《武僧》的同名电影又即将上映了，编辑自然想让他尽早回归，在QQ、微信上催个不停，电话都打过好几次了。

苏茉被他抱着回了房间，一手揽着他的脖颈，小声问：“那你准备什么时候开文呀？”

“再等等。”

“嗯？”

“要不，先要个孩子吧？”

将她放平在床上，楚河整个人压下来，捧着她的脸，有一下没一下，小鸡啄米似的亲着她的脸。楚河的呼吸变得有些粗重，他将她的衣服往下扒：“你忙你的，我给咱们带孩子。”

“唔——”苏茉都没来得及答话，嘴唇又被他堵住了。

两人有过多次亲密接触了，但每一次的体验仍然令她意乱情迷。

楚河是那种看似温柔、实则霸道的人。每一次他都会亲她许久，亲到她上气不接下气，忘了今夕是何夕后，他才会满意，继而开始攻城略地，大快朵颐地享受胜利果实。

一场过后，苏茉连脚指头都懒了，浑身瘫软，汗津津地躺在床上。

“要洗吗？”楚河揽她入怀，亲着她微肿的嘴巴。

苏茉摇摇头，还晕乎乎的：“不要了，好困。”

“那明早起来洗？”

“嗯。”

很多次都是这样，做完了，她基本上也就被榨干了，累得只能说几句话，很快就会睡着。

这一次也不例外，苏茉一觉睡醒，连个梦都没有做。

她是被痒醒的，觉得痒之余，还有些轻微的刺痛感。

楚河正用自己的下巴蹭她的脸。

“哈哈，走开。”苏茉拿脚踢他，脚丫子又被人给捉进了怀里。电流从脚底板钻上来，她立马就乖了。

她很怕楚河动她的脚，特别痒，可楚河偏偏极喜欢动她的脚。好几次，两个人亲热的时候，他将她的脚握在手里，摩挲揉捏，好像那是一团泥巴。

怀里的小丫头乖得不行。大清早，被子里的两个人都是赤条条的，楚河自然有些正常的生理反应，将她抱在怀里磨蹭了一会儿，才将人抱了起来，往浴室走。

苏茉吓了一跳，条件反射地去看窗外，发现窗帘拉得严严实实的。

浴室里，两人一起洗了澡。

他们出来的时候，苏茉还是被抱着的。她腿软脚酸，站都站不稳。她又羞又气，被放进被子里后就不想理人了，埋着头睡回笼觉。盯着她看了几秒，楚河只觉得好笑，唇角勾着柔和的弧度，慢条斯理地套上了宽松的T恤和大短裤。

打扫完洗手间，他拿着吹风机到了床头，柔声哄："吹一下头发？"

苏茉不是那种爱使小性子的人，本来钻进被窝就是因为害羞，这会儿听见他语调温柔，明显是不会再来了，心里也松了一口气，一手拉开被子，将小脑袋露了出来。

"躺到我腿上。"楚河话音落地，便用手托住了她的脖子。

他将她抱到他的腿上，开了吹风机，嗡嗡嗡地帮她吹头发。

这不是他第一次为她吹头发了，分寸把握得极好，苏茉觉得头皮烫，被伺候得极为舒服。到最后，苏茉差点儿又一次晕乎乎地睡了过去。

吹完头发，楚河起身去洗手间放吹风机。迷迷糊糊的苏茉，突然被微信的提示音惊了一下。

微信消息是她一个读者发的。

大多数作者写文后会开一个读者群，苏茉没有。她写文之余要上课念书，觉得那些事情比较麻烦，不仅没有读者群，也没有加入作者群。她的一些忠实读者，经常会劝说她开群。纠结之余，苏茉用微信加了几个特别熟悉的读者。大家偶尔会在微信上闲聊几句，相处得很融洽。

苏茉点开对话框，映入眼帘的便是一张截图。

苏茉侧身靠坐在床头，将截图上的内容看完，大脑蒙了一下。

“小茉？看见了回我一下。”这个读者特别喜欢她，将自己的读者账号名、微信名都改成了“宝贝茉茉”。

大清早看见这么一段对话，苏茉整个人都不好了，连忙发信息联系她。

事情还没闹开，却已经很严重了。其他群里，有读者讨论苏茉的《向阳》，说她涉嫌抄袭网站一个老牌作者的旧文——《隐婚老公是明星》。

“看见了。”定定神，苏茉先回复了一条。

她心里七上八下的。截图上说的那本书她没看过，也不知道男女主人公的人设是怎么回事，可无论是谁突然被扣上一顶“抄袭”的帽子，心里也好受不了。冷静了一小会儿，苏茉开始找衣服穿。

“怎么不多睡一会儿？”刷了牙出来，楚河笑着问了一句。

苏茉朝他看过去，扯出一个笑：“大神都已经起床了，我这种小虾米哪里还敢睡？”

楚河忍不住轻笑起来。

蒙混过关，苏茉再没说话，很快洗漱完，钻进了书房。

两个人都在家时，苏茉一般会做好早饭后再开始写文，这个早上却突然破例了。楚河纳闷了一下，问她：“早上想吃什么？我下去买。”

“要不等会儿出去吃？”苏茉刚开了电脑，闻言抬头问。

楚河老早就将她折腾醒了，现在才七点而已。她心里闷，想要解决这件事后，下楼转一转。

“行。”略想了一下后，楚河应下了。

松口气，苏茉打开了作者后台。

评论区里已经闹开了，最开始说她抄袭的那条评论下面有很多读者回复，众说纷纭，热闹得很。有的说她不可能抄，有的说自己看过文，两篇小说的确撞了人设，还有的很维护她，说就算是抄的她也看，写得好就行了。

看到这儿，苏茉只觉得一个头两个大。

喜爱她的读者说出这种话，初衷是为了维护她。可这样的话，却很容易给不清楚真相的人一种错觉，好像她抄袭已经是板上钉钉的事情了。

这几年网文圈发展得很快，各种纷争自然也不少。许多作者和读者在反抄袭，也有很多读者打着反抄袭的名号诋毁人。作为读者，出发点各不相同；作为作者，对这种事避之不及。被抄也好，被说抄袭也罢，谁沾上了都是件麻烦事，既影响心情，又影响写文。一个不慎，便有可能毁掉一篇文，让作者的心血和努力白费。

定定神，苏茉在电脑前平复心情。

同时，宝贝茉茉又发了一条微信给她："我刚刚看了一下那篇文，女主人公是记者，男主人公是明星。另外，女主人公的家境普通，男主人公出身豪门，但是母亲早亡，有个后妈。除此之外，两篇文再没什么是一样的了。你们的文风差异很大，故事走向也不一样，你不用太担心。评论区可能有黑粉来闹事，你要是觉得烦，就删掉吧。"

"我也去看一下。"苏茉回了一句，又发了个"谢谢"的表情。

没过几分钟，宝贝茉茉又发了一条微信过来："不要太担心了，人红是非多嘛。你这两本小说的成绩都可以，有关注就会有争议的。认识这么久，我相信你的人品，无论怎么样，永远站在你这一边，加油！"

苏茉看着，觉得心口好像被人塞了一团棉花，软软的、热热的。

可能，在网上连载小说的意义就在这里吧。

一个人编的故事，很多人在看。大家因为同一个故事而相聚，彼此陪伴着走一程，参与了对方的喜怒哀乐。有缘的话，会因此成为朋友，隔着千山万水、五湖四海都能彼此联络，送上温暖。

“嗯，我没事，谢谢了。”回了这条微信，苏茉的心情舒缓许多，开始看那本《隐婚老公是明星》。

看了大概五章后，她便退了出去，没再继续看。就像宝贝茉茉说的，相似的地方在人设，女主人公是记者，男主人公是明星。女主人公身份普通，男主人公家境优越、母亲早亡，有个后妈。除此之外，剧情和文风以及其他东西都不一样。

当代题材的言情小说里，类似的背景、人设不胜枚举。很多女频小说，归根结底能用一句话总结：“王子爱上了灰姑娘，最终两人幸福地生活在一起。”

苏茉的文能被拿来和那篇文比较，最大的原因应该是男女主人公的职业比较相似。可事实上，那篇文的男主人公职业是演员和歌手，而苏茉的文中，男主人公是体育冠军出身，之后转型成了体育明星。

这哪里谈得上抄袭呢?

苏茉苦笑了一阵，紧皱着眉头，将评论区里有关这个讨论的留言全部删除了，而后发了一条置顶公告：“本文原创，不接受诬蔑。作者正常更文，大家理智看文，就这样。”

吵吵闹闹的评论区，因为她这条公告安静了好一会儿。

而后，冒出来的第一条新评论竟然是：“作者被盗号了吗？这一条公告不像以往的风格呀。”

“啊啊啊！一定是我太想我家公子了，竟然从这么一条公告上看到了公子的影子。”

“呜呜，好想公子。”

如果说第一条新评论让苏茉觉得有些摸不着头脑，这后面紧跟着的两条，就让她哭笑不得了。苏茉回头再去看，发现字里行间的确有些楚河的影子。楚河在网上说话的时候一贯如此，简单利落、干脆果决，不过多解释，不为纷争所扰。

苏茉想到他，心里的诸多郁闷一下子就消失了。

毕竟就连楚河那样优秀的人，最开始也是顶着争议走过来的。很多人觉得他是女的，在网上女扮男装。有那么一段时间，各种针对楚河的侮辱性言论层出不穷。可他呢，压根儿不在乎，就跟不知道似的。

的确没必要在意……

那些纷纷扰扰，除了扰乱人心外，再没有别的作用。她若将时间浪费在这上面，得不偿失。

原来，不知不觉中，楚河对她的影响已经这样深了。

退出账号，苏茉出了房间去找人。

楚河在阳台上浇花。

太阳已经出来了。金色的晨光透过落地窗投射在他伏着的身子上，为他镀了一层柔和的光芒，让他的眉眼看起来不够真切，但那股温柔清隽的气度却变得更明显了。

“吃饭吧。”蹑手蹑脚地走过去，她从后面环住了男人的腰。

楚河放下水壶，笑着握住她的手，转过身问：“忙完了？”

“嗯哪。”苏茉翘着唇角看他，点点头。

“走吧，下楼。”

小区里有家健身房。先前楚河给两个人各办了一张健身卡，吃完早饭，他便提议过去锻炼一会儿。

苏茉正好也不想那么早回去写文，很爽快地答应了。

步行过去，二人一起上了三楼。她热了身，在教练的帮助下开始训练。楚河的身体素质很好，没有请私教，在跑步机上跑了一会儿后，便坐到休息区的沙发上歇息。

一杯茶刚喝完，编辑给他发了一个语音电话。

楚河接通，编辑问他："昨晚打电话，你是不是同意近期开文了？我好像一觉醒来给忘了，不晓得是不是自己在做梦，寻思着找你再确认一下。"

楚河笑："行了啊，贫什么！"

他的编辑是个男生，比他还小两岁，听见他的回答也笑了："那你尽快，八百万女粉等着呢。"

"没完了啊——"

"哈哈！"编辑又笑了两声，挂了语音。

编辑心里还忍不住感慨：这人的声音真够酥的。

想当年，网站里因为对他性别的猜疑，流言满天飞，都上升到人身攻击的层面了。这人倒好，压根儿不理，任由一众人抓耳挠腮地去想象。后来，他一条解释剧情的语音力破谣言，圈粉无数。可同时，又出现好些人说："声音那么好听，却不敢露面，简直无法想象这作者得丑到什么程度了。"

楚河还是没解释，不理会。再后来，他的影视版权被卖出去，不得不露了面。

那简直是一场网文圈的狂欢，楚河凭着一张个人形象照，一跃成为网文圈的颜值担当。甚至还有影视公司的人联系到编辑部，问楚河要不要考虑出道，可以本色出演，肯定会爆红。

编辑哭笑不得，将事情转述给楚河。楚河却说："没兴趣。"

编辑再问时，人家答："学业忙。"

他惊呆了，以为这人还是个大学生，觉得这也太让人受打击了。

后来编辑弄清楚了，楚公子读研呢，年龄没他想的那么小，学历却又让他流了一把辛酸泪。

到今年，编辑一直催人家写文，人家不愿意，再问原因，得到的回答是："马上得读博，可能还要带孩子。"

身为单身狗，编辑遭受了十万点暴击。

有颜、有才、有钱、有学历，还有老婆，楚公子这人生跟开了挂一样。

靠在沙发上，楚河向训练室方向瞟了几眼。手机又振动了起来，这次是《武僧》的编剧来电。

他以为是电影的事，很快接起来，听到的消息却让他愣了一下。

编剧问他："苏茉的新文到底是怎么回事？应该不牵扯抄袭纷争吧？眼下行业监管日益严格，作者的口碑很重要。如果有这方面纷争的话，想卖版权难度就大了。"

苏茉的人品，楚河当然信得过，给人保证了几句后，便挂了电话。楚河点开九江文学城App，进了《向阳》的页面。意外地，楚河被置顶的那条公告逗笑了。很快，又看到了几句热评，其中有一条是："啊啊啊！一定是我太想我家公子了，竟然从这么一条公告上看到了公子的影子。"

端详了一会儿，楚河给那条热评点了个赞。

书城App几经革新，到目前为止，各方面数据颇为透明，就连点赞的读者账号，也会在热评下显示出来。他点了赞，点赞大军里自然多了一个账号：九江楚三。

因为喜欢他，账号里暗含他笔名或昵称的读者名很多。可这四个字，却很明确地展示着他的身份。众所周知：九江楚三，就是作者楚三的私人阅读账号。

《向阳》的评论区，一下子因此沸腾。

“啊啊啊，我仿佛看到了公子。”

“公子出没。”

“我老公一定是手滑了。”

“天，公子在看这个文吗？”

“哈哈哈，我老公有一颗少女心。”

至此，《向阳》评论区里的风向彻底歪了，大神出没的消息一传十、十传百，很快，网站很多读者跑过来看热闹。等苏茉训练完，再点开App时，发现她的评论区已经爆了。

读者跟过年一样，因为楚河出现并点赞的事，欢呼雀跃。

追了他的文好几年，苏茉自然早已了解他的粉丝群有多么庞大。可这一次，她却因为评论区好些读者对他的称呼而有些吃醋了，一边往回走，一边小声说：“现在这些粉丝好奇怪，把喜欢的人叫‘老公’，未免太亲热了吧？”

“吃醋了？”楚河牵着她的手，笑着问了一句。

苏茉撇撇嘴：“才没有。”

瞅她一眼，楚河笑而不语。

见他不说话，苏茉清丽的小脸上染上一层绯红。她突然踮起脚，在他耳边小声来了一句：“反正你是我的。”

她很少说这种俏皮话。楚河神色微动，忍不住就想将她揉弄两下。苏茉察觉出他的意图，啊一声轻呼，挣开他的手就跑远了。

看着前面她灵动的身影，楚河一脸宠溺，开口提醒：“小心，别摔倒了。”

话音刚落，微信的提示音响了起来。收回目光，他掏出手机一看，发现是去年加入的作者年会群里有人在问他：“楚三，你认识那个苏小茉吗？”

问话的人正是《隐婚老公是明星》的作者——凤舞天下。楚河应该与凤舞天下见过面，但他对这人却没什么印象，回了一句："怎么了？"

楚河既没说认识，也没说不认识，说话的语气还很微妙。

不过，网站就这么大，有名气的作者也就这么些。上午楚河造访苏小茉评论区的事，早已在各大作者群、读者群里传开了。看见这两个人的对话，其他人心明如镜。

还能为什么？

不就是关于苏小茉的那些事吗？

众人的猜测很快被验证了。凤舞天下又来了一句："没什么大事。就是上午有读者告诉我，说她的新文抄袭了我的主角人设。我想私了，但没有她的联系方式，就想问问你。"

她一句话，直接给苏茉定了罪。

楚河也干脆地回了一句："没必要吧。她没有抄袭你的人设。你的女主人公是记者，男主人公是演员、歌手。她的女主人公虽然也是记者，但男主人公却是体育明星。除此之外，两本书的剧情、风格天差地别，如果这都算抄袭，网文界就没有作者敢再写女主人公是记者的小说了。"

难得见他说了这么多话，微信群里众人诡异地保持着安静。

过了一会儿，有人问了一句："公子，你看女频的文？"

"嗯，她的文我都看过。"

"噗——"问话的作者发了一个喷血的表情包。

楚河说的这句话里的"她"指代的是谁，不言而喻了。

凤舞天下没有再在群里说话，隔了一会儿，给他发了条微信好友的申请信息。

楚河暗想了一下，点了"通过验证"。

“她的文我没看呢，也是早上有读者告诉我的。我觉得这总不可能是空穴来风，就想跟她联络上，问一问。没有最好，说清楚就好了。你有她的微信吗？”

“没有。”他撒了个谎。

目前来说，若无必要，他不想曝光自己和苏茉的夫妻关系。

前年卖了小说的电影改编版权后，他被曝光是必然的。眼下他名气大，不想让苏茉跟着他一起受这种烦扰。她年龄小，在网文界刚刚崭露头角，若是被刻意去关注、打探，难免会产生压力。

“哦。”

“哈哈，以为你有她微信呢。”

“没事，没有就算了，也不是什么大事。”

“没想到你也看女作者写的文呀，苏小茉的运气还挺好的，她写的第一本就火了。她的文怎么样呀？你要是觉得好，我也去看看。不打不相识嘛，也许还能和她交个朋友。”

对话框里，凤舞天下的话匣子一下给打开了，连续发了好几条消息给他。

“还不错。”楚河又回了三个字。

他是那种典型的话题终结者，这句话说出去后，凤舞天下都没办法往下接了。

过了好一会儿，凤舞天下才又问了一句：“去年年会的时候，我们在同一桌坐着吃饭来着，你还记得吗？”

看着微信，楚河皱着眉在脑海里搜寻一通，一无所获。

凤舞天下直接发了一张自己的照片过来。

她长得还挺漂亮的，大眼睛、高鼻梁，波浪卷的长发披散在肩头，红润的唇微微嘟着。乍一看，她颇有几分性感、魅惑。

楚河想起来了，当时他边上有男作者指着凤舞天下说：“那个，九江之花。”

言下之意，凤舞天下是九江文学城里最漂亮的女作者。

静静地看着照片，楚河总算明白了。这人先是在微信群里同他搭讪，再私下加他为好友，之后再问话拉近关系、发照片，这一系列举动不是冲着苏茉，而是为了找机会结识他。

“不记得了，抱歉。”想通了这些，楚河直接回了一句。

这句话将凤舞天下的自信打击得一点儿不剩。郁闷之余，她也没有再死缠烂打下去，退出微信，看着手机屏幕上楚河的照片，觉得百爪挠心。

她长得挺漂亮的，每次年会上，多的是男作者跟她搭讪，最初她一直为此而沾沾自喜，直到看见楚河。楚河是那种“明明可以靠颜值吃饭，偏偏要靠才华”的大神级作家，以三千万元的成交价售出了小说的电影改编版权，让他一跃成为行业金字塔顶尖级别的作家。只有他会因为一张个人形象照而吸粉无数。

读者嚷嚷着要给他生猴子，男作者则羡慕不已，女作者以能和他说话为荣。

没错，能跟他说上几句话，都足够女作者开心好几天了。只因为，这个大神有点冷。

他就像言情小说里那种高岭之花类型的男主角，有颜有才身材好，还有钱。清俊的相貌和出众的气质让他获得了无数关注，据说，还有影视公司想通过网站编辑签他做明星。

这样的男人，对一个正处于适婚年龄的女生来说，吸引力是致命的。

他们是同行，志趣相投，在一起的话，必然是网文界的一桩佳话。以她的资历、相貌，到时候肯定也能借着他的东风扶摇直上，未来无比辉煌。

只是幻想着，凤舞天下都觉得心情激动。目光落在网站首页上，她随意地点开了苏茉的访谈。

网站的当红作者，会被编辑邀请来做访谈，说一些和写文相关的事。苏茉的访谈照片是一个Q版的人物头像，脑袋歪着，看上去清秀可爱。

凤舞天下嗤笑了一声，继续往下看。

编辑问到苏小茉的笔名由来，她回答说："当时不知道起什么笔名，突然想到我男朋友老管我叫这个名字，所以就随手用了。"

原来她有男朋友。凤舞天下心中因为楚河维护苏小茉的那一点不悦，突然就散去了。

凤舞天下翻了一下台历，目光定到标红的那处时，忍不住笑了起来。

再过不久，便是作者线下聚会的日子。不出意外的话，楚三和苏小茉都会出席。到时候见了面，她用点儿心思，勾上楚河还不是手到擒来的事情？

她脸上浮现出一抹志在必得的笑容。

作者聚会的地点定在杭州。

那天一早，楚河和苏茉便一起乘飞机去了杭州。

十一点多，两个人出了萧山机场，打了一辆出租车，前往酒店入住。

对外，他们的关系并未公开。男女有别，两个人自然不住在一起，楚河住十六楼，苏茉住十七楼。拖着行李箱出了电梯，她拿着房卡找到了房间，确认之后，刷卡进去。

房间门被推开，早到的室友转过头来，看见她，怔了一下，难以置信地问："你是苏小茉？"

苏茉在网上熟人不多，认识的作者也就两三个。这次和她同住的是网站的一个老牌大神作者，笔名叫丹砂，特别擅长写古代题材的言情小说，和宝贝茉茉的关系不错。念着苏茉是第一次参加年会，宝贝茉茉找到丹砂，说苏小茉是自己的好朋友，希望丹砂能帮忙关照一下。丹砂本来就是大大咧咧的人，和谁都处得来，直接就答应了。

之前，丹砂和苏茉加了微信。丹砂还感慨：这姑娘的声音真好听。

见面后，丹砂才知道，苏茉竟然长得这么漂亮！

她上前两步，扯着苏茉转了一圈，笑起来，啧啧称叹："这也太'小仙女'了吧，我的天！"

被人这么直白地夸奖，苏茉有点儿不好意思，红着脸说："你好，我是苏小茉。你叫我'苏茉'也行。"

"哈哈！"丹砂被她逗乐了，直摆手，"别搞得这么生分好吧？怪尴尬的。"

苏茉觉得不好意思，抓抓头发又笑了一下，抿唇看了一眼自己的行李箱，小声说："那我先收拾一下东西。"

"哦哦，你弄吧。"转过身，丹砂便在微信群里吼，"我的天，见到现实版的小仙女了！"

前几天，这次聚会的负责人牵头组建了一个微信群，来参加聚会的作者都在里面。听她咆哮完，群里顿时热闹了起来，众人七嘴八舌地开口。

"丹丹，你和谁住呀？"

"废话少说，上图！"

"无图无真相！"

被众人起哄，丹砂便随手拍了张苏茉的侧影照。

房间里光线很好，女孩子正弯腰收拾行李箱。她人不高，一米六多的样子，身形纤瘦，穿了一件无袖的白色棉布长裙，裙子上缀了一些洁白的蕾丝暗花，低调中显露出精致。她很白，裸露在外的两条手臂细长，侧脸柔和美好，柔软的长发落在光裸的肩头，一眼看去，就好像一个正在发光的小仙女。

“哇！美！”

“这是小仙女本仙了吧！”

“无滤镜都拍得这么白！”

“美哭了！”

“谁啊？”

眼看着微信群内的一群颜粉（因长相而喜欢上某人的粉丝群）鬼哭狼号，丹砂打了三个字——苏小茉！

于是，在本人一无所知的情况下，苏茉先红了一把。

等她收拾完东西，已经下午两点多了，群里的消息早被刷过去了。有编辑问：“帅哥美女都到齐了吗？我们三点用餐，在二楼的宴会厅里。么么哒！”

“收到！”

“收到！”

“辛苦了！”

群里众人你一句我一句地说着。苏茉看见了，也跟着回了一句：“辛苦了。”

随后，她的手机便开始响个不停。

她好奇地看了一眼，发现收到了好几条好友申请，仔细一看，都是群里的男作者发来的。视线从上往下扫，她略微纠结了几秒，一个一个地点了通过。

一六〇三号房间。

楚河从洗手间出来，便看见同住的好友大江东去正在傻笑。

“什么事这么高兴？”拿出手机，他随口问了句。

大江东去是一个写历史题材小说的宅男，或者说是剩男。三十三岁了还没结婚，性子颇为闷骚。闻言，他便来了一句：“我觉得我恋爱了。”

这话说得奇奇怪怪的。楚河愣了一下：“和谁？”

“就是那个苏小茉，贼漂亮。我预备追了，刚加上她的微信。”

楚河：“……”

他冲个澡的工夫，发生了什么？

不再理他，大江东去给苏茉发语音：“你好，我是大江东去，在网站写历史文的。”

“哎——”楚河抬抬下巴，叫他。

大江东去不明所以，抬起头问：“怎么了？”

“她是我老婆。”

“啥？”大江东去看着他，愣是没反应过来。

楚河无奈地叹了一声，一字一顿地解释：“苏茉，我老婆，现实里领了结婚证的，你就别想了。你收拾好心情，找其他人下手去。”

大江东去：“……”

苍天啊，大地啊，这年头长得美的只和长得帅的一起玩吗？

“你好，我是苏小茉。”苏茉是一个不好意思让别人冷场的孩子，听了他的语音，回了一行文字。

大江东去看着那行字，感觉那行字比其他人打出来的字好看，心里忧伤万分，还是不敢相信楚河的话，拿着手机朝楚河展示：“确定是你老婆吗？人家给我回消息了。”

苏茉的性子楚河再了解不过。叹口气，他将自己的微信通讯录展示出来，第一位便是苏茉的头像，对话框里还有最新的一条消息：

“我到房间啦，和丹砂同住。”后面附带着一个笑脸。

大江东去无比悲愤，直接将苏茉拉入了黑名单，与此同时，他还在男作者的小群里面说：“明天一起宰楚三一顿，他竟然结婚了，老婆就是那个美成天仙的苏小茉！”

“我去，老牛吃嫩草啊！”

“这波操作很牛呀！”

“长得帅的人，找的老婆都比别人的漂亮。”

“男女搭配，干活不累！”

男作者小群里的这拨热闹，苏茉自然不晓得。往宴会厅走的时候，她意外地发现，刚才加了她的几个男作者，又一起将她拉黑了。

“怎么了？”眼见她眉头紧皱，边上的丹砂问。

苏茉勉强地笑了一下：“没事儿。”

她心里觉得很奇怪，还有些不安，不知道自己是不是无意中做错了什么。偏偏她和丹砂还没到无话不谈的地步，也没办法将这个苦恼讲给丹砂听。

叹口气，她索性不多想了。

两个人到了二楼宴会厅。丹砂之前来过，好些作者她都认识，径直朝熟人那一桌走去。到了桌边才发现，这桌上已经坐了九个人，只剩下一个位置了。跟着丹砂过去的苏茉顿时尴尬起来了。

“丹姐来，坐这儿。”凤舞天下早就到了，见状便招呼丹砂落座，直接将她身侧的苏茉无视了。

丹砂却不好意思了，笑着说：“没事，我和小茉重新找位子坐。”

站在原地，苏茉尴尬得脸都红了。

她和丹砂也不算特别熟，不好意思让人家吃个饭都迁就她，闻言连忙笑了一下，开口说：“没事的。你和大家一起坐吧，我随便找个位置就行了。”

“苏茉。”边上陡然传来一道男声。

楚河进门后就在搜寻她的身影，远远走来，也看明白发生了何事。因而他没犹豫，直接走了过来，拍拍苏茉的肩膀，开口道：“过来跟我坐。”

苏茉：“……”

众人：“……”

一片鸦雀无声里，跟楚河一起过来的大江东去笑起来，冲苏茉道：“愣着干吗呀，三儿叫你呢。”

“哦。”傻乎乎地点了点头，苏茉便对丹砂道，“那我过去了。”

丹砂这会儿也蒙了，点点头，等她走出老远，才说了一句：“这什么节奏啊！”

“还不是你，发了小仙女的照片。”瞥了丹砂一眼，凤舞天下忌妒得眼睛都红了，没好气地说。

她是故意给丹砂留的位置，就想看苏茉尴尬、出丑，于是坐下后一直说还有个人要过来。哪承想，楚河竟然给苏茉这么大的脸面，直接过来将人叫走了。

要知道，眼下他在九江文学城的金字塔顶层，能跟他同桌的，都是超级大神。苏小茉真是走了狗屎运！

宴会厅另一桌。

楚河将苏茉领到位子上，帮她拉开椅子。

两个人在一起好几年了，这件事早已稀松平常了，因而苏茉也没想太多，下意识地就落座了。哪承想，刚一落座，对面就有个男人打趣：“公子亲自服侍，这位姑娘不一般啊。”

不一般的苏茉："……"

边上，楚河也坐下了，轻声介绍："何首乌。"

"啊。"苏茉连忙站了起来，"编辑，您好。"

"噗——"

"哈哈哈！"

一阵大笑后，有个男作者没忍住揶揄起来："三儿你老婆还挺逗。"

站在一群男人中间，苏茉一下子红了脸，瞥了楚河一眼。她都没想到，这人已经将他们的关系公布出去了。一时间，她不晓得该如何是好了。

楚河看她一脸可怜的样子，哭笑不得，握着她的胳膊让她坐下。

凉菜上桌了，众人都刚下飞机不久，早就饿了，迅速地吃了起来。楚河往苏茉的小碗里舀了几个小皮蛋，环视一圈，笑着说了一句："晚上我们请大家吃饭。"

"必须吃啊！"

"对，不声不响地结婚！"

"吃不穷你！"

"哈哈，你还真吃不穷他！"

几个男作者顿时大笑起来，惹得几个编辑云里雾里，面面相觑。

好半晌，何首乌才若有所思地看了一眼苏茉，迟疑着问楚河："公子，你可别告诉我，这苏小茉就是你现实生活里的老婆。她不是才念大学吗？"

编辑之间经常聊天，他自然晓得苏小茉是个大学生。

楚河笑了一下："春节领的证。"

"我去，老牛吃嫩草，真够可以的！"

男作者们之前不知道苏茉还没毕业，闻言，又大惊小怪起来，一个两个要给楚河敬酒。到最后，众人就地起哄，非要两个人喝交杯酒才肯罢休。

楚河心情不错，被灌了好些酒，整个人就有点儿飘了，一手搭在苏茉的椅子背上，眼眸含春地问了一句："要不喝一个，满足一下大家？"

在座的都是他朋友，多少该给点儿面子。

苏茉红着脸端起酒杯，跟他手臂缠绕着喝了一小杯。

"哈哈。"一片哄笑声响起，惊动了不少人。

远远地看着，凤舞天下的脸上写满了不可思议，她小声骂了一句："白莲花。"

"啊——"丹砂意外地看了她一眼。

丹砂也不懂楚河和苏茉是什么关系，不过对先前楚河造访苏茉评论区的事情有所耳闻，知道这两人有交情，指不定还在交往呢，也就没多想。

凤舞天下撇撇嘴一笑，语调充满讥讽："不是白莲花是什么？她有男朋友呢，还在网上勾搭楚三。小仙女？呵呵，我看干脆叫'小妖精'吧，披着仙女皮的妖精，多恰当。"

"哈哈。"同桌的其他人不了解苏茉，闻言皆笑了起来。

饭吃到一半，作者们的关系热络起来，一边说话，一边和亲近的读者聊天，说着聚会时发生的事。凤舞天下也在聊，忍不住心里的忌妒，将苏茉和楚河喝交杯酒的事情给说了出去。

"真的假的？"

"先前看访谈，苏小茉有男朋友呀。"

"秀恩爱，死得快呗。"

"现实里谈一个，网上勾搭一个，这有什么？挺正常的。"

"估计有点儿姿色吧，不然楚三能看得上？"

凤舞天下一阵气闷，回了一句："长得还行吧，眉清目秀的，很文静。"

"看着文静，其实闷骚，哈哈。"

"风骚吧？"

"她在宴会上跟男人喝交杯酒，'风骚'都不足以形容她了，恬不知耻。"

"楚三一本小说的影视改编权就卖了三千万，有钱呗。这年头，有颜、有钱的人谁不爱，我是没去，我要去了，那也得找他。别说喝交杯酒，直接入洞房都可以。"

"哈哈，说得是，指不定人家两个晚上就入了呢。"

"这种上赶着的，在床上肯定浪得不行。"

上千人的群里，众人越说越露骨，等他们意识到的时候，已经晚了。

楚河卖了影视改编版权之后，在网上小火了一把，别说九江文学城，就连微博上都有一群颜粉。有读者无意间在群里看了这些聊天信息，很快就上了微博，将聊天的截图私信给了楚河。

饭还没吃完，楚河就看见了这几张议论他和苏茉的截图。下意识地，他远远地看了一眼凤舞天下。凤舞天下原本也在看他，猝不及防地与他对视上，整个人都愣住了。

手机里接二连三的短信提示音惊动了她，她猛地回神，再低头一看，发现群里有人匿名甩了一张截图："呵呵，打脸来得不要太快，一群吃不到葡萄说葡萄酸的脑残。"

匿名读者发的是一张楚河的微博截图。日期是今天，时间是刚刚，只有一句话文字："介绍一下，你们三嫂，苏小茉。"

文字下还有两张图片。

一张是先前丹砂在群里发的苏茉的抓拍照，另外一张则是他从自己的相册里面找出来的，是他和苏茉的结婚证内页，保留了两人的亲密合照，部分隐私信息打了马赛克。

一石激起千层浪，他的微博评论区直接爆了。

前年，他的个人照曝光后，微博粉丝激增。眼下他早已是一个拥有上百万粉丝的网络大神了。他结婚的消息一出，微博下，粉丝们哭成一片，网站的旧文评论区里也是。

可伤心过后，众人再去看两个人的照片，压根儿说不出奚落的话。

老公现实生活中的老婆，年龄看着好小。

有二十岁吗？

苏茉其实已经二十二岁了，可她又白又瘦，气质乖巧文静，越发显得稚嫩青涩。对着一个看上去比她们还小的妹妹，谁能骂出脏话来呀？

他们喜欢楚三，主要是喜欢他的文，后来发现他长得帅，便开始疯狂地喜欢他这个人。可归根结底，人家是作家，不是明星，走的也不是流量偶像的路数，没必要结个婚都昭告天下。

除了祝福，他们还能怎样？

书友、粉丝们唉声叹气，心情复杂地献上了祝福，意外地将楚河送上了热搜榜。

看着楚河的微博评论区里令人眼花缭乱的祝福语，凤舞天下的心态崩了、脸面丢了。读者群里，先前那几个说得起劲儿的读者不吭声了，先前没吭声的那些人好像商量好了似的陆续退群了。

与此同时，许多读者将那些聊天记录发给了自己喜欢的作者，又说：“那个凤舞天下的人品有问题，老大你离她远点儿，别被连累了。”

一顿饭下来，凤舞天下的名声就臭了，人人避之不及。而这一切，认真吃饭的苏茉都不知道。

她的手机是静音模式的，周围坐了一圈男作者，她拘谨得很。跟楚河喝了一杯之后，苏茉连头都不好意思抬起来，只能一直吃东西，佯装对周围的一切不在意。

边上，楚河放下手机，目光温柔地看了她一眼，叹口气，站起来拿勺子给她舀汤喝。

他们要携手一生，可能会遭遇风风雨雨、挫折困扰，可他一直相信，自己能够照顾好身边这个瘦小、文弱的姑娘。哪怕未来有一天，他们白发苍苍、牙齿都掉光了，这份笃定也不会动摇。

用漫长的一生守护一个人，给她一个温暖的家，是他认识她后便逐渐明晰的愿望。

她是他的苏小茉，他是她的楚老师。